夜明けのまえに

ダイアナ・パーマー
泉 智子 訳

BEFORE SUNRISE
by Diana Palmer
Translation by Tomoko Izumi

mira

BEFORE SUNRISE

by Diana Palmer

Published by K.K. HarperCollins Japan, 2022

夜明けのまえに

おもな登場人物

フィービー・ケラー――博物館の館長
ジェレマイア・コルテス――FBI捜査官
マリー・ロックリア――フィービーの部下
ドレーク・スチュアート――マリーのいとこ。保安官代理
ハリエット・ホワイト――フィービーのアシスタント
デリー・ケラー――フィービーの叔母
クレイトン・シーモア――デリーの婚約者
アイザック――ジェレマイアの弟
ジョセフ――アイザックの息子
クリスティーナ・レッドホーク――ジェレマイアのいとこ。図書館勤務。愛称ティーナ
アリス・ジョーンズ――ジェレマイアの部下。科学捜査班主任
チャールズ・レッドホーク――ジェレマイアの父親
ジェブ・ベネット――建設会社の社長
ディック・ウォークス・ファー――ジェブの部下。工事現場監督
クローディア・ベネット――ジェブの妹。ディックの妻

1

テネシー州ノックスビル、一九九四年五月

群衆の中にいても、彼は目立っていた。列席者の中でひときわ背が高く、仕立てのいいグレーの三つ揃《ぞろ》いのスーツを着た姿はエレガントだ。細面の浅黒い顔にはかすかな傷跡があり、切れ長の大きな黒い目は短いまつげに縁取られている。大きめの口の唇は薄く、顎は頑固そうに突き出している。漆黒の豊かな髪はポニーテールにきちんとまとめられ、腰のあたりまで垂れ下がっていた。会場には同じような髪型をしている男がほかにも何人かいる。だが、彼らは白人だ。コルテスはコマンチ族の血を引いている。独特のその髪型をするバックグラウンドを持っているのだ。それに、同じ髪型でも彼がするとセクシーでワイルドに見え、どことなく危険な香りさえ漂っている。

分厚いめがねをかけて、赤毛の生え際が後退した、別のポニーテールの男が、にっこりと笑ってコルテスにVサインをしてみせた。コルテスはおもしろくもなさそうに肩をすくめ、卒業式のほうに注意を戻した。自分がこの場にいるのは不本意なことだったし、他人に愛想をよくするなんてまっぴらという気分だった。もし自分の本能に従っていたなら、今ごろはまだワシントンDCにいて、彼が裁判で検事を務めることになっている連邦裁判所管轄事件の調査を片づけていただろう。

大学の学長が卒業生の名前を順に呼んでいる。今はそれが〝K〟まで進んだところで、その中でフィービー・マーガレット・ケラーは二番目に呼ばれた。

この日のノックスビルは春の晴天に恵まれ、テネシー大学の卒業式は屋外で行われていた。フィービーの姿は、黒いガウンの背中に垂れたプラチナブロンドの長い一本の三つ編みで見分けがつく。彼女は卒業証書を片手で受け取り、もう片方の手で学長と握手をした。そして演壇から離れると、角帽につけたタッセルを反対側に移動させた。コルテスのいるところからでも彼女の笑顔が見える。

フィービーに出会ったのは一年前、コルテスがサウスカロライナ州のチャールストンで環境破壊に関する捜査をしていたときだった。人類学を専攻する学生だったフィービーが、産業廃棄物の不法投棄現場を突き止めるのを手伝ってくれたのだ。見た目はボーイッシュな彼女だったが、コルテスは並々ならぬ魅力を感じていた。しかし、仕事が忙しく、ふたりには時間がなかった。コルテスは彼女の卒業式を見に行く約束をして別れ、そして今ここにいるというわけだった。だが、年の差の問題は依然として目の前に立ちふさがっている。彼は三十六歳でフィービーは二十三歳だ。彼女の叔母のデリーとコルテスは知り合いで、ケイン・ロンバードの公害訴訟の際に一緒に仕事をした間柄だった。だから、今日の卒業式に来た理由を誰かに問われたら、フィービーはデリーの亡き兄の娘で、自分は彼らと友人同様のつきあいをしているからだと答えておけばいい。

学長の声は続き、卒業生が次々に卒業証書を受け取っていく。まもなく式は終了し、歓声と祝福の声がテネシーの澄んだ空に響き渡った。

喜びにあふれた群衆が卒業生たちのほうへ向かい始めると、コルテスはもはや興味を失い、その場にとどまって傍観していた。そのとき、ふとあることに気づいて彼は黒い目を細めた。フィービーは人混《ひとご》みが好きではない。彼と同じで、ひとりでいることを好む。この状況の中で叔母のデリーを探しに行くなら、人混みを避けていくだろう。そこでコルテスは、スタジアムから駐車場への通路とは別の道を探し始めた。ほどなく、建物の横手をゆっくりと歩いている彼女を見つけた。丈の長すぎるガウンに足を取られそうになりながら、きちんと採寸してくれないから悪いのよ、などとぶつぶつ文句を言っている。

「相変わらず、ひとりごとが好きなようだね」コルテスは壁にもたれて腕組みをしながら言った。

フィービーが顔を上げて彼を見た。たちまち、その整った顔がうれしそうに輝き、コルテスは思わず息をのんだ。薄青色の目はきらきらと輝き、口紅を塗っていない唇は、息をすっと吸い込んだせいで開いている。

「コルテス！」フィービーは叫んだ。

その顔は、あなたが少しでも誘いをかけてくれたら、まっすぐにその腕の中へ飛び込んでいくのにと言いたげだ。コルテスは、やれやれというように優しくほほえんでみせた。そして壁から体を離すと、腕を広げた。

フィービーはなんのためらいもなくその中へ飛び込むと、しっかりと抱き留めてくれた彼にぴったりと寄り添った。

「来てくれたのね」彼の肩に顔をうずめて、うれしそうにつぶやく。

「来ると言ったじゃないか」彼女のあまりの感激ぶりにコルテスは笑いをもらした。細い指をフィービーの顎にかけて上を向かせ、彼女の目を探れるようにした。「四年間の猛勉強は報われたようだね」

「もちろんよ。卒業できたんだもの」フィービーは言って、にっこりと笑った。

「たしかに」コルテスは相槌《あいづち》を打った。フィービーの柔らかいピンク色の唇に視線を落とすと、彼の目は曇った。ほんの数センチ顔を近づけて、あの唇にキスをしたい。だが、そうしてはならない理由がいくつもある。片手でフィービーの腕をつかんで、自分の本能と懸命に闘っていると、その手にいつの間にか力がこもっていた。

フィービーが腕を引いた。「腕がつぶれるわ」彼女はやんわりと抗議した。

「ごめん」コルテスはすまなさそうな笑みを浮かべて手を放した。「クアンティコ基地での訓練のくせがなかなか抜けなくてね」連邦捜査局《FBI》で受けた訓練のことを軽い口調でほのめかした。

「キスはしてくれないのね?」フィービーは大きなため息をつきながら非難するように言って、彼の黒い目を探るように見た。

コルテスはおもしろがるように片目を細めてみせた。「きみの専攻は人類学だろう。ぼくがキスをしない理由は知っているはずだよ」答えを促すように言った。

「ネイティブ・アメリカンは」フィービーは気取って語り始めた。「とくにネイティブ・アメリカンの男性は、人前で感情を表すことはめったにないからよ。あなたにとって人混みの中でわたしにキスをすることは、彼らの前で裸になるのと同じくらい、いやなことなんでしょう」

コルテスの目が和らぎ、彼女の顔を探るように見た。「誰に教わったかはともかく、きみの人類学の知識はたいしたものだ」

フィービーはため息をついた。「宝の持ち腐れよ。チャールストンじゃ、そんな知識はなんの役にも立たないでしょう?　教師になって教えるくらいがせいぜい……」

「いや、持ち腐れにはならないよ」コルテスは正した。「ぼくがここへ来たのは、きみに仕事の話を持ってくるためでもあったんだ」

フィービーの目が丸くなり、明るく輝いた。「仕事？」

「ワシントンＤＣで」彼は言い足した。「興味はあるかい？」

「大ありよ！」人の動きがフィービーの目をとらえた。「デリー叔母さんだわ！」彼女はそう言って、叔母に声をかけた。「デリー叔母さん！　ほら見て、わたし卒業したわ、証明書よ！」フィービーは卒業証書を掲げて、叔母のもとに駆け寄ると、彼女に抱きつき、それからアメリカ合衆国下院議員のクレイトン・シーモアと握手をした。長年の叔母の上司で、今は婚約者になった人だ。

「おめでとう、わたしたちもうれしいわ」デリーは温かく言った。「こんにちは、コルテス！」にこやかにほほえむ。「クレイトンを知っているわよね」

「お会いするのは初めてですが」コルテスはそう言いつつ、とりあえずクレイトンと握手をした。

引き結ばれていたクレイトンの唇がほころんだ。「きみの話は義弟のケイン・ロンバードからよく聞いているよ。彼もぼくの妹のニッキも今日はここに来たがっていたが、彼らの双子が病気になってしまってね。ケインはきみの恩をけっして忘れていないよ。借りを返さなくてはといつも言っている」

「ぼくは自分の仕事をしただけです」コルテスは念を押した。

「ハラルスンはどうなったの？」デリーが気にして尋ねた。その男が産業廃棄物の不法投棄というけちな罪を犯したおかげで、クレイトン・シーモアは議席を、ケイン・ロンバードは事業を、いっきに失いそうになったのだ。

「ハラルスンは二十年の刑が確定した」コルテスは両手をポケットの奥に突っ込みながら答えた。そして冷酷な笑みを浮かべた。「あれは、起訴していて気味がいい事件だったよ」

「起訴？」デリーが尋ねた。「でも、チャールストンで去年会ったとき、あなたは中央情報局《CIA》の仕事をしていると言っていたじゃない」

「CIAの仕事もしていたしFBIの仕事もしていたんだ――手短に言うとね」コルテスは言った。「だが、ここ数年は連邦検察官を務めている」

「そのあなたが、どうして産業廃棄物の不法投棄者の捜索にかかわることになったの？」デリーは食い下がった。

「運命のめぐり合わせかな」コルテスはさらりと流した。

「彼はこの話を終わりにしたいということよ」フィービーがそっけなくつぶやいた。「もうあきらめたら、デリー叔母さん」

クレイトンが興味深そうな目でフィービーを見やったが、彼女はほほえみでそれをさえぎった。「コルテスとわたしは友達なの」フィービーはクレイトンに言った。「あなたの議席を救った彼の捜査本能に感謝したほうがいいわ」

「もちろん、感謝しているよ」クレイトンは緊張がほぐれた様子で答えた。「ぼくはすべてをなくすところだったんだからね」そう言い足すと、デリーのほうへ温かく優しいまなざしを向けた。デリーは彼をにこやかに見上げている。「もし、今夜きみが町にいる予定なら、夕食に誘いたいのだが」クレイトンはコルテスに言った。「ぼくたちはフィービーの卒業祝いをするつもりでね」

「時間があればよかったのですが」コルテスは静かに言った。「今夜は帰らないといけないので」

「あら、そうなの。じゃあ、またいつかワシントンDCで会いましょう」デリーが姪《めい》とコルテスのあいだで激しく揺れ動いている空気を感じ取り、とまどいながら言った。

「フィービーと話があるので」コルテスはデリーとクレイトンに向かって言った。「一時間ばかり彼女をお借りしたいのですが」

「かまわないわよ」デリーは言った。「わたしたちはホテルに戻ってコーヒーを飲みながらパイを食べて、六時まで休憩するから。それからあなたを迎えに行くわ、フィービー」

「ありがとう」フィービーは言った。「あ、この角帽とガウンを預かって！」ガウンを脱ぎ、帽子も取ると、それらをデリーに手渡した。

「待って、フィービー、優等卒業生は学長の家で開かれる昼食会に招かれているんじゃなかった？」デリーはふと思い出して引き留めた。

フィービーは迷わなかった。「わたしが行かなくても誰も気にしないわよ」そう言って手を振ると、コルテスと一緒に歩き出した。

「優等卒業生とはね」人混みのあいだを縫って自分のレンタカーのほうへ向かいながら、コルテスはしみじみと言った。「意外な話ではないが」

「人類学はわたしの命みたいなものだから」フィービーはさらりと言ってのけると、立ち止まって、道で出会った友人と祝福の言葉を交わした。あまりにうれしくて天にも昇る心地だった。

「なかなかやるじゃないか、フィービー」友人の連れが、立ち去るときに冷ややかな視線をコルテスに送って、つぶやいた。「人類学の宿題を卒業式に持ってくるなんて」

「ビル！」友人が叫んで彼をたたいた。

フィービーは笑いを噛《か》み殺した。コルテスは笑っていない。かといって怒り出すわけでもなかった。彼は険しい目つきでフィービーを見た。

「ごめんなさい」彼女はつぶやいた。「今日はどうかしちゃったみたい」

コルテスは肩をすくめた。「謝る必要はないよ。卒業式の日はどんな気分だったか、ぼくにも覚えがあるからね」

「あなたは法学部だったんでしょう？」

コルテスはうなずいた。

「ご家族は卒業式に来てくれた？」フィービーは興味ありげに尋ねた。

　コルテスは答えなかった。わざとそうすれば、彼女もひるむだろうと思っていたが、相手はけっして負けていなかった。

「また急性失語症が出たと思っているんでしょう」フィービーはすかさず言った。「でも、もう治りましたからね！」

　コルテスは失笑した。「まったく手に負えない娘《こ》だ。まるであのころのままだね」

「あら、覚えていたとは驚きだわ。卒業式の場所と時間をわざわざ調べて、こうして来てくれたこともそうだけど」フィービーは言った。「招待状を送ろうにも送れなかったのよ」きまり悪そうに言い足した。「あなたの住所がわからなかったから。それに、本当に来てくれるとは思っていなかったの。去年、一緒に過ごしたのはほんの数時間だったし」

「あれは忘れがたい記憶だよ。ぼくは女性が苦手だからね」コルテスがそう言ったとき、ふたりは彼のレンタカーのところに着いた。ビンテージの域に入りそうなグレーの地味なアメリカ車だ。彼はフィービーのほうを向くと、まじめな顔で彼女を見おろした。「それに」淡々と付け加える。「人前に身をさらすのもあまり好きではない」

　フィービーは眉を上げた。「だったら、どうしてここへ来たの？」

　コルテスは両手をポケットの奥に突っ込んだ。「きみのことが好きだからだ」その黒い目が細くなる。「不本意ながらね」

「それはどうも！」フィービーは怒って言った。

コルテスは彼女を見つめた。「女性とつきあうときには正直でいたい」

「わたしたち、つきあっていたの？」フィービーはとぼけたように言った。「気づかなかったわ」

コルテスの口元がゆがんだ。「つきあっているかどうかは、自分でわかっているはずだよ」彼はやんわりと言った。「それでもぼくがここに来たのは、来ると約束したからだ。それに、仕事の話を持ってきたのは本当だ。といっても」彼は付け加えた。「少し変わった仕事だけどね」

「じゃあ、スミソニアン協会の文書係を引き継いでくれという話じゃないのね？　がっかりだわ！」

コルテスの喉から笑い声がもれた。「おもしろい娘だ」彼はいらいらを抑えるのが大変だと言いたげな顔で、助手席のドアを開けた。

「わたしはあなたをいらつかせる名人でしょう？」フィービーは車に乗り込みながら言った。

「たいていの人は、ぼくに自分の生まれを意識させるようなことをなるべくしないように心得ている」コルテスは車に乗り込んでドアを閉めてから、とげとげしく言った。

「どうして気にするの？」フィービーは尋ねた。「民族性というものが尊重されて、偏見を持たれることもなくなった時代に生まれてよかったじゃない」

「どこが！」

フィービーは両手を上げた。「わかった、わかったわよ。今のは事実じゃなかった。でも、九十年前よりはましな世の中になったことは認めざるを得ないでしょう?」

コルテスはエンジンをかけて、縁石のところから車を出した。

彼は、なんでもお手のものというように車をやすやすと操っている。そのうち片手をジャケットのポケットに入れて、顔をしかめた。

「何か探しているの?」フィービーは尋ねた。

「たばこさ」コルテスは重い声で言った。「忘れていたよ。また禁煙したことを」

「あなたの肺とわたしの肺が、それは助かると喜んでいるわ」

「ぼくの肺はしゃべったりしない」

「わたしのはしゃべるのよ」フィービーは澄まして言った。「こう言っているわ。吸うな、吸っちゃいけない……」

コルテスはかすかにほほえんだ。「よくそれだけべらべらとしゃべれるな。きみみたいに元気のいい人間は見たことがないよ」

「あら、あなたのまわりには刺激が少なすぎるんじゃないかしら。その鼻を法律の本とばかり突き合わせているからそうなるのよ。法律なんて退屈で味気なくて、おもしろくもなんともないわ」

「おもしろくないというのは間違いだ」コルテスは返した。

「それは、その世界の内側にいるか外側にいるかによって違うと思うわ」フィービーは顔をしかめた。「あなたが持ってきてくれた仕事の話は、法律の知識がなくてもかまわないものなの？　わたし、政治学の講座を一つと歴史学の講座はいくつか取ったけど……」

「法律の知識はいらない」

「じゃあ、何があればいいの？」

「ぼくの下で働いてもらうわけじゃないんだ」コルテスは説明した。「ぼくの知り合いに、ネイティブ・アメリカンの権利を守る団体がいてね。彼らが顧問弁護団のスタッフを探している。人類学の知識があるきみなら、その仕事にふさわしいかと思ってね。面接をしてもらえるよう話をつけておいたんだ」

フィービーはしばらく黙っていた。視線は自分の両手に落としている。「あなたは大事なことを忘れているわ。わたしの専攻は人類学には違いない。でも、法人類学が主なのよ。骨の鑑定とか」

コルテスは彼女を見やった。「この仕事はそういうことをするものじゃないんだ」

フィービーは窓の外を見つめた。「いったい何をするの？」

「事務の仕事だ」コルテスは言った。「だが、悪い仕事ではない」

「わたしのことを考えてくれてありがたいとは思っているわ」フィービーは慎重に言った。

「でも、実地調査はやめたくないの。だから、スミソニアン協会の人類学の部門に応募しているのよ」

コルテスは長いあいだ黙りこくっていた。「ネイティブ・アメリカンが人類学のことをどう思っているか知っているかい？　自分たちの神聖な土地や身内の遺体が掘り起こされるのはいい気持ちではないよ。たとえどんなに古いものであってもね」

「わたしは卒業したばかりなのよ」フィービーは念を押した。「それくらい知っているわ。でも、人類学にもいろいろとあって、骨を掘り起こすばかりじゃないのよ！」

コルテスは信号で車を止めると、彼女のほうを向いた。その目は冷たかった。「それでも、墓掘りに似た仕事をしたいことは変わらないんだろう？」

フィービーは息をのんだ。「墓掘りなんかじゃないわ！　そんな言い方をするなんてひどい……」

コルテスは片手を上げた。「意見の相違を認め合おうじゃないか、フィービー。ぼくがきみの考えを変えられないのと同様、きみもぼくの考えは変えられない。仕事のことは残念だったよ。きみなら彼らの貴重な人材になれると思ったんだが」

フィービーは少しほっとした。「勧めてくれてありがとう。でも、事務仕事はしたくないの。それに、大学院に進むかもしれないし。これから二、三カ月ほど、四年分の休養を取ってからね。今まであまりにも忙しかったから」

「ああ、そうだったね」

「なぜわたしにその仕事を勧めてくれたの？　ほかに希望者はたくさんいるでしょうに――わたしなんかよりもっとふさわしい人たちが」

コルテスは彼女の目をまっすぐにのぞき込んだ。彼にはフィービーに隠していることがあった。彼の心の奥深くに秘めていることが。

「ぼくが寂しいからかもしれないな」コルテスは手短に言った。「近ごろは、ぼくのことを恐れずに近寄ってきてくれる人はあまりいないから」

「それがどうかしたの？　あなたは人を寄せつけないじゃない」

フィービーはコルテスの傲慢《ごうまん》な横顔を探るように見た。その顔に、去年にはなかった新たなしわが刻まれている。去年といっても、いたってまじめなつきあいしかしていないけれど。「何か悩みがあるのね」彼女はだしぬけに言った。「それとも、何か心配ごとがあるのかしら」

コルテスの黒い眉が上がった。「なんだって？」彼はそっけなく言った。

横柄なその言葉はフィービーの頭の上を素通りしていった。「いずれにしても仕事のことじゃなさそうね」彼女はかまわず続けて、結論づけた。「何かとても個人的なことのような……」

「そこまでだ」コルテスは短く言った。「きみを誘い出したのは仕事の話をするためで、ぼくの私生活のことを話すためではない」

「あら。秘密ってわけね。興味をそそられるわ」フィービーは彼を見つめた。「女性がらみじゃないわよね？」

「ぼくにとっての女性はきみしかいない」

フィービーは思わず笑い出した。「うまいことを言うわね」

「冗談で言ったんじゃない。ぼくは女性と肉体関係を持ったり、恋愛関係にはならないようにしているんだ」コルテスは彼女をちらりと見やって、車の流れの中に戻っていくと、次の角で曲がった。「きみと例外を作ってもいいかなと思っているが、あまり期待はしないでくれよ。男には考慮しなければいけない体面というものがあるからね」

フィービーはにっこりと笑った。「あなたがそう言っていたことを覚えておくわ」

コルテスは車を有名なホテルのレストランの駐車場に入れるとエンジンを切った。「きみがおなかをすかせているといいんだが。ぼくは朝食をとっていないんだ」

「わたしもよ。おなかはぺこぺこ」

コルテスのエスコートで店内に入ると、客はまばらで、ふたりは窓際の席に案内された。メニューを見てオーダーを終えると、コルテスは椅子の背にもたれ、大きなテーブル越しに黙って興味深げにフィービーを眺めた。

「わたしの鼻は、逆さまについている？」しばらくして彼女は尋ねた。

コルテスはくすくす笑った。「いいや。ただ、きみはなんて若いんだと思っていただけだよ」

「この年にもなれば、もう若いとは言わないわ」フィービーは正した。身を前に乗り出して頬杖《ほおづえ》をつき、彼を見つめる。「逆らわないほうがいいわよ」そう言って釘《くぎ》をさした。「あなたを不愉快にさせることにかけて、わたしの右に出る人はいないでしょうから」

「それがきみのセールスポイントなのかい？」コルテスは意外そうに言った。

「当然でしょう。だって、あなたは殻に閉じこもって生きているんだもの。何に対しても感情を持たないようにしているんだわ。感情はあなたの弱点だから。きっと、若いときにとてもつらい思いをしたことがあったのね」

「詮索《せんさく》はやめてくれよ」言い方は優しかったが、その言葉には警告がにじんでいた。

「もしわたしと深くつきあうようになったら、これくらいの詮索ではすまなくなるわよ」フィービーは宣告した。

コルテスもそのことは考えていた。フィービーとつきあうことには尻込みしてしまう。浅いつきあいですむような相手ではないからだ。きっと、ぼくの心の奥底まで入り込んできて、それをとらえて放そうとしないだろう。自分も似たようなものだが、ぼくの場合は過去に一度、物珍しさから近づいてきた女性に痛い目に遭わされている。

「あのことからはもう立ち直ったんだ」コルテスは静かに言った。「だから放《ほう》っておいてくれないか」

フィービーは彼の目に痛みがさっと走り抜けたのを見て、ゆっくりとうなずいた。「なるほど。彼女は自分がネイティブ・アメリカンの恋人を連れているのを友人たちに見せびらかそうとしたのね？」

コルテスの顎が引きしまり、目に危険な光が浮かんだ。

「やはりそのようね」フィービーは無表情な彼の顔を見ながら、つぶやいた。「彼女はあなたにちゃんと好意を持っていたの？」

「それはおおいに疑わしい」

「でも、彼女の気持ちは聞かなくてもわかるくらい見え透いていたというわけね」

コルテスは頭を傾けた。

「気の毒に」フィービーは言った。「人生はいろいろとつらい教訓を与えるわね」

「きみにもそんな経験があるのかい？」コルテスは無遠慮に尋ねた。

「その方面での経験はないわ」フィービーはフォークをもてあそびながら告白した。「わたしは異性に対しては引っ込み思案なほうだし。それに同級生の男の子たちも、わたしを彼らの仲間か妹のようにしか見てくれなかったわ。地面を掘るのが趣味じゃ、色気がないものね」

「泥がこびりついたブーツをはいて、自分のサイズより三倍も大きいジャケットを着たきみは、かわいらしく見えたけどな」

フィービーは彼をにらみつけた。「やめてよ」

コルテスの黒い目が彼女のワンピースに向けられた。なんとも露出の少ない服だ。レースの襟は高く、長袖の袖《そで》口は手首のところで絞ってある。ギャザーのスカートはくるぶしまでの長さがあり、その下にはずいぶん洒落《しゃれ》たグラニー・スタイルの靴をはいている。プラチナブロンドの髪は一本の三つ編みにきちんと編んで背中に垂らしている。化粧はごく薄く、鼻筋にそばかすが透けて見えている。

「自分がかわいくないのは知っているわ」フィービーは、じろじろと見られていることに居心地の悪さを覚えながら言った。「体つきも男の子みたいだし」

コルテスはほほえんだ。「まだ外見が大事だなんていうばかな考えを持っているのかい？」

「かわいい子がクラスの注目を一身に集めてしまうことは、頭を働かせなくたってわかるもの」

「最初のうちだけさ」

フィービーはため息をついた。「わくわくするような発見の話を好んで聞いてくれる男の子なんて、まずいないわ。たとえば、炭化したどんぐりの鉢のかけらや、石鹸《せっけん》石のパイプの片割れの話とか」

出して言った。

「ミシシッピ人だね」コルテスは、去年ふたりでその発見について話し合ったことを思い出して言った。

フィービーは顔を輝かせた。「そうよ！　覚えていたのね！」

コルテスは彼女の感激ぶりにほほえんだ。「実は、ぼくも文化人類学の講座はいくつか取ったんだ」彼は打ち明けた。「でも、自然人類学ではないからね」そう強調する。「だから、ぼくに人類学で話を合わせろというなら……少し助けてくれないとだめだよ」

「チャールストンで会ったときには、そんなことは言っていなかったじゃない」

「きみにまた会うとは思っていなかったから」コルテスは答えた。彼女の卒業式に来るつもりもなかったのだ。ここに来たことを自分が後悔しているのかどうかもよくわからない。彼は黒い目でフィービーの薄青色の目を探るように見た。「人生は、思いがけないことばかりだ」

フィービーが彼の目をのぞき込むと、彼女の心の奥深くで感情が揺れ動いた。彼を見ていると、ほかの誰にも感じなかったような親近感を覚える。

ウェイトレスがサラダに続いてステーキを運んでくると、ふたりは黙々と食べ、コーヒーとアップルパイも平らげた。

「きみにはなんの悩みごともなさそうだね」コルテスは二杯目のコーヒーを飲み干して言った。「本当に傷ついたことは一度もないみたいだ」

「人類学入門のクラスにいた、ものすごくすてきな男の子に熱を上げたことがあるの」フィービーは言った。「でもその子は、西洋文明論のクラスにいた、ものすごくすてきな男の子とできちゃったの」

コルテスはくすくす笑った。「かわいそうなフィービー」

「わたしにはそういうことがよくあるのよ」フィービーはこぼした。「わたしは女らしいことがさっぱりできないから。ブルージーンズとスウェットシャツを着て、あちこち動きまわったり、古いものを掘り起こしたりするほうが好きなのよ」

「女性だって自分の好きなようにしていいんだ。レースを着たり、か弱そうなふるまいをしたりする必要はないよ。今の時代はね」

「昔の女性は本当にそんなふうだったと思っているの？」フィービーは好奇心に駆られて聞いた。「エリザベス一世やスペインのイサベラ女王なんかの話は読んだことがあるでしょう？　彼女たちは自分の好きなように生きて、十六世紀の国家を統治したわ」

「彼女たちは例外さ」コルテスは念を押した。「とはいえ、ネイティブ・アメリカンの文化では、女性が土地を所有し、さまざまな部族が戦争と平和にかかわる決議をする際に評議会に出席することも多い。ぼくたちの社会は女性族長制を取っているからね」

「知っているわ。わたしは人類学の学士号を持っているから」

「だろうね」

フィービーは静かに笑った。指でコーヒーカップの縁の模様をたどる。「もしスミソニアン協会で仕事をするようになったら、ワシントンDCであなたに会えるかしら？」

「たぶんね」コルテスは言った。「きみに会えたら気が休まるよ。それがいいことかどうかはわからないが」

「どうして？　あなたは外国のスパイか何かに追われていて、襲われるかもしれないから、ずっと気を張っていないといけないとか？」

コルテスはほほえんだ。「それはないと思うな」そして椅子の背にもたれた。「でも、諜報《ちょうほう》活動の経験はあるよ」

「あってもおかしくないわね」フィービーは彼の目を探るように見た。「ワシントンDCで生活するのはお金がかかるのかしら？」

「ぜいたくをしなければ大丈夫だ。アパートに必要な生活用品はどこで買えばいいか教えてあげるよ。それとも、誰かと一緒に住むほうがいいのかな？」

フィービーはコーヒーカップに視線を注いだままで言った。「それは誘ってくれているの？」

コルテスはためらいを見せた。「いいや」

フィービーはにっこりと笑った。「ただの冗談だったのね」

彼の手がフィービーの手を包むと、電流がはじけて、細かな火花が彼女の神経の隅々に伝わっていった。「いつかそのときがきたら、の話だ」コルテスはきっぱりと言った。「ぼくは衝動のままに行動するタイプではないことをわかってくれるね。きちんと考えてから行動したいんだ」

「すぐに銃を撃ちたがるFBIの人たちの中で、あなたのような人は貴重な存在だったでしょうね」フィービーは納得したようにうなずいた。

コルテスは思わず吹き出して、手を放した。「フィービー、きみって娘は！　ときどき、とんでもないことを言ってくれるね」

「ごめんなさい、つい口が滑ったのよ。気をつけるわ」

コルテスはかぶりを振るだけだった。「きみが初めてぼくにかけてきた言葉はけっして忘れないよ」そして言い足した。「〝あなたの門歯はシャベル形なのかしら？〟って言ったんだ」

「やめて！」フィービーは叫んだ。

コルテスは彼女の長いおさげ髪を手に取って、ぐっと引っぱった。黒い目でフィービーの目を探るように見る。「髪をこんなふうにまとめているのは好きじゃないな。手のひらいっぱいに髪を感じたいよ」

「その気持ちはわかるわ」フィービーはつぶやいて、あなたのほうこそというように彼のポニーテールを見た。

コルテスはほほえんだ。「またいつか、ふたりとも髪をほどいて会いたいな」彼はしみじみと言った。「そして長さ比べをしよう」

「あなたのほうがふさふさしているわね」フィービーは眺めて言った。去年ふたりで産業廃棄物の不法投棄現場付近へ犯人を追っていったときに見た、髪をほどいたコルテスの姿が思い浮かぶ。あのとき、彼と海岸に立ってキスをしたのだった。あれは熱いキスだった。ただのキスだったとは、とても思えない。もし途中で邪魔が入らなかったら、ふたりはあのあとどうなっていたかわからないだろう。最後の数分間、彼のたくましい大きな体に抱きすくめられたとき、両手のひらに触れたあの髪の感触を思い出すと、顔が赤くなる……。

「さて、そろそろ行かないと」コルテスは薄型の金の腕時計に目をやって言った。「飛行機の時間があるから」

フィービーは咳払《せきばら》いをして、自分が熱くなっていることと帰りたくないと思っていることを隠そうとした。コルテスはそんな彼女の様子を見ないようにした。

食事が終わると、コルテスはフィービーをクレイトンとデリーが泊まっているホテルに送っていった。ホテルの玄関から少し離れたところにある駐車場の楓《かえで》の木の下に車を止めると、彼はフィービーのほうを向いた。座っていると、ふたりの身長差がますますはっきりする。彼女の頭がようやく彼の顎に届く程度だ。それが彼の興奮をそそった。どういうわけかはわからないが。

「わたしも部屋を取っているの」フィービーは顔を上げずに言った。「それに、デリーとクレイトンはまだ戻ってこないわ」

「部屋には行かないよ」コルテスはわざと言った。「あまり時間がないから」

「泊まって夕食を一緒にできたらよかったのに」

「調査が遅れている事件を置いてきたからね。ここにいられるのはこれが精いっぱいなんだ」

「わたし、あなたのことを本当に何も知らないわ」フィービーは実感をこめて言った。

「チャールストンで会ったときはＦＢＩの仕事をしていると言っていたのに、デリーにはＣＩＡだと言っていた。そして今は政府の検察官。秘密が多すぎる」

「たしかにね。でも、ぼくはけっして嘘《うそ》はつかない」コルテスは言った。「もっと長いつきあいだったら、話していたよ。でも、その必要はない。きみとつきあうつもりはないからだ。それはきみもわかっているだろう。ぼくは、ここへは自分の良識に逆らって来たんだよ、フィービー。きみのような年齢の女性とつきあうには、ぼくは年を取りすぎているし、くたびれている。きみはまだフレンチキスをするような段階にも達していないのに比べて、ぼくは清い男女交際が似合う年齢をとっくに過ぎた男だ」

フィービーは頬がかっと熱くなるのを覚えたが、かまわず彼と目をまっすぐに合わせた。

「言い換えれば、もっと時間があったら、わたしとベッドをともにしたいと思ってくれるということ?」

コルテスの視線がゆっくりと彼女の顔の上をさまよった。「もうすでにそう思っているよ」彼は言った。「きみ以上に欲しいものはないくらいだ。だからこそ、飛行機でさっさとワシントンDCへ帰るんだよ」

フィービーはどう考えたらいいのかわからなくなった。彼の目を探るように見る。「尋ねてくれればいいのに」

「何を?」

「わたしがあなたとベッドをともにしたいと思っているかどうか」

「その答えは聞かないほうがよさそうだ」

フィービーは、険しい表情をした彼の顔をじっと見つめた。「相手がほかの女性だったら?」

コルテスは彼女の頬に触れた。「ぼくは古い考えの人間だ」彼は静かに言った。「遊びで女性とはつきあわない。今までにつきあった女性は片手で数えるほどしかいない。彼女たちはみんな、ぼくにとって意味のある人たちだった。しかもその大半が、今でも快く話をしてくれる」

フィービーは静かにため息をつくと、悲しげな目をしてほほえみながら彼を見上げた。

「あなたに泊まっていってほしい」彼女は正直に言った。「でも、そのことで罪悪感を持ってほしくないから、あきらめるわ。卒業式に来てくれてありがとう」そして言い足した。

「親切に感謝するわ」

コルテスは自分の気持ちが表に出ていないことを願いつつ、欲望の目で彼女を見つめた。

「ぼくの考え方に腹を立てているのがきみでよかったよ」彼は言った。「ぼくたちの文化が混じり合うことはないんだ、フィービー。二つはあまりに違いすぎる。きみは長いあいだ人類学を勉強してきた。だから、そのあたりのことはよく知っているはずだ。ぼくに負けないくらい」

「わたしは何も結婚してと頼んでいるわけじゃないわ！」フィービーは、かっとなって言った。

「それはよかった」コルテスはしみじみと言った。「ぼくは仕事と結婚した男だからね。でも、もしきみが愛人を手に入れたいと言うなら、喜んでつきあうよ」

フィービーはとげとげしい目つきで彼を見た。「それはどうも」

「ちょっと思いつきで言っただけだ」コルテスは慎重に言葉を選びながら言った。「とはいえ、ぼくのことは友達だと思ってくれていい、もし友達が必要だったらね。ワシントンDCは広いし、刺激も多い場所だ。もしきみが困ったときには、ぼくがそばにいる」

フィービーは、彼の険しい顔の中に成熟した大人の色気を見ていた。こうして近くで見ると、圧倒されそうなくらい彼は魅力的だ。何かをこんなに欲しいと思ったことがないほど、彼を自分のものにしたくてたまらない。でも、ふたりはもう行きづまりだ。去年もそうだったように。ふたりのあいだには文化の違いだけでなく考え方の違いが立ちふさがっている。しかも、それをもっと複雑にしているのが、どうにもならない年齢の差だ。でも、ああ、彼はなんてセクシーなのかしら……。フィービーは彼の顔をいとしそうに眺めて、かすかな笑みを浮かべた。

コルテスは片眉を上げた。「そんなふうにぼくを見ると、痛い目に遭うことになるよ」彼はやんわりとたしなめた。

フィービーは肩をすくめた。「いつもそう言うだけで、実行したためしがないじゃない」

コルテスは人差し指で彼女の鼻の頭に触れた。「もしぼくが何か約束をしたときは、ちゃんと守る。卒業おめでとう。きみを誇りに思うよ」

フィービーはため息をついた。「わたしが卒業するところをわざわざ見に来てくれて、本当にありがとう。おかげで助かったわ」彼の目を探るように見て、物言いたそうにほほえんだ。「公の場所に行くのは苦手だから」

コルテスはフィービーのたっぷりとした長い三つ編みに手をかけると、彼女をそばへ引き寄せた。彼女の頭はシートにつけられ、顔が彼の顔の下に来る格好になった。「ここは公の場所じゃない」コルテスは彼女の口元でささやいた。

温かくて硬い唇が重ねられたショックからフィービーが立ち直ったかどうかのところで、

コルテスは顔を引いて彼女を放した。軽率なことをしてしまった自分をののしる言葉が、早くも口をついて出る。こんなことをするつもりはなかった。今回の旅は、自分の良識に反したもののはずだったのに。だが、自分を止めることができなかった。

　フィービーは青い目をした猫のように彼をじっと見つめている。

「何か言いたいことがあるのかい？」コルテスは言葉を促した。

「ええ。〝それで終わり？〟ってこと」フィービーは小生意気に言った。「それが精いっぱいなの？」

「なんだって？」コルテスは問いただした。

　フィービーはため息をついて、指で彼の顎に軽く触れた。「今のつまらないお義理のキスと、去年、海岸で情熱を惜しみなく与えてくれたキスをどうしても比べてしまうのよ」彼女はごねるように言った。

　コルテスはさげすむように彼女を見た。「あれは去年のことだ。あのときはまだ今ほど状況がこみ入っていなかった」

　フィービーの眉がつり上がった。「だから？」

　コルテスは人差し指で彼女の小さな耳をなぞりながら、じっと考え込む様子を見せた。「ぼくにはアイザックという弟がいる」彼は言った。「ぼくより十四歳年下だ。つまり、きみと同じ年ごろだ。両親とぼくとで弟をなんとか高校へやった。だが、それからというもの、弟は法に触れることを次々に犯してね。今は女性ともめている。母は心臓を悪くしているのだが、その問題のせいで死んでしまうのではないかと父とぼくは心配している」

フィービーはその状況を気の毒に思いながらも、彼が自分の個人的なことをここまで正直に話してくれたことをうれしくも思った。「わたしは、きょうだいが欲しかったわ」彼女は言った。「問題を起こしてばかりでもいいから」

コルテスは優しくほほえんだ。「きみのお父さんが亡くなったことは知っている。お母さんはどうしているんだい？」

「母はわたしが八歳のときにがんで亡くなったの」フィービーは淡々と言った。「父は再婚して、その六年後に亡くなったわ。レバノンで起きたアメリカ海兵隊宿舎爆破事件に巻き込まれてね。継母は再婚した。もうずっと会っていないわ。わたしに残っているのは祖父母と叔母のデリーだけ」

コルテスは顔をしかめた。彼女は同情を求めているわけじゃない。だから同情はしない。それでも、彼女のことを気の毒には思う。ぼくの家族はぼくを大事に思ってくれている。ぼくは彼らのためなら、どんなことでもするだろう。

「あら、わたしったら、こんな話をするつもりじゃなかったのに！」フィービーは照れくさそうに笑いながら言った。そして眉を上げながら彼を見上げた。「わたしと一緒に部屋へ来て、カーペットの上でワイルドで無防備なセックスをする気はないのね？」

コルテスの目がおかしさをこらえて揺れた。まったく彼女は無茶なことを言う。

「だって、前に女の子が言っているのを聞いたのよ。避妊具をつけてセックスをしてみたら――」フィービーはしつこく続けた。

コルテスは大きな手を上げた。「そこまでだ」まだ笑いをこらえながらも、きっぱりと言った。「ぼくはセックスをするときに避妊はしない」

フィービーはおおげさにため息をついた。「わたしはどうなるのかしら？」ダッシュボードに向かって言った。「利用申込書を書かなきゃいけないのに、あなたのせいで笑い物になりそうだわ」

コルテスは身を前に乗り出した。「どういうことだい？」

「どうぞここでセックスをしてくださいと言わんばかりの場所があるのに、わたしは正直者だから、わたしにはできませんって申込書に書くしかないわ。そうしたい唯一の男性がわたしを拒絶しているからって」

コルテスはとうとう笑い出して、かぶりを振った。「車を降りるんだ！」彼女の上に身を乗り出して、ドアハンドルをつかんだ。

彼も予想していたようにフィービーが動かなかったせいで、ふたりは顔を突き合わせる格好になり、唇同士がほんの数センチのところまで近づいた。これだけ接近すると、彼の黒い瞳の縁の茶色い線まで見え、彼女の開いた唇に彼のミントがかった息の香りが感じられた。

フィービーは指で彼の温かい首筋にそっと触れた。自分の指は氷のように冷たくなっている。「今学期だけでも三人の男の子とデートをしたのよ」彼女はかすれた声で言った。「でも、彼らにおやすみのキスを許すだけでも我慢がいったわ」

「何が言いたいんだい？」

フィービーの目は雄弁に語っていた。「ほかの男性には何も感じないということよ」

「ベイビー、きみはまだまだ若い」コルテスは指で彼女のふっくらした唇を軽くかすめながら、優しい静かな声で言った。そこには愛情も感じられない。彼の顔はまじめくさっている。「そのうち誰かいい人が現れるよ」

「もう現れているわ。でも、その人は逃げてばかりいるの」フィービーはこぼした。

「ぼくには仕事がある」コルテスは釘をさした。そして顔を寄せて、唇で彼女の唇を軽くかすめた。まるでふたりのあいだに電流が流れているように感じられる。「それに、事件の調査を片づけないといけないし。これは嘘じゃない」

「あなたは休暇も取らないのね」フィービーは彼の口元でささやいた。彼をつなぎ止めておくにはこうするしかないというように、自分の唇で彼の唇をなぞりながら。

「めったにね」コルテスは真っ白な歯で彼女の上唇を軽く噛み、それから舌で上唇の下側をなぞった。たちまち彼の心臓は早鐘を打ち、体がただならない速さで反応を起こし始めた。思わず彼は、うなじのところでまとめられているフィービーの髪の中に指をくぐらせ、彼女の顔を自分のほうに向かせた。「こんなことをしてはいけないんだ」声を絞り出すようにして言った。だが、その口はすでにフィービーの開いた唇をとらえ、彼女の全身をわき立たせるようなキスを送っていた。

フィービーは彼の首に両腕をまわし、外を通る人が目に入らないようにした。といっても、ここは駐車場の中でも少し離れたエリアで、人気はまったくない。あったとしても、気にならなかっただろう。フィービーは彼にすっかり夢中になっていた。

コルテスは彼女の口の中にうめき声をもらし、歯のあいだに舌を滑り込ませた。大きな両手を彼女のウエストから柔らかく張り出した胸へと滑らせていき、その心地よい重みを手のひらに包んだ。その先端が硬くなるまで親指で優しく愛撫《あいぶ》する。

フィービーは身を震わせた。

コルテスは顔を上げると、ぼんやりとかすんだ彼女の目をまっすぐにのぞき込んだ。自分の目は渇望でぎらぎらと燃えている。彼が手に力を入れると、フィービーの瞳が大きくなるのが見えた。そのあいだにも彼女は悦《よろこ》びにまた身を震わせている。

「きみがこんなに若くなかったらよかったのに」コルテスは苦々しそうに言った。

「年なんてどうでもいいわ。それほどあなたは魅力的よ」フィービーはささやいて、彼の首にまわした腕に力をこめた。「あなたはわたしをベッドに連れていく前に、さっさと逃げていくんでしょう、ジェレマイア」弱々しい声でつぶやく。「泊まるのが病みつきになりそうだから」

「きみもだろう」コルテスは心を見透かされたことが癪《しゃく》にさわり、ぶっきらぼうに答えた。フィービーの口から名前を呼ばれると、その響きに不思議と親近感を覚える。こうして彼女を抱きしめているのと変わらないくらいに。

「そうよ」フィービーはかすれた声で言った。そして彼の顔を引き寄せると、一年ものあいだ閉じ込めていた熱望をすべてぶつけてキスをした。彼が抑制を解いて欲望のままにキスを返してくれるのをうれしく思いながら。

だが、それもつかの間、コルテスは彼女の腕をつかむと、下へおろさせた。顔を上げた彼の目は急によそよそしくなっていた。

「今のぼくは、手に余るほどたくさんの個人的な問題をかかえている」コルテスは低い声でゆっくりと言った。「きみの相手をしている余裕はないんだ」

「そうしたいくせに」フィービーは思いきって言った。

コルテスの目が光った。「ああ」しばらくしてから彼は言った。「そうしたいさ」

その告白でフィービーの表情が変わった。うっとりしたようにほほえみを浮かべている。

「だが、今かかえている案件をまず先に片づけなくてはならない」コルテスは言った。深呼吸をして、彼女の柔らかな唇を心から欲しいと思いながら見おろした。その唇を長い人差し指でなぞる。「たぶん、クリスマスのころまでには収拾がついていると思う。きみはクリスマスをデリーとチャールストンで過ごすのだろう?」

「ええ」フィービーはにっこりと笑って答えた。彼から永遠のさようならを言われなくてよかった。

「さっき話した仕事のことは考えてくれるね? もう少し詳しいことがわかったら、手紙で知らせるよ。きみの住所を教えてくれないか」

フィービーは気持ちを切り替えてハンドバッグの中を探ると、メモ帳とペンを取り出した。叔母のデリーのワシントンDCの住所を書きつける――彼女は休日以外にはそこに住んで、シーモア下院議員のもとで働いている。それと、叔母のチャールストンの住所も書いておいた。「しばらくはデリー叔母さんのところにいると思うわ。進路が決定するまで」

「ぼくが勧めた仕事は給料が本当にいいんだよ」コルテスはほほえんで言った。「それに、きみとしょっちゅう会えるし。ぼくは彼らのオフィスがある地域で無料奉仕の仕事をすることが多いから」

フィービーの目が希望に輝いた。「働き者なのね」

コルテスは静かに笑った。「ぼくもそう思うよ」彼女を見つめて、口ごもりながら言った。「ぼくは人づきあいが下手だから」そして言葉を続けた。「女性とつきあうのも苦手だ。たとえ、うわべだけのつきあいでも。きみの注文は厳しいよ」

「あなたもね」フィービーはさらりと言った。

コルテスは顔をしかめた。「そう思うよ」

「わたしは無理強いはしていないわ。何かしてほしいと頼んだりもしていない」フィービーは静かに言った。

コルテスは指先で彼女の頬に触れた。「わかっているよ」

フィービーは彼の黒い目を探るように見た。「わたしは、初めて会ったときからあなたのことをわかっていたわ。どういうわけかは知らないけど」

「知らないままにしておいたほうがいいこともある」コルテスは返した。「さあ、本当にもう行かなきゃならない」彼は顔を寄せて、息もつけなくなるような優しいキスを送り、フィービーが自分と同じ高さに体を起こしてくるまで唇で唇をなぶった。彼女は小さくうめくと、コルテスの力強い首をぐっと引き寄せた。彼は身をかがめ、かすれたうめき声をもらしながら、フィービーを胸に抱きしめた。彼女の全身は悦びに打ち震え、キスは延々と続いて、彼女の唇は腫《は》れ、心臓がおかしくなったように打つまでになった。やがてコルテスはしぶしぶ顔を上げた。と思うと、いきなり彼女を放して体を引いた。

彼もフィービーと同様、まだ気持ちが落ち着いていない様子だ。「ぼくたちはすでに共通点をいくつか見つけ出した。たぶん、まだまだ見つけられるだろう。少なくともきみは、ネイティブ・アメリカンの習慣やしきたりについてまったく無知ではないから」

フィービーは優しくほほえんだ。「猛勉強しましたからね」

コルテスはため息をついた。「まあいいさ。そのうちわかる。ワシントンDCに帰ったら手紙を書くよ。でも、長い手紙は期待しないでくれ。ぼくにはそんな時間がないから」

「期待しないわ」フィービーは請け合った。

コルテスは親指で彼女の顎に触れた。「きみの言ったことで一つ正しいことがある」彼は不意に切り出した。

「どんなこと？」

「もし卒業式に来なかったら一生後悔することになると、きみは言っただろう」コルテスは思い起こして、ほほえんだ。「そのとおりだったと思うよ」

フィービーは彼の大きな口の上に指を滑らせて、ぞくぞくするその感触を味わった。

「わたしもそうだったと思うわ」心からの思いを浮かべた目が彼の目と合った。

コルテスは身をかがめて、最後にもう一度キスをすると、手を伸ばしてドアを開けた。

「手紙を書くよ」

フィービーは車を降りると、彼に向かってうなずいた。「わたしも書くわ」ドアを閉めて車の中をのぞき込む。「ご家族の問題が解決するように祈っているわ」そう言い足した。

「なんとかなるさ」コルテスは答えた。そして彼女を見つめたが、この先には破滅が待ちかまえているという不吉な予感に、その目は揺れていた。父や叔父たちや呪医《じゅい》だった先祖たちは、予知能力はありがたいものだと思っていただろう。だが、ぼくにとっては迷惑なものだ。

「どうかしたの?」何か言いたげな彼の表情を見てフィービーは尋ねた。

コルテスは体をずらした。「なんでもない」そうごまかして、いやな予感を振り払おうとした。「ちょっと考えごとをしていただけだ。元気でいるんだよ、フィービー」

「あなたもね。あなたのおかげで楽しい卒業式になったわ」

コルテスはほほえんだ。「ぼくも楽しかった。これでお別れというわけじゃないよ」がっくりしている彼女を見て、そう言い足した。

「わかっているわ」それでもフィービーは、なぜか不安をぬぐえなかった。

コルテスが最後にフィービーを一目見た。その目には暗い陰があり、不安に満ちていた。どうしてそんな目をしているのか彼女が尋ねる前に、彼はウィンドウを上げた。

コルテスは手を振り、駐車場から車を出した。フィービーは車が見えなくなるまで彼を見送った。唇は、彼の唇が押しつけられた名残でまだひりひりしている。体は、新たな快感にうずいている。興奮と驚きを胸に、彼女は身を翻し、ゆっくりとホテルに戻っていった。未来は明るい薔薇《ばら》色に見えた。

2

三年後

ノースカロライナ州チェノセタにあるネイティブ・アメリカンの小さな博物館は、土曜日で混《こ》んでいた。フィービーは、廊下ですれ違った子どもたちの団体を見てほほえんだ。彼らのうちのふたりが押し合いをしていて、引率の教師はふたりを叱《しか》りつけると、フィービーに申し訳なさそうな笑みを向けた。

「大丈夫ですよ」フィービーは教師にささやきかけた。「壊れるようなものはありませんから。ガラスやベルベットのロープの向こうにあるもの以外は！」

教師はくすくす笑いながら歩いていった。

フィービーは、チェロキー族の言葉の英語訳が書かれたボードに目をやった。訳は正確ではなかったが、以前かかっていたボードよりはよくなっている。かつて、この博物館はみすぼらしくて魅力に欠け、郡では閉鎖を考えていた。しかし、フィービーが館長に就いて、その計画を白紙に戻したのだった。ボードのいちばん上に書かれているのは、町の名前チェノセタと、そのチェロキー語の意味〝四方を見渡す〟だ。本当にそのとおりだわ。フィービーは、小さな町をぐるりと囲む堂々とした高い山々のことを思った。

フィービーは、通信教育と数週間の夏期スクーリングを履修して大学院を卒業し、人類学の修士号を取得していた。チェノセタの博物館へは、在職中に修士号を取るという条件で、館長として迎えられたのだった。

ここは、同州のチェロキーからわずか数分のところにある重要な土地だ。ネイティブ・アメリカンの小さな拠点であるヨナ居留地が、チェノセタとの市境を示す標識のすぐ近くまで広がっている。おかげで、この山間《やまあい》の小さな町の周辺には三つの建設会社が競って数軒のホテル・コンプレックスを建設中で、面積あたりにするとサウスカロライナのマートルビーチよりホテル過密の状態になりつつある。コングロマリットの一つは、ラスベガス式のテーマホテル・コンプレックスを立ち上げていた。残りの二つは、野生動物の通り道も設計に含んだ豪華なリゾートホテルだった。それらの建物に魅力を添えているのは背後の山で、蜂《はち》の巣状の洞窟《どうくつ》群が洞窟探検家たちを惹《ひ》きつけることは間違いない。

市議会議員のうちふたりが、生態系への影響を案じてこの巨大プロジェクトに断固反対したが、ほかの三人の議員と市長は賛成票を投じた。たしかに、水道料金の増収だけでも市の財政は潤うだろうし、ホテルが今ある観光エリアに旅行者を引き寄せることは言うまでもない。

　だがフィービーは、抵抗しているふたりの市議会議員同様、巨大ホテル建設にともなう需要増加に応じて上下水道の設備を拡張すれば、ほかにしわ寄せがいくと考えていた。ホテルはチェノセタ・チェロキー博物館に近いので、博物館の水圧にもおそらく悪影響を及ぼすだろう。来館者の多さを考えれば、今でもすでに水圧が不足しているくらいなのに。それに、厄介な問題はまだほかにもある。この小さな町の市境近くにある郡最悪の交差点の一つが、交通量増加にともなって大混乱に陥りつつあるということだ。定期的に軽口をたたきにやってくる保安官代理も、これは重大な問題だと言っていた。もっとも、フィービーが彼の軽口に調子を合わせることはなかった。今の彼女には、バッジをつけている人間がどうしても好きになれないからだ。

「また難しい顔をしているのね」部下のマリー・ロックリアが近づいてきて、冷やかすようにつぶやいた。チェロキー族の血を半分引くマリーは、デューク大学の出身だ。彼女の担当は経理で、博物館にとって貴重な人材だった。

「笑顔はひとりのときしか浮かべないようにしているの」フィービーは言った。「スタッフの調子を狂わせたくないから」

「いとこのドレーク・スチュアートが、昼休みにまた立ち寄るって」マリーは言った。「この地域をパトロールしている保安官代理のことだ。「新しくできたファストフード店のスパイシー・チキンサラダを二つ買ってきてくれるように頼んでおいたわ」マリーは言い足した。「彼はあなたに優しいから」

フィービーは顔を曇らせた。「わたしは男性に興味はないの」

「ドレークは三十歳で、はっとするほど魅力的よ」マリーは食い下がった。「チェロキー族の血が濃くてセクシーだし」そしてさらに付け加えた。「いとこじゃなかったら、わたしが彼と結婚するのに！」

「それに保安官代理だしね」

「そうよ。あっ、忘れていたわ。あなたは法執行者が嫌いだったのよね」

フィービーが自分のオフィスに入ると、マリーも後ろからくっついてきた。「わたしは男性が嫌いなの。以上よ」フィービーは返した。

「どうして？」

フィービーはその質問を無視した。過去のことを蒸し返すのはつらすぎる。

「駐車場のあの穴を修理する費用は出せる？」フィービーは尋ねた。「苦情が来ているのよ」

「屋根の修理を見合わせたら出せるわ」マリーは澄まして答えた。

「また水もれ！」フィービーはうなった。「今度はどこなの？」

「男性用トイレ」マリーは答えた。「洗面台の前に水たまりができているわ」

フィービーはデスクに着いて、両手で頭をかかえた。「それに、もう十一月よ。すぐに雪やみぞれが降ってきて、重みで屋根がつぶれるわ。わたしったら、どうしてこんな仕事を引き受けてしまったんだろう。ねえ、どう思う?」

「ほかに引き受け手がなかったから」

フィービーは思わず吹き出してしまった。マリーにはかなわない。年下の彼女にほほえみかけてフィービーは言った。「いいえ、実際はわたしの引き受け手がほかになかったからよ」

「信じられない。あなたは大学を上位一パーセントに入る優秀な成績で卒業したうえ、大学院の修士課程でも立派な成績で、しかも記録的なスピードで修了したんでしょう」マリーは思い出して言った。「あなたの履歴書を見たのよ」フィービーの驚く顔を見て言い足した。

「学歴がすべてじゃないわ」フィービーは答えた。

「ええ、でも、あなたの専門分野は法人類学よね」マリーは返した。「それなら仕事はいくらでもあるはずよ。とても専門的な分野だから」

「わたしが職探しをしていたころには一つもなかった」フィービーはファイルを引き寄せながら、静かに言った。「家族や、それにすべてのことから離れたかったの。ここなら、知っている人は誰もいないし、ばったり……」コルテスと言いかけて、口をつぐんだ。

マリーは豊満な体をデスクの端にのせると、まっすぐで豊かな長い髪を後ろに払った。「そのことを話したくないのね。でも、以前ほどつらそうではないみたい」

フィービーはうなずいた。「ええ。もうふっきれた気がするわ」

「ドレークの車に駆けていって、熱烈なキスをして、デートに連れていってと頼んだら、何もかも吹き飛ぶわよ」マリーはいたずらっぽく笑った。

フィービーは彼女をにらみつけた。「あなたの話では、ドレークには交差点の数ほどガールフレンドがいるってことだったわよね。どんな容姿でも年齢でもおかまいなしの女好きで、しかも、女性たちからもてるって。わたし、使い古しの男性はいやだわ」

マリーは目を丸くした。

フィービーは自分の言ったことに気づいて、吹き出した。「もちろん、仮にそうだとしたらの話よ」顔を赤らめながら小声で言った。「でも、わたしがこんなことを言ったなんて、ドレークに言っちゃだめよ!」

マリーは豊満な胸に手をやった。「わたしがそんなことをすると思う?」

「そりゃもう」フィービーは太鼓判を押した。「さあ、仕事に戻って。屋根と穴ぼこの修理費用を今年度予算からひねり出して」

「ヨナ居留地に行って、フレッド・フォーキラーに頼んだらどうかしら」マリーは答えた。「彼は呪術《じゅじゅつ》を使えるわ。うちの予算を増やすよう、理事会を動かしてくれるかもしれないわよ！」

　呪術と聞くと、コルテスのことが思い出された。彼は、代々続く呪医の血を引いている。フィービーはデスクの真ん中の引き出しに思わず手をかけた。だが、すぐにその手を引っ込めた。

「万策尽きたときには、それにすがるしかないかもしれないわね」彼女は言って、パソコンの電源を入れた。「学生たちが到着する前に事務の仕事を片づけちゃうわ。十一時にまた中学生がバスでやってくるの」そして、昔を懐かしむような顔でマリーを見やった。

「わたしがここに来たばかりのころは、観光客が月にふたりも来ればいいところだったのにね。今じゃ毎週、子どもたちを乗せたバスが何台もやってくるようになって」

「このあたりはチェロキー族の血が入っている人が多いし、居留地をとても身近に感じるのよ」マリーはほほえみながら言った。「自分たちの伝統について学びたいと思っているから、ここの歴史講義が人気なのね」

「あれはいい収入になるわ。ここのショップで売っている郷土史の本なんかと同じように」それは認めざるを得なかった。「これであとは後援者がついてくれたらいいのだけど」

「それは時期尚早だわ」マリーはほほえんで言った。「さあ、仕事をしなくちゃ」

　マリーはオフィスを出ていき、ドアを閉めた。展示室で歴史の講義をしているのは、フィービーのアシスタントを務めるスタッフ、ハリエット・ホワイト――五十代の、夫を亡くしている女性だ。かつてはデューク大学で歴史学の教授をしていたが、今はフルタイムの仕事に就く気はないとのことだった。この博物館には、まさか雇ってもらえるとは思わずに応募したらしいのだが、フィービーは応募書類を見てすぐに連絡を取った。最初は、ハリエットのような経歴を持つ人がなぜアシスタントなどに応募したのか理解できなかったが、ハリエットは自分の好きな分野の研究が続けられるような、負担の少ない地位を希望していることがわかった。雇ってみると、彼女は仕事熱心で、まわりの評判もよかった。

フィービーはしばらくためらってから真ん中の引き出しを開けて、ネイティブ・アメリカンのお守りを取り出した。それには羽根飾りがぶら下がっている。鷲《わし》の羽根ではない。もしそうだったら、フィービーは困っていただろう。風変わりな小さい贈り物。大学卒業の一週間後にコルテスが送ってくれたものだった。彼からもらった手紙は二通しかないが、そのうちの一通だ。そこに同封されていたこのドリームキャッチャーは、牛の生皮でくるんで羽根飾りをつけ、中央にスイートグラスの葉が編み込んであった。コルテスによれば、これは彼の父親からフィービーに渡してくれと頼まれたもので、いつもそばに置いておくようにとのことだった。フィービーは迷信を信じるほうではなかったが、これは彼の家族の気持ちがこもった……大切なものだ。だから、彼女はいつもこれを身近に置いていた。

その隣にあるのは、もう一通の手紙だった。薄っぺらいその封筒には、フィービーの名前と住所が、ドリームキャッチャーについていた手紙と同じ筆跡で走り書きされている。フィービーは封筒に手を伸ばした。あれから三年もたった今でもまだ、まるで毒蛇にでも触れるような気がする。

歯を食いしばりながら、意を決して、中に入っている小さな新聞の切り抜きを取り出した。ほかには何も同封されていない。その記事に目をやると、コルテスのことで感傷的になってはいけないということを改めて思い出した。

小さな見出しだけを読んでみる。〈ジェレマイア・コルテス氏がメアリー・ベーカーさんと挙式〉幸せなカップルの写真はなく、ふたりの名前と結婚式の日付だけが書かれている。あの日のことはけっして忘れない。大学の卒業式から三週間後のことだった。

フィービーは切り抜きを封筒に戻し、それを受け取った日の悲しみも押し戻した。いつもこの手紙をドリームキャッチャーのそばに置いて、あの短かったロマンスのことを懐かしがったりしてはいけないという戒めにしていた。そうやって独身を通してきたのだ。もう二度とあんな思いはしたくない。なんの報いも得られないまま、わたしの心は散っていった。コルテスは将来をともにできるかもしれないという希望を与えておきながら、なぜこんなむごい切り抜きだけをいきなり送りつけてきたのか、フィービーにはその理由がまったく理解できなかった。短い手紙が添えてあるわけでもなく、謝罪も、説明も、何一つなかった。

こちらから手紙を書いて、婚約していたことを教えてくれなかった理由だけでも聞きたかった。だが、二通目の手紙には差出人の住所が書かれていなかった。さらに悪いことに、一通目の手紙に書かれていた住所宛《あて》に出していた手紙が、未開封のまま転送不能で戻ってきた。フィービーは、どん底まで突き落とされた心境だった。それを境に、快活で楽天的だった性格は陰りを帯びた。三年前の知り合いが今の彼女を見ても、誰だかわからないだろう。髪を切り、仕事一筋という態度に徹し、地味な服装に身を包んでいる。いかにも博物館の館長という雰囲気だ。そして、そのとおりの仕事をしている。ときには、ジェレマイア・コルテスのことを一度も思い出すことなく過ごせる日もあった。だが、今日はそうはいかなかった。

フィービーは封筒を引き出しの奥に押し込んで、しっかりと閉めた。わたしにはちゃんとした仕事があるし、将来の心配はない。住んでいる家には、用心のために飼った犬もいる。だから恋人なんていらない。人づきあいもほとんどしないフィービーだったが、小さな博物館に資金援助をしてもらうため、政治家たちの各種会合には招待されれば顔を出した。だが悲しいことに、そうした集まりで出会う政治家たちが援助を申し出てくれることはなかった。たとえ経済状態が許そうとも。たぶん、こんな小さな博物館を援助したところで、たいした得にはならないと思っているのだろう。資金は個人の寄付に頼るしかなかったが、支援者の多くは裕福ではなかった。博物館は経済的にぎりぎりの状態だった。

フィービーは椅子の背にもたれてオフィスを見渡した。小さな自宅と同様に、置いてある物は少ない。物を集めることは、もうやめたのだ。壁にかけてあるのは、チェロキー族が彼女のために作ってくれたマンダラと、六年生児童の父親が作った吹き矢だ。フィービーはそれを見てほほえんだ。チェロキー族が昔は吹き矢を使って狩りをしたと聞くと、世間の人はいつも驚く。そのくせ、チェロキー族が家に住み、頭飾りや腰布はつけず、顔にペイントもしていないと知ると、もっと驚くのだった。そんな格好をするのは、ここからそう遠くないチェロキー近郊のクアラ居留地で年に一度上演される野外劇『この丘のために』で、強制移住の途上で起きた悲惨な事件――〝涙の旅路〟を再現するときだけだというのに。世間はネイティブ・アメリカンに対して妙な考えを持っている。

メールの返信をしなければと思っていると、電話が鳴った。フィービーはうわの空で受話器を取った。「チェノセタ・チェロキー博物館です」愛想よく応対した。

「ミス・ケラーですか？」男性の声が尋ねた。

「そうですが」フィービーはパソコンの画面から目を離して答えた。相手は取り乱している様子だ。「ご用件は？」

男性はためらいながら言った。「おたくの博物館なら、有機物から遺跡の年代特定をしていただけるかと思って。そのようなことに協力する予算の余裕はありませんか？」

「それはまあ、年輪などから年代を特定することは可能ですけど……」

「調べてもらいたいのは人骨です」男性は言い足した。「頭蓋骨《ずがいこつ》が見つかって……いや、実際には胴体の骨も全部ですが。緑青がかなり付着して、手つかずの状態で洞窟の中から見つかったのです。パレオ・インディアンの石器と一緒に。ぼくの見立てが間違っていなければ……おそらくフォルサム型尖頭器《せんとうき》でしょう。きれいな形をした……ホープウェル期のものと思われる人形も二体見つかっています。頭蓋骨は、頭蓋が大きくて鼻腔《びこう》が広く、歯生状態からすると……ひょっとしたらネアンデルタール人のものかもしれません」

フィービーは思わず息をのんだ。受話器をきつく握りしめたせいで、指の関節が白くなっている。「本当ですか？　今のところ、年代特定されている人骨は最古のものでも一万年から一万二千年前、しかもその遺跡があるのはテネシーで、ノースカロライナではありません。そもそも、北アメリカにはネアンデルタール人の遺跡と認められている場所はないんですよ！」

「たしかに。だが、ぼくは……見つけてしまった」男性は言った。「たぶん……見つけてしまった」

フィービーはまっすぐに座り直した。「まさか、いたずらではないでしょうね？」冷ややかに言った。「もし、これが……」

「慎重になるのも無理はない……わかりますよ」男性は少し間を置いて言った。「ぼくは、この地域に調査に来ている人類学博士です。知識はちゃんと持っているつもりです。いたずらなんかじゃない。だが……やつらはこの件を隠蔽《いんぺい》しようとしている」ささやき声で急いで言った。「彼は、もしこの件が明るみに出たら、やつらに殺されると言っている。ぼくも殺される！　プロジェクトを進めるためなら、なんでもするやつらなんだ。もしぼくたちが他言したら、遺跡の発掘作業のあいだ、開発は無期限に中断されることになる。そうなったら、全国的な宣伝にはなっても、彼は破産してしまう！」

「彼って誰のこと？」フィービーは尋ねた。「遺跡の場所は？　あなたの名前は？」

「言えない……今はまだ。折を見て、また電話します。ぼくはやつらに見張られているから！」電話の向こうで、大きなノックの音とドアの開く音がした。女性の甲高い声も聞こえたが、その声はくぐもっていた。たぶん、男性が受話器に手をかぶせたのだろう。「ああ、ちょっとね……娘と話していたんだ！　そう、娘だよ。今行くよ！」男性は、部屋に入ってきた人物にそう言った。そして電話口に戻った。「またあとで電話するよ……じゃあね」彼はフィービーに向かって言った。不意に雑音がし、電話は乱暴に切れた。

フィービーは相手の電話番号を調べられる＊69番にかけてみたが、発信者がブロックしていた。彼女は歯ぎしりしながら受話器を置いた。たぶん、ただのいたずらだろう。このような〝発見報告〟はこれまでにも何度となくあって、一度などはカリフォルニアでの話で、クロマニョン人の時代より前にさかのぼるかもしれない人骨を発見したので見てほしいということだった。結局、ネアンデルタール人のものだというその骨を年代特定したのは、世界でも有名な人類学者のひとりだった。ところが、その年代特定には問題が多く、権威者の多くは取り合わなかった。同じような話はニューメキシコにもあり、洞窟の中で見つかった人骨は三万五千年以上前のものだという説が展開されたが、不思議なことに科学的評価がされる前に人骨は消えてしまった。

それらがいたずらだったのかどうかは、うやむやのままだ。最新の人類学的論争は、ワシントン州で発見されたケネウィック人をめぐるもので、その人骨はパレオ・インディアン期のものだと言われながらも、ネイティブ・アメリカンの特徴がほとんど見られない。この論争はいまだに繰り広げられている。

電話をかけてきた男性はたぶん、ただの変わり者で、ひまを持て余していたのよ、とフィービーは結論づけた。でも、嘘《うそ》を言っている様子ではなかった。それに、おびえていた。だがフィービーは、すぐに真に受けてしまう自分を戒めた。あんな話はでっち上げで、わたしが過剰に反応しているだけだわ。フィービーはパソコンを立ち上げて、メールの返信に取りかかった。

不意にドアが開いて、長身で体格のいい男性が顔をのぞかせた。明るいオリーブ色の肌に、短い黒髪、きらきらと輝く黒い目の持ち主は言った。「食事の時間だよ!」

フィービーはパソコンの画面から顔を上げ、保安官代理に向かってほほえんだ。「こんにちは、ドレーク。マリーから聞いたわ、あなたがランチを持ってきてくれるって。ありがとう！」

「お安いご用だよ。ぼくもおなかがすいたからね、ミス・ケラー。でも、ときには移動中に食べなきゃならないこともある」彼はゆっくりと話しながら、ボックスランチを二つ持ってオフィスに入ってきた。「というわけで、ぼくのランチはまだ車の中さ。呼び出しを受けて、そこへ向かうところなんだ。きみとマリーのぶんを持ってきたよ」

フィービーは電話のボタンを押した。「マリー、ドレークがランチを持ってきてくれたわよ」

「すぐに行くわ！」うきうきした声が返ってきた。

「ぼくが来たことを喜んでくれる人がいてよかったよ、いとこひとりだけでもね」ドレークは少しすねてみせた。「きみは心ここにあらずだし」

「そうなのよ」フィービーは認めて、パソコンのプログラムを閉じた。そして気がかりそうな顔を上げた。「少し前に電話があったの。たぶん変人か、ひま人なんだろうけど。でも、怖がっている様子だったの」

ドレークのくつろいだ笑顔が消えた。そして彼はフィービーに近寄った。「どんな話だったんだ？」

「ネアンデルタール人の時代のものかもしれない人骨が建設業者によって隠蔽されようとしているとか言っていたわ」フィービーはかいつまんで説明した。「電話は唐突に切れたのよ。番号を調べようとしたけど、ブロックされていて、だめだった」

「ネアンデルタール人の骨か。へえ」ドレークはばかにしたように言った。

フィービーはほほえんだ。博物館が提供している考古学のインターネット講座を彼が取っていたことを思い出したのだ。

「ただの冗談だと思うわ」

「高校の卒業もあやうそうなやつだな。そんなやつは墓穴を掘るのさ。爆弾を仕掛けたっていう脅迫状を、父親の会社名が印刷された紙に書いて学校に送りつけたりしてね」

フィービーはうなずいた。「サラダを持ってきてくれてありがとう。ここはランチを買いに出るのも不便だから助かったわ」彼にお金を支払おうとハンドバッグに手を入れながら言った。

「きみを外に連れ出すのは無理だから」ドレークはため息混じりに言った。「せめてここで一緒にランチを食べようと思ってさ」そして言い足した。「もう行かなきゃ」

マリーが戸口から顔をのぞかせた。「おなかがぺこぺこよ！　ありがとう、ドレーク。あなたっていい人ね、いとこながら感心するわ！」

彼はマリーに片眉を上げてみせた。「そう思ってくれる人がいてよかったよ」不満そうに言って、フィービーのほうへ何か言いたげな視線を送る。

「ああ、彼女は男性に興味がないのよ」マリーは軽い調子で言った。

ドレークは眉をひそめた。「どうして？」

フィービーはたしなめるようにマリーを見やった。そして、ばつが悪そうに両手を上げると、話題を変えた。

3

翌朝、フィービーが目を覚ますと同時に、彼女の小さな家の前をサイレンの音が猛スピードで通り過ぎるのが聞こえた。ひどい事故でもあったのでなければいいけれど。このあたりの山道は細いうえに、危険な箇所がいくつかある。平地に慣れている旅行者がガードレールを越えてしまう事故がたまに起きる。転落すれば、まず命はない。

フィービーは着替えをすませ、コーヒーを一杯流し込むと、古いフォードを運転して職場に向かった。博物館の駐車場はこの時間にはすいていて、彼女とマリーの車しか駐《と》まっていないのが普通だった。だが今日は、入口に保安官代理のパトカーがエンジンをかけたまま止まっている。

フィービーはハンドバッグとブリーフケースをつかみ、眉をひそめながら車を降りた。同時に、ドレークがパトカーから降りてきた。だが、その顔に笑みはなく、心配そうな表情が浮かんでいる。

「おはよう」フィービーは彼に声をかけた。「何かあったの？」

ドレークは、ホルスターにおさめた公用のリボルバーの上に手を置いて近づいてきた。

「昨日、人骨のことで男と話をしたと言っていたね？」

「ええ」フィービーはゆっくりと答えた。

「相手は名前を言った？」

「いいえ」

「どんな人物だったか教えてくれるかい？」ドレークはきまじめに質問を続けた。

フィービーは記憶をたどりながら、とつとつと答えた。「人類学者だと言っていたわ……」

「くそっ！」

フィービーはぽかんと口を開けた。いつもおおらかな彼がこんなにかっかとしているのは見たことがない。「いったい何があったの？」

「DBがRezの中で見つかったんだ」ドレークは静かに言った。

フィービーは用語の意味を思い出そうと目をしばたたいた。「〝死体《DB》〟が」と言い換える。

「〝居留地《Rez》〟の中で見つかったのね？」

ドレークはそっけなくうなずいた。「中といっても、かろうじてだけどね。実際の境界線からわずか三十メートルほどのところだ。男はチェロキー族の血を引いているらしい。彼のものと思われる人類学者協会の会員証の一部が見つかっているが、名前の部分が欠けている」

フィービーは息をのんだ。「わたしに電話してきた人なのかしら……？」

「どうやらそうらしい。ぼくたちは依頼がないかぎり、チェロキー側の捜査に手出しをすることはできない。それに、この事件は連邦が管轄することになるそうだ。だが、ぼくには居留地の警察に勤めているいとこがいて、彼が状況を教えてくれた。すべては極秘ということだ。ＦＢＩが捜査のために特別捜査官を送ってくる。新しく組織したインディアン自治区犯罪捜査班の一員だそうだ。きみにも話を聞きに来るだろうから、ちょっと耳に入れておこうと思ってね」

「なんですって？」

「きみは、被害者と最後に話をした人物だ」ドレークは言った。「彼が泊まっていたモーテルの電話の横に、電話番号を走り書きしたメモが発見されて、電話帳で調べたらきみの職場のものだった。それで、いとこのリチャードがぼくに電話をくれたんだ。ぼくが博物館のまわりをよくうろうろしていることを知っているからね」彼はフィービーの当惑した顔を見つめた。「誰かがあの男を殺した。チェノセタのはずれにある彼の泊まっていたモーテルか、あるいは彼が倒れていた人気のない砂利道で。その道は、蜂《はち》の巣状の洞窟《どうくつ》がある山の近くの、建設現場の裏手につながっている。今朝早く、ジョギングをしていた女性が、後頭部に弾丸を受けて道の脇《わき》に倒れていた彼を見つけた。その女性はショックのため、地元の診療所でまだ治療を受けている」

フィービーは博物館の玄関の柱にもたれて、一息つこうとした。まさか自分が殺人事件の捜査に巻き込まれるとは思ってもいなかった。これには少し慣れが必要だ。

「わたしもその女性にならおうかしら」冗談のつもりが冗談に聞こえなかった。

「きみに危害が及ぶことはないよ。少なくとも……ぼくが思うにはね」ドレークはゆっくりと言い足した。

フィービーは顔を上げて彼の目を見た。「はっきり言って」

ドレークは顔をしかめた。「誰が、なぜあの男を殺したのか、ぼくたちにはわからない」彼は言った。「あの男の話がでっち上げではなかったとして。たとえでっち上げでも、この地域には新しい大建設プロジェクトが三つも進行中だ。あの男がきみに話したことが本当なら、彼がその遺跡を見つけたとき、どこを調査していたのかは知る由もない」

「彼は誰のもとで働いていたの？」フィービーは尋ねた。

「それもまだわかっていない。捜査はまだ準備段階だ。それからもう一つ――このことをマリーに話してはいけないよ」

「どうして？」

「彼女は口をつぐんでおくことができない」ドレークは静かに答えた。「捜査が始まっていることをぼくが言いに来たのは、きみの身が心配だからだ。でも、郡じゅうにそれを広めたくはないからね」

フィービーは小さく口笛を鳴らした。「やれやれ」

「万一の場合を考えてだけど、きみは銃を持っている？」

フィービーはかぶりを振った。「前に一度、友達の拳銃《けんじゅう》を撃ったことがあるけど、その音が怖くて、それからはやっていないわ」

ドレークは下唇を噛《か》んで、息を大きく吸い込んだ。「きみは郊外に住んでいるんだったね。もしよければ、ぼくが銃の撃ち方を教えてあげようか？」

フィービーは足元がぐらぐらと揺れるような気がした。普段はのんきなドレークなのに。この件に関しては冗談一つ言おうとしない。本当にわたしの身を心配しているのだ。彼女は唾《つば》をごくりとのみ込んだ。

「ええ」しばらくしてフィービーは答えた。「教えてくれると助かるわ。覚えておいたほうがいいということなら」そして探るような目でドレークを見た。「ドレーク、何かわたしに隠していることがあるんじゃない？」小さな声で尋ねた。

「もし、ネアンデルタール人の骨かもしれない未知のものが埋まっている遺跡が……」ドレークはゆっくりと話し始めた。「本当に存在するとしたら、どんな開発業者だって、その上に物を建てるのは不可能になる。つまり、膨大な時間、材料、それに労働力が無駄になってしまうんだよ。そういう事態を避けるためには手段を選ばないというやつらは出てくるだろう」

「わかったわ」フィービーは無理に笑顔を作って言った。「それなら射撃の練習をするわね」

「FBI捜査官が到着したら、その彼だか彼女だかと相談して、どういう保護をするか決めるよ」

だが、フィービーには結果が目に見えていた。地方の法執行機関だけでなく政府の機関も、予算の面でフィービーと同様の問題をかかえている。彼らが二十四時間保護の費用を出すことはないだろう。たとえその必要があったとしても、そして彼女自身がその費用を工面することは明らかに無理だとしても。それでもやはり、人の命を奪うことを考えると、ぞっとした。

「人を撃つことなんてできないと思っているんだろう」黒い目を細めながらドレークは言った。

フィービーはうなずいた。

「ぼくもそう思っていたよ、軍隊に入る前はね」実際、彼は海外での勤務を経て一年前に除隊したばかりだった。「ぼくは射撃を体で覚えた。だから、きみにもできるさ。自分の命がかかっているとなればね」

フィービーは縮み上がった。「昨日まではそんな難しいことを考えなくてもよかったのに」

「そうだろうね。ぼくは捜査に直接かかわるわけじゃないが、どこが管轄権を持つかは、殺人が実際に行われた場所によって変わってくる。死体が居留地内で発見されたからといって、彼がそこで殺されたとは限らない」

「犯人は、ＦＢＩの介入を望むところだと思っているのかしら？」

「それはないだろう。ただ、犯人は連邦管轄権を巻き込むことになるのを知らなかったのかもしれない。地方の境界線は赤く塗ってあるわけじゃないから」ドレークは落ち着いた笑顔で言った。「死体が見つかったあの砂利道はチェノセタに近いように見える。だが、そうではなかった。タイヤ痕《こん》がとぎれた地点から九十メートルほどのところに、居留地の境界線を示す標識が表を下にして倒れていた」

フィービーは口をすぼめて考えた。「犯人は居留地の標識を見なかったということね。夜だったのかも……？」

ドレークはほほえみながらうなずいた。「いい思いつきだ。真実と正義の側に立って、罪と闘おうと考えたことはないのかい？」

フィービーは笑った。「あなたの部署にはわたしを雇う余裕なんてないじゃない」

「まあね、ぼくを雇う余裕もないくらいだから。でも、だからといってぼくを首にしたりはしていないだろう？」ドレークは真っ白な歯を見せて、にっこりと笑った。「きみは博物館を守り、そしてぼくはきみを守るために最善を尽くす」

フィービーは眉をひそめた。

ドレークは片手を上げて言った。「仕事とわきまえて、きちんとやるよ」そして付け加えた。「どうせぼくは使い古しの男だと思われているようだし」

フィービーは息が止まりそうになった。「マリーったら！」ののしりの言葉が口をついて出た。

ドレークは笑った。「ぼくはなんとも思っていないよ。でも、こういうことだから彼女に秘密を打ち明けてはいけないと言ったんだ」彼は眉を上げた。「本当は、ちょっと孔雀《くじゃく》みたいな心境だけどね」

「何みたいですって？」

「孔雀の雄は雌の気を引くために羽を広げて見せる。羽が少しくらい傷んでいようが、色あせていようが、それを自分の持ち味として全部さらけ出すんだ。ぼくもそんなところさ」ドレークは答えて、かすかにほほえんだ。「ぼくはドンファンじゃないからね。でも、もしぼくがそのふりをしたら」そう言いながら彼女に身を寄せる。「幸運をつかめるかもしれないな」

フィービーはすっかり楽しくなって笑った。

「ジョニー・デップの映画を見なかった？　彼が自分をドンファンだと思い込む映画」ド

レークは茶化した。「彼はそれでうまくいったんだ。ぼくもやろうかと思ったよ。やってみなければわからないからね。でも、ぼくの場合、マントと仮面はあきらめなければならないな。保安官が精神科医を呼ぶかもしれないから」

「まあ、ドレークったら。あなたって、本当にどうしようもない人ね」フィービーは彼に対してこれまで使ったことのない和やかな口調で言った。

「その調子だ」ドレークはほほえんで言った。「きみはずっと冬のローブをまとっている。もうそろそろ春の花を探すときだよ、ミス・ケラー」

「あなたはときどき詩人みたいなことを言うのね」フィービーは指摘した。

ドレークは肩をすくめた。「ぼくにはチェロキー族の血が入っているからね。知っているだろう？　ぼくたちはただの〝民族〟ではなくて〝大本の民族〟なんだよ、ぼくたちの言葉ではね」

どの部族も自分たちのことを〝民族〟と呼んでいるが、チェロキー族だけは違うことをフィービーは思い出した。彼らは自分たちのことを〝大本の民族〟と呼んでいる。チェロキー族は高雅で知的な民族で、ほかの部族よりずっと早くから文字を使っていた。

「異議はありますか？」ドレークが尋ねた。

フィービーは片手を上げた。「法にはけっして逆らいません」

「よろしい」そう言ってドレークは姿勢を正した。ぴったりとした制服が、彼のたくましい体の輪郭を際立たせる。

　フィービーが返答をする前に、マフラーの大きな音がして、ふたりの注意を引いた。マリーの古いトラックが駐車場に入ってきて、排気管から煙を噴き出している。マリーがエンジンを切ると、ぽんぽんと大きな音がした。

　ドレークは気持ちを切り替えて、さっと車のところへ行くと、ボンネットを開けるようにマリーに合図した。そして後ろへ下がり、煙を手であおいで散らした。それからエンジンをのぞき込んでバルブをいじった。

　マリーが心配そうな顔で待っていると、ドレークはかぶりを振りながら体を起こした。

「キャブレターがバックファイアを起こしているよ、マリー。修理しないとトラックが燃えてしまうかもしれない」

「修理よりキャブレターを交換したほうが安いんじゃないかしら」マリーはぶつぶつ言った。「ああ、いやになっちゃう！」

「とにかく古いからな」ドレークはほほえみながら言った。「ちょっとした……使い古しというか」

　マリーの顔が真っ赤になった。「修理工場をしている兄さんに今から電話してくるわ！」

　彼女はフィービーに目もくれず、博物館の入口へ走っていったが、錠がまだ開いていないことに気づくと、自分の鍵《かぎ》をごそごそと探した。なぜ開いていないのか尋ねるところまで頭がまわっていないのは幸いだった。

ドレークとフィービーは静かに笑っていた。

「彼女には、あのことは黙っておくわ」フィービーは請け合った。

「ほかに何かわかることがないか調べてみるよ。射撃の練習は土曜日でどうかな？」ドレークは言い足した。

彼女はうなずいた。「仕事は一時に終わるわ」

「予定を調整して、ぼくも午後を空けておくよ」ドレークは約束した。自分の車に目をやると、無線が音をたてている。「ちょっと失礼」

車につかつかと歩み寄ると、マイクを取り上げてコールサインを告げた。応答を聴き、うなずき、再びマイクに向かって話す。

「もう行かないと」ドレークは言った。「FBI捜査官がこっちに向かっている。ぼくたちの手を貸してほしいそうだ」彼はにっこりと笑って付け加えた。「きっと、ぼくの捜査能力のすばらしさが連邦レベルの誰かの目に留まったんだな！」

フィービーはくすくす笑った。「じゃあ土曜日に」

ドレークは手を振り、車に飛び乗って走り去った。

「あそこで何をしていたの？」マリーが興味津々で聞いた。

「ドレークが銃の撃ち方を教えてくれるって」フィービーは言った。「前から習いたかったの」

マリーは珍しく静かだった。デスクのところまでやってくると、向かいから心配そうにフィービーを見た。「もうわたしには大事なことは何も話せないと思っているでしょうね。いとこのドレークに、あなたの言ったことをしゃべってしまったんだもの。本当にごめんなさい」

「怒っていないわ」

マリーは顔をしかめた。「兄が言っていたけど、今朝、居留地で人類学者が死体で見つかったって。その人が昨日あなたと話したという噂《うわさ》が流れているわ。あなたの身が危ないのでしょう？　わたしがみんなにしゃべってしまうと思って話したくないでしょうけど」

フィービーは驚いた。「お兄さんはどうしてそれを知っているの……？」

「あら、わたしたちはなんでも知っているわ」マリーは言った。「小さなコミュニティーよ。どこかの一族の誰かが知ったことを別の一族の誰かに話して、それが山じゅうに広がるの」

「親子電話よりすごいわね」フィービーはまだ驚きを引きずりながら言った。

「そうね」マリーは相槌《あいづち》を打った。「わたしの家に泊まるといいわ」彼女は言い足した。

「あなたの家は人里離れているもの」

「ドレークが射撃を教えてくれるから大丈夫よ」

マリーは片眉を上げた。「彼のことは好きじゃなかったくせに」

「あなたは彼が好きなのね」

マリーはほほえんだ。「彼はいとこよ。すてきだとは思うけど。少し気取っているけど、頭がいいし勇敢だわ。わたしよりあなたのほうが彼に夢中になるかもしれないわよ」

フィービーはマリーをにらみつけた。「ただ射撃を教えてもらうだけよ」きっぱりと言った。「まだ男性に興味を持つ気にはなれないわ、使い古しであろうとなかろうと」

マリーはその言葉を無視した。「彼はあなたをしっかりと守るわ。ほかのいとこたちや、わたしの兄もそうするでしょうね、あなたがそれを必要とするなら」そうフィービーに告げた。「あなたはわたしたちにとてもよくしてくれている。わたしたち、恩は忘れないの、とくに家族の恩は」

「わたしにはネイティブ・アメリカンの血は流れていないわ、マリー」フィービーはきっぱりと言った。

マリーはにっこりと笑った。「それでもあなたは家族よ」感慨をこめて言うと、身を翻した。「仕事を始めないと」

フィービーはマリーが出ていくのをぼんやりと見送った。あの死んだ男性のことがまだ頭に引っかかっている。昨日話をした人が殺されるなんて。それに、もしかすると貴重な遺跡かもしれないものが破壊されると思うと、心穏やかではいられなかった。おおいに疑問ながら、もしネアンデルタール人の骨が建設現場にあるのなら、それはノースカロライナだけでなく大陸の歴史を書き換えることになる。そうなれば、開発が中断されることは間違いないだろう。でも、それが人を殺す理由になるだろうか？　自分の勘定さえ払えれば、それ以上のお金に執着はないフィービーにとって、富のためならなんでもする人間がいるということが理解できなかった。

その後、二日間は仕事に明け暮れた。ドレークが立ち寄って、FBI捜査官が到着したことを教えてくれたが、なぜかそれ以上のことは話したがらず、その表情もなんとなく変だった。そして金曜日の朝、そのわけがわかった。

ちょうどフィービーが地元の老人ホームからの団体を迎えに出ようとしたとき、黒い車が玄関ステップの前に止まった。政府公用車のナンバープレートがついていた。FBIの車に間違いないわと、フィービーはツアーバスを待ちながら、ぼんやりと考えた。

ところが、車から降りてきた男性を見て、フィービーはその場に凍りついた。ポニーテールにした長い黒髪。三つ揃《ぞろ》いのスーツを着て、サングラスをかけている。彼はステップをのぼり、フィービーの前でぴたりと立ち止まった。そしてサングラスをはずすと、つるをベストのポケットに引っかけた。

「やあ、フィービー」コルテスは静かに言った。にこりともせずに。傷のある顔は、以前よりも険しくなったように見えた。目や口のまわりには新たなしわが刻まれている。まるで、生まれてこのかた一度も笑ったことがないような顔だ。黒い目は鋭く、仕事のことしか考えていない冷たいものだった。

フィービーは顎を上げた。わめいたり物を投げたりはしなかった。そうしたいのはやまやまだったが、事務的な落ち着いたふるまいをするように努めた。「こんにちは、コルテス」同じように儀礼的な挨拶《あいさつ》をし、彼のファーストネームもわざと使わなかった。「何かご用かしら?」

「保安官代理から話を聞いた。名前はたしかドレーク――」コルテスはメモ帳を取り出すと、ちゃんと覚えているくせに、おおげさに名前を探した。「スチュアートだ。彼によると、きみは死体が発見される前日、被害者と話したそうだね。時間があれば話を聞かせてほしい」

フィービーは唾をごくりとのみ込んだ。「あなたはこの事件を捜査しているの?」

コルテスはうなずいた。「FBIに戻ったものでね。全国のネイティブ・アメリカン居留地で起こる暴力犯罪を捜査するために特別に設けられた新しい班に属している」

フィービーは彼に尋ねたかった。なぜ法律の仕事をやめてしまったの? あんなに好きだったのに。なぜ新聞の切り抜きだけを送りつけてわたしを捨てたの？　愛のこもった目でわたしを見つめてくれたのに。だが、彼女は尋ねなかった。

「では、わたしのオフィスにどうぞ。ちょっと失礼します」フィービーは立ち止まって、休憩中だったハリエットに声をかけた。「ハリエット、老人ホームからバスで見学者がやってくるの。お世話をしてくれるかしら？　わたしはこの方と話をしなければならないの」

ハリエットは、女性ふたりの上にそびえ立っているコルテスを見て片眉を上げた。「少なくとも政府の趣味はよくなったわね」そっけなくつぶやくと、ちょうど駐車場に入ってきたバスを迎えるために玄関を出ていった。

コルテスはハリエットのコメントに対して何も言わなかった。フィービーも何も言わなかった。オフィスへ入っていくと、雑然としたデスクの前に一脚だけある椅子をコルテスに勧めた。彼は座らなかった。マリーがいきなり部屋に入ってきたからだ。今日は金曜日なので、給与支払報告書を持ってきたのだった。マリーは訪問者に気づいて立ち止まると、彼の長い髪や浅黒い肌の色、スーツやビジネスライクな態度をすばやく見て取った。「シーヨ」彼女はチェロキー語で言った。〝さようなら〟の意味でも使う挨拶の言葉だ。

コルテスは顎を上げた。目には敵意が浮かんでいる。「ぼくはチェロキー語を話さない。コマンチ族だ」ぶっきらぼうに言った。

マリーは顔を赤らめ、咳払《せきばら》いをした。「失礼しました」

コルテスは返事をしなかった。体を脇へよけて、マリーが報告書をデスクの上に置けるようにした。

マリーはフィービーと無表情な目をちらりと交わすと、急いで部屋を出ていき、ドアを閉めた。

フィービーはデスクに着いてコルテスを見た。そして手を組んでデスクの上に置いた。それは働く者の手だった。爪は短く、マニキュアも塗っていない。もちろん指輪もしていなかった。

「それで、何をお話しすればいいのかしら？」事務的に尋ねた。

コルテスは彼女を見つめた。ほんの少しだけ普通よりも長めに。その目の色が濃さを増した。そこには陰ができている。

彼はポケットからメモ帳を取り出して、長い脚を組むと、メモ帳を開いて確認を始めた。

「きみは死体発見の前日に被害者と話をした」そう繰り返す。そしてペンを取り出した。

「彼がなんと言っていたか教えてもらえるかな？」

「考古学的に価値があるかもしれない遺跡を建設会社が隠蔽《いんぺい》しようとしていると言っていたわ」フィービーは答えた。「ネアンデルタール人の骨が出土したと」

コルテスはペンを止めて、彼女の目を見上げた。何も言わずに。

「ばかげた話だとはわかっているわ」フィービーは言った。「でも、相手は真剣そのものだった。彼が言うには、その建設会社は遺跡のことが明るみに出るのを恐れていると。発掘が行われることになれば、そのあいだに破産してしまうかもしれないから」

「北アメリカにはネアンデルタール人の遺跡と認められている場所はない」コルテスは返した。

そんなことも知らないのかといやみを言われたようで、かちんときたフィービーは冷たく答えた。「わたしは人類学の学位を持っているのよ。証拠を見せましょうか？」

コルテスは目を細めた。「きみは変わった」

「あなたもね」フィービーは言い捨てた。「話を戻しましょう。たしかに突飛な話ではあるけど、相手はちゃんとした知識を持っている様子だったわ。電話番号を突き止めようとしたけど、ブロックされていたの」

「警察は、彼が泊まっていたモーテルの部屋の電話脇のメモ帳にきみの職場の電話番号があるのを見つけた。彼は偽の名前と住所で泊まっていたんだ。身分証明書はなく、人類学者協会の会員であることがわかるカードしかなかった」

「もし誰かが身分証明書を盗んだのなら、なぜその会員証も持っていかなかったのかしら？」

「それはベッドの下にあったんだ。財布はベッドの上に捨てられていて、二十ドル札一枚のほかは何も入っていなかった。犯人はあの部屋で中身を抜いたに違いない。人類学者協会の会員証は破ったものの、その切れ端が落ちたことには気づかなかったのだろう。とはいえ、それ以外の仕事は実にうまくやっている。潜在指紋を取るために、うちの科学捜査官にレーザーで部屋を調べさせたが、手がかりになるものは出てこなかった。一つも。ぼくは部屋を立ち入り禁止にして、科学捜査班をすでに現場から帰した」コルテスは、微細証拠の採取と調査分析を主目的とする組織の名前を言った。

「足跡はどうだった？　タイヤの跡は？」

コルテスは落ち着かなくなって体をずらした。あのときのことを思い出す。彼女も思い出しているのに違いない。ふたりでタイヤ痕をたどってチャールストンのはずれまで行き、不法投棄者を突き止めたことを。あのころの彼女は若くて、元気と希望と向上心にあふれていた。今とは別世界の人のようだった。

過去を振り返るのはやめろと彼は自分に言い聞かせた。「あれは昔の話だ。話を元に戻そう。その男の声に聞き覚えはあったかい？」

フィービーはかぶりを振った。

「開発業者の名前や、彼の身元がわかりそうなことは何も言わなかったのか？」

彼女はうなずいた。

コルテスは顔をしかめた。「いろいろな可能性が考えられるということだが、さしあたり」そう言ってメモ帳とペンをしまうと、フィービーの目を刺すように見た。「ぼくたちと犯人をつなぐものはきみだけだ」

「わたしが次の被害者になる可能性もあるということね」フィービーは先を読んで言った。

「そうだ」いかにも苦々しそうに、コルテスはその言葉を吐き出した。

「そのことはもう聞かされたわ。うちには犬がいることだし」フィービーは言った。「それに、保安官代理が明日、射撃の練習をつけてくれるのよ」

コルテスの顔に変化が見られた。冷たい、怒ったような表情が浮かんだ。「きみは銃を持っているのか？」

「彼が拳銃を貸してくれるわ」

コルテスはしばし考えていた。「ぼくのほうできみになんらかの保護をつけることを考えてみるよ」

フィービーは立ち上がった。「あなたもわたしも知っているじゃない。どこの法執行機関にも、二十四時間の保護を提供するような予算はないって。マリーのいとこたちがわたしを守ると言ってくれているから大丈夫よ」

コルテスは目を細めた。「それは一般市民の役目ではない」

「それならちょうどいいわ、だってあの人たちは一般市民じゃないもの。この土地の人たち――居留地に住んでいる人たちよ」フィービーはすらすらと返した。「それに、あなたは居留地の管轄権を持っているかもしれないけど、歓迎はされないでしょうね。彼らは連邦政府の役人が好きじゃないから」

にらみつけてくるコルテスを彼女はにらみ返した。

「三年ぶりに会ったというのに」彼は苦々しそうに言った。

「あなたが選んだことよ」フィービーは冷ややかに返した。「事件の捜査に戻られたらいかがかしら、コルテス特別捜査官？　わたしは忙しいの」

彼女は戸口まで行くと、ドアをぐいと開けた。その顔には敵意がありありと浮かび、ちょうどこちらに向かって歩いてきていたマリーは、途中で向きを変えて、ほかへ行ったほどだった。

コルテスはベストのポケットからサングラスをはずして、それをかけた。「また連絡する」そっけなく言った。

フィービーは皮肉を言いかけてやめた。言ったところで、なんの救いにもならない。過去を引きずっていては事態を悪くするだけだ。わたしにはほかにも懸案事項がある。その中でも最たるものは自分の幸福だ。

コルテスは返事を期待している様子もなくオフィスを出ていった。ほどなく、エンジンのかかる音と車が幹線道路に出ていく音が聞こえてきた。車は砂利を跳ね上げることもなく去っていった。以前より抑制がきく人間になったらしい。彼も変わったのだ。

しばらくしてマリーが、フィービーの様子をうかがいながらオフィスに入ってきた。

「あれが例の人なのね」

フィービーは否定したかったが、しても無駄だろう。「ええ」

「あなたがこんなへんぴな田舎へ来て仕事をするわけがわかったわ」マリーは言った。

「あの人と仲よくなるのは難しそう」

「まさに同感よ」

「ドレークもあの人を好かないと思うわ」マリーはしみじみと言った。

フィービーは聞いていなかった。「勉強したことをずいぶん忘れてしまったけど」と、ひとりでつぶやく。「これは覚えているわ。ノースカロライナでは最後の氷河期、つまり今から一万年から一万二千年前より以前のものは何も発見されていない。あの男性は、洞窟の中で発見された頭蓋骨《ずがいこつ》について何か言っていたわ……」彼女はゆっくりと言い足した。

「この地域一帯には洞窟が蜂の巣のように広がっているのよ」マリーは改めて言った。

「あれは失われたチェロキー族の金塊の巨大貯蔵所だと、ばかげた噂がささやかれたのを覚えていない？　わたしたちは家畜みたいに引きまわされて、一八三八年にはオクラホマ州まで遠い道のりを歩かされたというのに、まるで金塊を隠し持っているような言い方をされて！」

「わたしの知っている悲劇的な話の中でも――といっても、そうたくさんは知らないけど

――いちばん胸が痛む話ね」フィービーは静かに言った。「チェロキー・インディアン博物館なんて、涙なしに見学することはできないわ。あれはアンドリュー・ジャクソン大統領とジョージア州政府が犯した大変な間違いよ」

「ゴールドラッシュが引き起こした黄金欲に浮かされて」マリーは言った。「わたしたちが邪魔になったのよ」

「ええ。でも、あなたの一族は逃げ出せたのよね」フィービーは優しくいたわるように言った。「ほかの数家族も」

「満足な数ではなかったけどね」マリーは悲しげに言った。「でも、金塊を隠していると疑われるほど洞窟はたくさんあるわ」

「建設現場になっているところに洞窟はある?」

「三つの建設現場全部に接している山があるの、川の近くよ。その山は洞窟が蜂の巣のように広がっているわ」マリーは言った。「先週、その近くでブルドーザーが動いているのを見たわ。例の男性が何を発見しようと、もし洞窟の中でなかったら、今ごろは瓦礫《がれき》の山になっている可能性が高いわね」

「もしも」フィービーは考えたことを口にした。「調査が終わるまでのあいだ、全ての建設現場に工事の差し止め命令が出せたとしたらどうなるかしら?」

「仕事がなくなって食べていけない建設作業員たちに訴えられたらどうするの?」マリー

は事態を客観的に見て言った。「建設会社には居留地の人たちが大勢雇われているわ。わたしたちが会社を休業に追い込んだら、多くの家族が打撃を受ける。だいいち、当局をどうやって動かすつもり？」

フィービーは顔をしかめた。「それがわかれば苦労はしないわ」

ふたりは仕事に戻った。フィービーはオフィスでひとりになると、コルテスの突然の出現をしっかりと受け止めようとした。ふたりのあいだに過去が血まみれのナイフのように横たわる中で、再び彼に会わなければならないのは苦痛だった。

なぜ彼はここへ来たのだろうか。わたしがこのあたりで働いていることは知る由もなかっただろうに。彼はＦＢＩに戻り、それからしばらくしてこの事件の担当に任命された様子だ。でも、どこで働いていたのだろう？

フィービーは、殺された男性が言った言葉を一つ残らず思い出してみることにした。パソコンで新しいファイルを開いて、言葉を打ち込んでいく。短い会話をほぼ全部再現することができ、男性のアクセントのところに色もつけた。彼の言葉にははっきりとした南部アクセントがあった。これは身元を特定する手がかりになるだろう。話し方は、歯切れが悪いというか、考えがまとまっていないような感じだった。彼の話に出てきた人物はふたり。ひとりは開発業者、もうひとりは彼に情報を提供しているらしい人物。これは役に立つかもしれない。彼がドアを開くと、話し中の彼に誰かが声をかけた。あれは間違いなく女性の声だった。日時は事件前日の午後三時十分ちょうど。たいした価値のない情報ばかりかもしれないが、当局なら、これらをもとに調べを進めてくれるかもしれない。

コルテスに電話するつもりはなかった。彼の居場所もわからないのに、できるわけがない。でも、明日の午後ドレークが家に来てくれたときにこのファイルを渡せばいい。そうすれば、彼がしかるべき人々に渡してくれるだろう。

フィービーはファイルを保存して、予算計画の業務に戻った。だが、あいにくそこへ、博物館の施設見学ツアーを希望していた団体が遅れて到着したおかげで、予算のことはすっかり忘れてしまった。

翌日の午後、簡単な昼食をすませたと同時に、トラックが長い砂利道の私道をやってくる音が聞こえてきた。フィービーが飼っている黒いチャウチャウのジョックが、番犬としての彼のテリトリーである玄関ポーチの上で激しく吠《ほ》えている。

フィービーは靴下のまま、ジーンズとスウェットシャツ姿で、コーヒーを片手にポーチへ出た。ドレークは黒いトラックを乗りつけ、玄関ステップの前に止めた。

「コーヒーはまだあるかい？」トラックから降りながら彼は聞いた。赤と黒のフランネルシャツの下に黒いTシャツを着て、ジーンズをはき、ブーツをはいている。「元気をつけたいんだ。ＦＢＩにこってりと絞られてきたからね！」

4

　フィービーはドレークを見つめた。「ＦＢＩ？」用心深く尋ねる。

「きみの友達のコルテスだよ」ドレークは答えながら、フィービーのあとについて家の中へ入った。かけていたサングラスをたたんでシャツのポケットに入れる。そして、キッチンのテーブルの上にどさりと腰をおろした。「あの男なら、ガラガラヘビも脅してしゃべらせるだろうね！」彼は感心したように言った。

「何を聞かれたの？」

　ドレークはフィービーから受け取ったコーヒーにクリームを注ぎながら、皮肉を浮かべた目で彼女をちらりと見た。「聞かれなかったことのリストなら作れるよ。そのほうが短くてすむ。ぼくがきみに射撃を教えることを彼に言ったんだね？」

　フィービーは顔をしかめた。「ごめんなさい、言ったわ」

「どんな動機があろうと、きみには人を撃つことができないと彼は考えている」ドレークは言った。

フィービーは驚いた。そんなことはないと反論したかったが、できなかった。

ドレークは肩をすくめた。「同意せざるを得ない。きみには悪いけど」皮肉な口調で言った。

「わたしはいくじなしかもしれない。たしかにね」ため息が出た。「でも、人を撃って傷つけることくらいできると思うわ」

「それではきみが殺されてしまう。撃つか撃たれるかは一瞬の勝負だ。ぐずぐずしているひまはない」

フィービーはドレークをまじまじと見つめた。巡回でオフィスに立ち寄るときはとても若く見えたが、こうして日の光の中で見ると、思ったよりも年上に見えることに気づいた。

ドレークはにっこりと笑った。「ぼくが老けたと思っているんだろう。そうなんだ。コルテスのせいで十歳も年を取った。この白髪を見てくれよ」彼はこめかみを指した。「昨日の夜からさ」

「彼は無骨な性格だから」フィービーは言った。

「無骨か」ドレークはつぶやいた。「たしかにね。彼に比べればグレートスモーキー山脈もたいしたことはない」彼はマグカップの縁をなぞった。縁の線はほかの食器と同じく色あせていたが、人に出せないほどではなかった。「きみは彼を前から知っていたんだね」

フィービーはうなずいた。「友達みたいなものよ」あたりさわりなく答えた。

「彼は、この殺人事件の捜査で派遣される前から、きみがここにいることを知っていた」ドレークは唐突に言った。

フィーービーは驚いて目を見張った。「どういうことなの？」

「彼が言ったわけじゃない。でも、彼はきみのことを心配しているよ。それは隠せないらしい」

どう受け止めたらいいのかわからなかった。フィービーは自分のマグカップをじっと見つめた。

「こんな小さな町に来る人は、ここの生まれか、そうでなければたいていは、彼らを傷つける何かから逃げたくて来た人なんだ」ドレークはゆっくりと言った。「マリーとぼくは、きみがここへ来たのもそんな事情だろうと思っていた」

フィービーはカップを口に運び、熱いのもかまわずコーヒーをすすった。

「ようやく今、そのわけがわかったよ」ドレークは口をすぼめて続けた。「身長百八十五センチ、かわいい性格の、飢えたアメリカグマ」

フィービーは静かに笑った。

「形容する言葉はもっと思いつくけど、仲間に使うには合わないな」ドレークは考えをめぐらせていたが、かぶりを振った。「くそっ、あの男は口論のとき、痛いところを突いてくるんだ。きっと仕事もできるよ」

「彼は以前、連邦検察官をしていたのよ」フィービーは明かした。「たしかに優秀だった」

「自分から進んでデスクワークをやめて、犯罪者をあちこち捜しまわる仕事に移ったというのかい？」ドレークは驚いて言った。「どうしてまたそんなことを？」

「さあね。たぶん、奥さんがワシントンＤＣ住まいをいやがったんじゃない？」

ドレークはしばらく黙っていた。「彼は結婚しているのか？」

フィービーはうなずいた。

「気の毒な女性だ！」ドレークは心から同情したように叫んだ。

フィービーは胸が痛みつつも笑った。

「あの子どもはそういうことか」ドレークはつぶやいた。

「子ども？」また胸が張り裂けそうになりながらフィービーは尋ねた。

「彼は小さな子どもを連れている。町のモーテルに一緒に泊まっているんだ。女性がひとり出入りしている。おそらくベビーシッターだろう。彼はその女性を子どもの母親のようには扱っていないから」

「男の子？　女の子？」聞かずにはいられなかった。

「男の子だ。二歳くらいの」ドレークは答えた。「かわいい小さな子だよ。よく笑う。お父さんが大好きなんだな」

コルテスが子どもといるところは想像ができなかった。だが、彼があんなに急いで結婚した理由はこれで説明がつく。わたしとベッドをともにすることに彼が興味を持たなかったのも無理はない。彼の人生にはもうすでに女性がいたのだ。そのことをどうして言ってくれなかったのだろう……。

「標的を持ってきたよ」フィービーの思考をさえぎるようにドレークが言った。「コルテスの顔を標的の上に描《か》くっていうのはどう？」

フィービーは笑った。

「その調子だ」ドレークは彼女にほほえみを向けた。「きみはあまり笑わないからね」

「あなたが来るようになるまでは、まったく笑わなかったのよ」フィービーは返した。

「さあ、そろそろ始めようか。行こう。ところで、このコーヒーはとてもおいしかったよ。ぼくはコーヒーにはうるさいんだ」

「わたしもよ」フィービーは同調した。「コーヒーなしでは生きていけないわ」

ドレークはトラックまで彼女を連れていった。そして車に積んであった三十八口径のリボルバーを取り出した。「このほうがオートマチック拳銃《けんじゅう》より使いやすい」彼は説明した。「誤作動も少ない。ただ、六発しか出ないという欠点がある。だから、狙《ねら》いをはずさないように練習しないと」

「銃の構え方ももう忘れてしまったかも」フィービーは心もとなさそうに言った。

ドレークは、人間の頭と胴体の形をした標的を取り出した。「これで練習しよう」

フィービーは眉をひそめた。「丸が何重か書いてある標的だと思っていたわ」

「法執行機関ではこれを使うんだ」彼はもったいぶって答えた。「銃撃戦になったときに備えて、弾丸を細かく撃ち分けられるようにしておかないといけないからね」

その標的を目にして、フィービーは自分の身が危険にさらされていることを実感した。それに、人に弾丸を撃ち込むことになるかもしれないと思うと、つくづくいやな気持ちがした。

「第一次世界大戦のとき、兵隊は銃撃戦でどうしても敵兵の上や向こう側を狙ってしまうことがわかった」ドレークは説明した。「それで、従来の標的を使うのをやめて、これを使うようになったんだ」彼は高い盛り土の前の地面にその標的を突き刺して、フィービーのもとへ戻り、薬室を開いて弾丸をこめ始めた。六発こめると薬室を閉めた。

「これはダブルアクション式リボルバーだ。つまり、引き金を引くと発射する。引き金は固いから、引くには少し力がいるよ」彼は銃を渡して、構え方を教えた。フィービーはグリップと引き金を右手で持ち、左手で銃を支えた。

「しっくりこないわ」彼女はつぶやいた。

「慣れるまではなかなかだよ。ただ標的に向けて引き金を引けばいいんだ。少しくらい上に跳ね上がってもかまわない。照準装置で狙いをつける。銃身の先端をその線上に合わせる。よし、撃て」

フィービーは轟音《ごうおん》を恐れて、ためらった。

「おっと、忘れていた。ほら」

ドレークは彼女から銃を受け取ると、薬室を開いて、落ちていた丸太の上に置いた。それからポケットに手を入れてスポンジの耳栓を二対取り出した。

「円錐《えんすい》形に丸めて耳に突っ込むんだ」彼はやってみせた。「音が小さくなって気にならなくなる。本当だよ」

フィービーは彼がするのを見て、自分もそのとおりにした。ドレークは銃を取り上げ、薬室を閉じて、うなずきながら彼女に返した。

それでもまだフィービーはためらっていた。

ドレークは再び銃を受け取り、標的に向けて引き金を引いた。

意外にも音は少しもうるさくなかった。フィービーはほほえんで銃を受け取った。そして五発撃った。そのうちの三発がみごとに標的の中心にあたった。

「やったらできるだろう？　さあ、もう一度やってみよう」ドレークはにっこりと笑って、また弾丸をこめ始めた。

二時間もすると、銃はしっくりくるようになっていた。「これをわたしに貸して、問題になったりしない？」フィービーは尋ねた。

「大丈夫」ドレークは彼女の家のまわりを見渡した。砂利道の上に家はぽつんと立っている。後ろは山で、庭の向こうには小さな川が流れている。近くに民家はなかった。

「孤立しているのはわかっているわ」フィービーは言った。「でも、ジョックがいるし」

ドレークはポーチで寝ている犬のほうに目をやった。「もっと大きな犬でないと」

「歯は大きいのよ」フィービーは太鼓判を押した。

「町に移る気はないのかい？」

フィービーはかぶりを振った。「おびえて逃げ出すのはいやなの……それに、ここの静けさと人気のないのが気に入っているし」

ドレークは顔をしかめた。「じゃあ、きみの保護のために何ができるか考えてみるよ」

「あなたのところの予算で？　紐《ひも》にたくさん鈴をつけたらどうかって提案されるのがおちよ」フィービーはくすくす笑いながら言った。

「どうかな。とにかくやってみるよ。いいかい、ぼくが必要なときには電話するんだよ。保安官事務所に聞けば、いつでもぼくの居場所はわかるようになっているからね」

彼は本当に心配してくれている。フィービーは胸が熱くなった。「ありがとう、ドレーク。心から感謝しているわ」

「友達じゃないか」彼は茶化した。「ああ、忘れるところだった」トラックのドアを開け、フィービーに弾丸を二箱渡した。「これだけあれば間に合うだろう」

「いくらかかったのか教えて。あなたに弾丸まで買わせるわけにはいかないわ」彼女はきっぱりと言った。「わたしだってお給料をもらっているのよ」

「でも、ぼくより少ないだろう」ドレークはつぶやいた。

「いつか比べてみるべきね。さあ、教えて」

「月曜日に言うよ」彼は約束した。「きみのオフィスでね。いいかい？」

「いいわ。ありがとう」

「どういたしまして。ドアには常に鍵《かぎ》をかけて、犬は家に入れて、きみのそばに置いておくんだよ」ドレークは続けた。「もし犬が先にやられてしまったら、きみの役には立たなくなるから」

「なるほどね」フィービーはうなずいた。

ドレークは最後にまた彼女を心配そうな目で見て、トラックに乗り込むと、手を振りながら車を出し、道に砂埃《すなぼこり》を残して行ってしまった。

フィービーは銃の薬室を開けて、ポケットの中の弾丸をこめると、ジョックをすぐ横に従えて家の中に戻った。

夜が来るまでは、さほど怖いと思わなかった。だが夜になると、小さな音がするたびにびくびくするようになった。今のは足音では？　人の声では？　一度など、歌声が聞こえたような気がした。こともあろうにチェロキー語で！

朝の五時ごろには眠るのをあきらめ、ベッドを出てコーヒーをいれた。キッチンのテーブルに着いて頭をかかえていると、ふと、オフィスのパソコンで作ったあのファイルのことを思い出した。殺人事件の被害者と交わした会話を思い出して書き留めたものだ。家に持って帰ってドレークに渡すつもりだったのに、忘れていた。今度彼がオフィスに来たら、忘れずに渡さなければ。

遠くでまた変な音がした。歌うような小さな声、それもチェロキー語で。フィービーは不審に思って立ち上がると、戸口まで行って外を見た。だが、何もいなかった。思わず笑えてくる。わたしったら、どうかしているわ。

仕事にはいつもより三十分早く出かけた。主要幹線道路に入ったとき、家の私道の反対側にＳＵＶが止まっているのがちらりと見えた。中には人がいて地図を見ていた。以前の自分なら車を止めて、何かお困りですかと声をかけていただろう。だが、今はあえてしなかった。

博物館まで、ぼんやりしながら幹線道路を運転した。叔母に電話して状況を話すべきかどうか迷っていた。でも、話せばデリー叔母さんを心配させるだけだし、仕事をやめてワシントンＤＣに来なさいと言われるだろう。それは避けたかった。せっかくここで自立した生活を送っているのだから。

オフィスに入ると、殺された男性との会話を詳しく書き留めたパソコンのファイルを開いて印刷した。そのあとから思いついて、ドレークに渡せるようにファイルをＵＳＢにコピーし、プラスチックケースに入れた。もしかしたら、わたしが思い出した事柄が捜査の役に立って、事件解決につながるかもしれない。

ただし、ネアンデルタール人の骨云々《うんぬん》というあの男性の話は度外視する方向に気持ちは傾いていた。もしそんなものが北アメリカのどこかに本当に存在していたなら、間違いなく前世紀に発見されていただろう。

ドレークはその日の夕方、捜査に関する知らせを持ってやってきた。

「ＦＢＩの彼はろくでなしかもしれないが、仕事がよくできることは確かだね」感心したようにほほえみながらドレークは言った。「彼は、おもしろい手がかりをすでにいくつか見つけている」だめだめ、というように片手を上げる。「きみに話すわけにはいかないんだ」そして質問されるのを見越して、すぐに続けた。「ぼくはもう充分、警察のご厄介になっているからね」

「どういうこと？」フィービーは驚いて尋ねた。

「話せば長くなるけど。きみの家の周辺を特別に夜間パトロールしてくれるよう、頼んでおいたんだ」ドレークは言った。「念のためにね」

「ありがとう。弾丸のお金も立て替えてもらって」フィービーは言った。「それで、あなたに渡すものがあるのよ」

なんだろうと期待するようなほほえみを浮かべながら、ドレークは彼女のあとについてオフィスに入った。「ぼくに？」

「えっと、あなたとFBIによ、正確には」フィービーはやむを得ず言い直しながら、折りたたんだ紙とUSBを彼に渡した。「あの男性が言ったことや、その口調、後ろで聞こえた音なんかを、思い出せるかぎり書き出してみたの。たいしたものじゃないけど、彼のことを調べるうえで何かの手がかりになるかもしれないわ」

彼女が話しているあいだにドレークはメモに目を通した。「すごい、よくこれだけ思い出せたね」彼はうなずきながら言った。「きみはいい耳をしているよ」

「わたしは、よその家が震えるような大音量でラジオをかけながら車を運転したりしないもの」フィービーは日ごろの不満をもらした。「そのうち誰かがそういう人たちに、そんな大音量で聴いていると、耳だけでなく頭も本物のばかになるぞなんて言い出して、訴訟が起きたりして」

「ありえるね」ドレークはくすくす笑いながら賛同した。

「とにかく、そのメモが犯人をつかまえる役に立てればうれしいわ。ちょっとくらい変人だからって、殺されるなんてあんまりよ」

「彼が本当のことを言っていた可能性はないと思うんだね？」ドレークはためらいがちに尋ねた。

「絶対にないわ」フィービーは断言した。「ところで、あの弾丸代にいくら立て替えてもらっているの？　正直に言ってね。そうでなきゃ、近くのガンショップに聞くことになるわ」

ドレークは渋い顔をして金額を言った。フィービーは小切手を切った。

「それに、射撃の指導と銃を貸してくれていることにもお礼を言わなきゃ。本当にありがとう」

「とんでもない。ぼくはもう仕事に戻らないと。用心するんだよ」ドレークは言った。

フィービーはほほえんで答えた。「ええ、そうするわ」


その夜、仕事を終えたドレークは、コルテスが泊まっている地元のモーテルの部屋のドアをノックした。

「どうぞ」そう応《こた》えた声は疲れているように聞こえた。

ドレークはドアを開けた。コルテスは靴下ばきにジーンズと黒いＴシャツという姿で椅子に座り、眠っている子どもをその広い胸の上にのせていた。髪はほどいて後ろに垂らしてあり、眠たくてたまらないという顔をしている。

「歯が生えてきて、むずかるんだ」コルテスは言った。「しかたがないから診療所に連れていって、鎮痛剤をもらってきた。ぼくのぶんもね」彼はにこりともせずに言い足したが、その黒い目の中にはきらめくものがあった。「用件はなんだ?」

「情報を持ってきました」ドレークはコルテスに紙を手渡し、彼がそれを開くのを見守った。「ミス・ケラーがあの人類学者との会話を思い出して書き留めてくれたものです。USBにそのファイルをコピーしてくれました」

「細かいところまでよく聞き届けているな」

「彼女は民族学をやるべき人ですね、小さな博物館の館長なんかではなくて」ドレークは言った。「あの人には役不足だ」

コルテスは彼をちらりと見た。「きみは民族学に詳しいのかい?」

「まさか。ぼくはチェロキー族ですよ。いや」ドレークは静かに訂正した。「チェロキー族の血が入っている。父は純血のチェロキー族でした。母は白人でしたが、混血の子どもを産んだことで実家からとやかく言われるのに疲れてしまった。ぼくが三歳のときに家を出ました。父は酒を飲みすぎて死んだ。ぼくは十七歳で軍隊に入って、自分の居場所を見つけた気がした。そこには混血の人がたくさんいたから」彼は冷ややかに言った。

コルテスは黙ってドレークを見つめていた。「ぼくにもスペイン人の血が入っている」

「そうは見えませんね」ドレークはぽつりと言った。「きっとあなたは自分の民族とうまくなじんでいるんでしょうね」

「きみの民族はぼくたちより数でまさる」

「どっち側の民族のことですか?」ドレークは悲しげに聞いた。

「ネイティブ・アメリカンのことだ。それに、ぼくの民族の中でも、今もコマンチ語を話しているのはわずか九百人だ」コルテスは言った。「言葉はほとんど死に絶えている。少なくともチェロキー語は盛り返しているじゃないか」

「ふたりとして同じチェロキー語を話す者はいません」ドレークは言った。「でも、おっしゃることはわかります。チェロキー語はまだ存続可能な言語ですね」彼は男の子を優しい目で見た。「この子にもコマンチ語を教えるつもりですか?」

コルテスはうなずいた。そして、物思わしげに目を細めてドレークを見つめた。「だが、この子もきみと同じ悩みをかかえるだろうな。母親が白人なんだ」

ドレークは眠っている子どもをじっと見つめた。「彼女はあなたのご家族と一緒に暮らしているんですか?」

コルテスの目がきらりと光った。彼はその目をそらした。「彼女は……ジョゼフが生まれた一カ月後に死んでしまった」言うのは気が進まない様子で言った。

「すみません」ドレークはすぐに謝った。

「そんな結婚ではなかったんだよ」コルテスは冷ややかに言った。「メモをありがとう。

フィービーがぼくに渡すように言ったのか？」

「ＦＢＩの役に立てばと言っていました」ドレークはあいまいに答えておいた。

コルテスは眠っている子どもの背中を大きな手でぼんやりと撫《な》でた。目は何を見るでもなく前を見つめている。「フィービーの住んでいるところは危険だ、町からずいぶん離れている」

「警察に特別パトロールを頼んであります」ドレークは言った。「彼女は銃の撃ち方を知っていますし。自分の命がそこにかかっているんですよ。彼女だって護身のためなら銃を使うでしょう」

「撃って相手を傷つける程度で、自分はたちまち殺されてしまうだろうな」コルテスはにべもなく言った。

「あなたは実におもしろい人だ」ドレークは皮肉を少しこめて言った。

コルテスの真っ黒な目が刺すようにドレークの顔を見た。「なぜ被害者はフィービーに電話したのだろう？」彼は唐突に尋ねた。「なぜ州当局や地元の法執行機関ではなく……フィービーを選んだ？」

ドレークは顔をしかめた。「それは……わかりません」

コルテスはメモを再び取り上げて、つぶさに読んだ。その目が細くなる。「彼は娘のことを話している」

「この身元不明者についてわかっていることはそれくらいのものです」ドレークはむっつりとして言った。「彼の指紋はどのデータベースにも記録がありませんでした。それは最初に調べています」

「わかっている。指紋については、うちの班でも昨夜《ゆうべ》、ざっと洗った」コルテスは言った。「やはり記録は出なかった。それにしても、なぜ科学捜査研究所がほかの未解決事件をあとまわしにしてこの事件を先に調査してくれたのか、わけがわからない」

「あの人類学者はチェロキー族の出のようでしたよね」ドレークは言った。「ということは、居留地に親類がいるのかも――」

「それは早合点だ。きみたちの部族の大半はオクラホマにいるのだから」コルテスはドレークの言葉をさえぎった。

ドレークは話すのをやめたが、口は開けたままだった。「そうでした！」

「ぼくはオクラホマに住んでいるからね」コルテスはぼんやりとつぶやいた。「そこで残るのは二つの疑問だ。彼はここでいったい何をしていたのか、そしてどこから来たのか。彼は車を持っているかもしれないな、ほかの州登録の」

「その線で、帰りしだいあたってみます。部族評議会にも行ってみます」ドレークは言った。「もしかしたら、彼にはこのあたりの一族のどれかに親類がいるかもしれません。もしそうなら、オクラホマにいる同じ一族が彼を知っているはずだ。彼がオクラホマの出だとしたら」

「いい思いつきだ。もう一つわかったことがある」コルテスは続けた。「あのモーテルの宿泊客が、事件当日の夜、黒っぽい色のSUVが外に止まっているのを見かけたらしい。それ以降は目撃していないという。きみの仲間によく注意するよう……何がおかしい？」

「お気づきではありませんか？　このあたりはどの車もSUVですよ」ドレークはつぶやいた。「四輪駆動のSUVは山道走行にもってこいですからね」

「くそっ」コルテスの広い胸はいらだちのために荒くなった呼吸で上下した。子どもがその動きを感じて何かつぶやき、その小さな体をずらすと、また眠りに落ちた。「別の可能性もある」しばらくしてコルテスは、考え込むように濃い眉を寄せながら言った。「チェロキー族の人々がこのあたりの建設現場で大勢働いていると聞いた。例の人類学者がそのうちの誰かと関係があるとしたらどうだろう？」

ドレークは口をすぼめた。「それはありえますね。彼の一族を突き止められたら、ここにいる親類も探し出せるかもしれない。マリーの助けを借りますよ。ちょっとおしゃべりですが、とても頭のいい子です。彼女もぼくも、部族評議会より居留地に多くいとこがいるんですよ。これがネイティブ・アメリカンの現状です」

「マリーとは？」

「ぼくのいとこです。博物館でミス・ケラーのもとで働いています」

コルテスは目をそらした。「覚えているよ。ぼくにチェロキー語で話しかけてきた女性だ。彼女には……無愛想な態度をとってしまった」

「そうらしいですね」

コルテスはドレークのほうにちらりと目を向けた。相手は愉快そうにほほえんでいる。

「フィービーに会ったのは三年ぶりだったから」彼は言った。「あの日は余裕がなかったんだ」

ドレークはためらいながら言った。「事情は知りません。詮索《せんさく》するつもりもありません。でも、ミス・ケラーはすばらしい女性ですね……」

コルテスはドレークのほうに顔を向けて、若者をじっと見つめた。

ドレークはさえぎるように片手を上げた。その表情は、弾丸が装填《そうてん》された銃のように緊張している。「ぼくは彼女とそういう仲ではありませんし、そうなる可能性もありません」彼はすぐに続けた。「怒らないで聞いてください」

コルテスはなおもにらみつけた。

ドレークは咳払《せきばら》いをした。「ぼくはミス・ケラーと知り合ってまだ間もないんです。でも、マリーはもう三年になります。マリーが言うには、ミス・ケラーはここへ来た当初、衰弱しきっていたそうです。年配の女性、たしか彼女の叔母さんだと思いますが、その人が訪ねてきて、フィービーから目を離さないでほしい、個人的な問題をかかえていて神経衰弱になりかけているから、と頼んでいったそうです。それに、何か薬ものんで……」

「ああ！」コルテスはかすれた声をあげた。

コルテスの表情を見て、ドレークは喉まで出かけていた次の言葉を止めた。そして唾《つば》をごくりとのみ込んだ。

子どもが目を覚まして、むずかった。コルテスはなんとかなだめようとした。小さな背中をさすってやり、息をゆっくりと深く吸い込む。大きな手がかすかに震えていた。

「ミス・ケラーは、マリーがぼくにこのことを話したとは知りません」ドレークは言った。今ではその声も落ち着いた静かなものになっていた。「でも、あなたのお耳には入れておいたほうがいいと思ったものですから」

コルテスはドレークのほうを見なかった。全身を緊張させて、再び宙を見つめている。

「ココーテはいたるところでわれわれを待ちかまえている」彼は怒りを抑えながら、ほとんどの部族に広く知られているネイティブ・アメリカンの民話のキャラクターのことを話に出した。ココーテはトリックスター的存在であり、人間と敵対する精霊として描かれている。

「そうですね」ドレークは静かに認めた。「でも、われわれがココーテの裏をかくこともある」

動揺した暗い目がドレークの目を見た。「フィービーを傷つけることはわかっていた。

だから、その前に自分から身を引いたんだ。何があったのかは……家族の問題で、もしぼくに選択の自由があったら、けっして下さなかったような決断を強いられた」

ドレークは眉をひそめた。「その子と何か関係があるんですか？」質問せずにはいられなかった。

「この子のことがすべてだ」コルテスは重々しく言った。そして、いとしそうにジョゼフを見た。「ぼくを嫌いになるほうがフィービーには楽だろうと思ったんだ」コルテスは目を閉じた。「まさか彼女がそんなふうになるなんて……」その先は考えることもできなかった。フィービーのように明るくて愛情に満ちた元気いっぱいの女性を、自分のせいでそんな悲しみに追い込んでしまったということが、彼を苦しめた。まさに魂をえぐられるようだった。

「絶望したときには誰だって自暴自棄になるものです」ドレークは言った。「たいていの人は幸運に恵まれて、それを乗り越えていきます」

コルテスは指先で子どもの髪に触れた。「結婚後すぐに一カ月仕事を休んで、いとこの牧場で野生馬を慣らした」

コルテスにも言い分があるのだろうとドレークは理解した。「あなたなら馬に蹴《け》らせもしなかったでしょうね」

コルテスは形だけ笑った。「二度、嚙《か》まれた」そしてドレークをちらりと見た。「死にたいときには死ねないものだね」

「ああ、わかります。ぼくは自殺を考えるタイプの人間ではありませんが、ガールフレンドに振られたあとで前線部隊に加わりました」ドレークは返した。「彼女の家族は、彼女に混血の子どもを産ませたくなかったんです」

コルテスの黒い目に残っていた敵意がすっかり消えた。「誰かに一度言われたことがあるよ、われわれの住んでいる世界にもはや差別は存在しないと」

「大嘘《おおうそ》だ」ドレークはかっとして言った。

「ぼくも彼女にそう言ったよ」コルテスは言った。「平等や道徳は法律では作れない。残念ながら」

ドレークはくすりと笑った。「ええ」

コルテスはフィービーのメモを指した。「これを持ってきてくれてありがとう。明日、班の仲間にも見せて、ここから何かわかるか検討するよ」

「お役に立ててよかった。ミス・ケラーにはぼくも目を配っておきます」

「ありがとう」

ドレークは肩をすくめた。「ぼくも彼女のことが好きなんです。彼女は人種にとらわれませんからね。お気づきでしょう?」

コルテスはおおいに物言いたげなまなざしを向けた。

ドレークは身を守るように手を上げて、にっこりと笑った。「それでは失礼します。おっと、もう一つ」彼は戸口で言い足した。「こんな状況のときに、子どもを抱いてドアに鍵もかけずに座っているのは、少しばかり無用心ではありませんか？」

「何か？」

ドレークがそう言い終えたとき、ドアノブがまわって、彼と同年代らしい女性が紙おむつの袋を提げて入ってきた。女性はその黒い目でじっとドレークを見た。可憐《かれん》な丸い顔は、豊かな長い黒髪に囲まれている。不意ににっこりと笑うと、浅黒い顔に目の覚めるような白い歯がのぞいた。

「この人を逮捕しに来たの？」彼女はコルテスのほうを顎で示しながら、声をはずませて聞いた。「わたしに手錠をかけさせてくれる？」

ドレークは困惑した。なんと答えたらいいかわからない。

コルテスはくすくす笑った。その姿は急にぐっと若く見えた。「ティーナだよ」彼は言った。「ぼくのいとこだ。いつも来てくれているベビーシッターがオクラホマのロートンに戻っているんだ。重症の帯状疱疹《ほうしん》にかかってね。ぼくの父は子守りをするには年を取りすぎているし、ぼくひとりではジョゼフの世話ができない。それでティーナに来てもらったんだ。普段はアッシュビルに住んでいる。地区の図書館に勤めているんだが、週末にはアルバイトでビルトモア・エステイトのツアーガイドをしている」彼は有名な観光スポットの名前を出した。

「ここの人たちはみんな、わたしがチェロキー族だと思っているの」ティーナは笑みを広げて言った。「こんにちは、クリスティーナ・レッドホークよ」彼女はいとこが浴びせている視線に気づいて、くすくす笑った。「彼はコルテスを名乗っているけど、わたしは本当のファミリーネームのほうが好きなのよ」

「ぼくはドレーク・スチュアート」

「あなたはここの人?」

「保安官代理をしている」

ティーナは顔をしかめてみせた。「また法執行者ね」かぶりを振ると、ベッドの一つにおむつをおろした。「この人はいつもわたしのために縁結び役を務めてくれて、仕事で一緒になった独身の捜査官をことごとく紹介してくれるのよ」彼女はコルテスを指した。「わたしがノースカロライナに移ったのもそれが理由。アッシュビルの警官とつきあっているの」そして彼に何か言いたげな視線を投げる。「もちろん、あなたの半分もすてきじゃないけどね、ドレーク」彼女は茶目っ気たっぷりな顔で言った。

「ドレークは帰るところなんだ」コルテスはすぐさま言うと、子どもを起こさないように注意して立ち上がった。「頼むよ」とジョゼフをティーナに渡す。「今夜はきみの部屋で寝かせるしかない。ぼくはインターネットで調べなければならない仕事があるんだ」

「ジョゼフのことはまかせて」彼女は子どもを抱いて、ドレークのいる戸口で立ち止まった。「またお会いしましょう」にっこりとほほえみながら言った。

ドレークはくすくす笑った。「たぶんね。彼さえ厄介払いできたら」そしておどけてコルテスのほうへ親指をぐいと向けた。

「彼は古いコインに目がないの」ティーナは聞こえよがしに言った。

「一九七六年の五セント硬貨を持っていますよ」ドレークは期待をこめてコルテスに言った。

コルテスは笑い、天井に向かって、あきれたというように目をまわした。そして窓際のテーブルの上にセットしてあったノートパソコンのところへ向かった。

「ひとたび仕事を始めると、部屋の中で誰が何をしていようが、わからない人なのよ」ティーナは言った。「退散したほうがいいわね。おやすみなさい、コルテス」

コルテスはうなずいたが、すでに指を走らせてインターネットにログオンしていた。

ドレークは部屋を出てドアを閉めると、興味深そうな笑みをティーナに向けた。「彼と似ているね」

「いとこなの」彼女はさらりと言った。「親類なのが残念だわ。ジェレマイアは本当に魅力的な人なのに。でも、たとえ親類でなかったとしても、彼の心には、どこか東部の大学に通っていた若い女性がいたの。彼女に夢中だったのよ。けれど、彼の弟のアイザックが亡くなり、アイザックと暮らしていた女性が妊娠していることがわかった。彼女の家族は堕胎を希望したけど、ジェレマイアの母親がひどく興奮して、子どもが死ぬなら自分も死ぬと言うものだから、ジェレマイアが彼女と結婚することになったの」ティーナはかぶりを振って顔をそむけた。若い女性とはフィービー・ケラーのことだとドレークが知っていることには気づいていない。「でも、うまくはいかなかった。彼女は本当にアイザックのことを愛していたのね。ジョゼフが生まれた一カ月後、裏のポーチで首をつって亡くなったわ」

ドレークにはコルテスのあまりの不運が信じがたかった。「でも、そのあときみのいとこは、その若い女性を探しに戻らなかったんだろう?」

「そうしようとしたわ。でも、彼女の家族が〝彼女はあなたを憎んでいるから〟としか言ってくれなかったのよ」ティーナは静かに答えた。「ジェレマイアの話では、彼女には結婚式の新聞記事の切り抜きを送っただけらしいの。彼は故郷に戻ってきた。母親が亡くなり、父親にジョゼフを預けるわけにもいかないから、連邦検察官の仕事をやめてね」彼女はかぶりを振った。「ジェレマイアは悲嘆に暮れていたわ。その女性を失ったことは大変な打撃だったのね。今夜はあなたと笑っていたけど、彼の笑う声を聞いたのは三年ぶりよ！」

5

夜明けまでにコルテスはなんとか数時間の睡眠をとった。殺人被害者の身元の手がかりを求めて、膨大な量の検索可能なデータベースをあたっていたのだ。事件は、ときには自《おの》ずから解決する。だが、この事件は厄介なことになりそうだという気がしていた。

スーツを着て、髪をポニーテールにまとめ、ジョゼフをティーナに預けながら、勘を働かせて考えた。

一つ確かなのは、殺された男は、地元プロジェクトを手がけている建設会社の誰かと接触していたということだ。こちらの手元には、科学捜査研究所が撮った被害者の顔写真がある。ＦＢＩのバッジもある。何軒か飛び込みで訪ねて、誰かに揺さぶりをかけられるか見てみよう。

進行中のプロジェクトのうち最大のものは、チェノセタの市境のすぐ内側に建つ予定のテーマパークホテルだった。同規模のプロジェクトがあと二つ、洞窟《どうくつ》のある山のまわりに広がっているが、それらもかろうじて市境の内側にある。

建設現場に行ってみると、責任者のオフィスとして使われているトレーラーハウスがあった。コルテスはそのドアをノックした。

三十代半ばくらいで長身のハンサムなブロンドの男がドアを開けて、コルテスを物珍しそうに見た。「もう人手は足りていてね」男は愛想よく言った。

「仕事を探しているんじゃない」コルテスはＩＤをちらりと見せた。

男は顔をしかめた。「これは失礼。今週は大勢の就職希望者を追い返さなければならなかったものだから。このあたりの居留地にいる人間の半分は職を探しているようだ」

コルテスは男のあとについてトレーラーハウスの中に入り、勧められた椅子に腰をおろした。デスクの上には設計図や書類が散らばっている。その中に交じって、青い目にブロンドの若く美しい女性の写真が入った金のフレームとゴルフのトロフィーがあった。

「コーヒーをお出ししたいが、さっき最後の一杯を飲んでしまって、もうないんだ。誰かを買いに行かせないと」男は礼儀正しく言った。そして、間に合わせのデスクの上で手を組んだ。「ＦＢＩがぼくにどんな用かな？」

コルテスはポケットから写真を取り出して、デスクの上に置いた。「この男に見覚えはないか？」

相手は黙ってそれをじっと見ていたが、眉をひそめた。「ないな。うちの下請けか何かで働いていた人かな？」純粋な好奇心で尋ねた。

「それを知りたいんだ」コルテスは返した。「彼は殺された」

男は固まったように動かなくなった。「うちの敷地内で？」

「いいや」

男は心からほっとしたように、ため息をついた。「よかった」とつぶやいて、ハンカチで額をぬぐう。「もし工事に少しでも遅れが出たら、ひどい目に遭わされるから」彼は悲しそうに言い訳をした。「鉄骨の荷が直送されてきたのはよかったが、数が足りなくてね。不足分が到着するまで手をこまねいているしかない。ボスがぼくの生皮をはぎに来るかと恐れていたところだったんだ！」

コルテスはメモ帳とペンを取り出した。「ボスというのは建設業者の人かい？」礼儀正しく尋ねた。

「ぼくが建設業者だ。失礼、まだ名乗っていなかったね。ぼくはジェブ・ベネット」彼は自己紹介をした。「ベネット建設の。アトランタにある会社だ」

「ここで仕事を始めてどれくらいになる？」

「三カ月だ」ベネットは言った。「こんなに急《せ》かされると知っていたら、受注を考え直したかもしれない。社員をこき使うのはかわいそうだからね。オーナーの部下ふたりに向かって、ときには汚い言葉や脅しも交えて文句を言わなければならないほどだった」

興味深い話だった。仕事の完成を急ぐ人間にとって、自分の地所で考古学的な遺跡が発見されるのは厄介なことなのだ。コルテスは黒い目を上げて、相手の青い目を見た。「ボスは誰なんだ?」

「テオ・ポパドポリス」ベネットは答えた。「ホテル業界では〝ビッグ・グリーク〟と呼ばれている。ぼくと同じくらい気の短い男で、そのうえ大変なけちだ。成り上がりさ。第二次世界大戦のあと、彼の父親が電気技師としてここへやってきた。それから二十年で小さな請負会社を持つようになった。テオはそれを引き継ぎ、さらに二十年で億万長者になった」

「合法的に?」コルテスはいぶかしく思った。

「さあね。彼には権力がある。それを使っているんだろう」

「彼の連絡先の電話番号はわかるかな?」

ベネットはほほえんだ。「もちろん。きみと彼が会って話をしているところを盗み聞きしたいものだ」彼はカードファイルを繰って、一枚の名刺を取り出した。「二枚持っているから。これをどうぞ。ぼくから聞いたと言ってもらってかまわないよ」青い目を輝かせながら彼は続けた。「そうすれば、彼も少しは考えるだろう」

コルテスの黒い目がきらめいた。「手厳しいね」

「そうかな?」ベネットは考えをめぐらせて言った。「もしわれわれがストライキをしたら、彼は困るだろう?」彼は立ち上がった。「また何か用があれば、ぼくはこのあたりにいるから。もしくは、現場監督がぼくの居場所を知っているよ」

「現場監督の名前は？」ふと気になって聞いてみた。

「ディック・ウォークス・ファー」ベネットは言った。「チェロキー族だよ。働き者で正直者だ」それ以上は言いたくないかのように目をそらして付け加えた。「アトランタでもぼくのもとで働いてくれていた」

「ノースカロライナ・チェロキーかい？」コルテスは尋ねた。

ベネットはためらいを見せ、それからかぶりを振った。「オクラホマだ」

「その人と話せるかな？」コルテスはすかさず頼んだ。

「もちろん」ベネットは戸口から頭を突き出して、現場監督を呼んだ。拡声器も不要なほどの大声だった。

コルテスは耳をふさいだ。

ベネットが気づいて、くすりと笑った。「大きな声はこの仕事には都合がいい」

まもなく、作業着とヘルメットに身を包んだ長身の浅黒い男が、ステップをのぼってきた。彼はコルテスがIDを取り出して見せると、ぴたりと動かなくなった。

「おれが何かしたと？」彼はすぐさま聞いた。

コルテスは眉を上げた。「心当たりがないなら、ぼくに聞くことはないだろう」

チェロキー族のその男は顔を和らげて、くすりと笑った。「オシーヨ」彼はオクラホマ・チェロキー式に挨拶《あいさつ》をした。東部チェロキーでは〝オ〟はつけない。

コルテスは片方の目を細めた。「ぼくはコマンチ族だ」

「ああ、その場合はマ・ルアウェ！　ウンハ・ハカイ・ヌウスカ？」男はコマンチ語で言って、にっこりと笑った。「こんにちは。ごきげんいかが？」

コルテスは感心した。コマンチ語で答える。「ツアトゥ、ウンツェ？」そして、ほほえんだ。「なぜコマンチ族の言葉が話せるんだ？」彼も自分の部族の言葉で尋ねた。

「母親がコマンチ族でね」ウォークス・ファーは愉快そうに英語で答えた。「ＦＢＩがここになんの用だい？　ベネットが税金をごまかしたとか？」彼は上司をからかった。

「いいや。殺人事件の捜査だ」コルテスは答え、被害者の写真を手のひらに隠し持った。そしてウォークス・ファーの鼻先に突き出した。「この男に見覚えは？」

さっそく反応が現れたが、すぐに隠れた。ウォークス・ファーは二度まばたきをし、眉をひそめ、そして写真をのぞき込んだ。「ああ」しばらくして彼は言った。「この男なら先週やってきて、洞窟のことを聞いていったよ」

「洞窟？」コルテスは尋ねた。

「自分は考古学者だと言っていた」ウォークス・ファーはさらに続けて言った。「誰かから大発見の話を聞いたが、それがどこにあるのかわからない。洞窟の中にある建設中の現場だということしかわからないと。それで、うちの現場を見せてほしいと言われたんだ」

「なんと答えた？」コルテスは尋ねた。

「洞窟を見せたよ」ウォークス・ファーは答えた。「男は見てまわると、礼を言って帰った」

「車を運転して？」

「さあね」ウォークス・ファーはそう答えて、不安げな表情をした。「帰るところは見なかったから」

「洞窟はどうするんだ？」手がかりがないか調べるために班の人間を呼ばなければならない場合を考えて、コルテスは聞いた。

「何もしないよ」ウォークス・ファーはコルテスの質問に面食らって言った。「洞窟は現場裏の川の近くにあって、モミの木立に隠れている」

「敷地内の洞窟はそのまま残す計画だ」ベネットが答えた。「観光客のアトラクションとしてね。ビッグ・グリークは、洞窟探検に詳しい地元の男を知っている。彼に洞窟ツアーをさせるつもりなんだ」ベネットはにっこりした。「誰かに邪魔さえされなければ、洞窟ツアーで収入増加になる」

　ウォークス・ファーはくすりと笑った。「おれは洞窟には入らないよ」とふたりに言う。

「あそこはコウモリだらけだ！」

「コウモリにはツアー開始までにお引き取り願う」ベネットは請け合った。

「幸運を祈るよ」コルテスは言った。写真をポケットに戻し、そっと両者の様子をうかがったが、これといった反応は見られなかった。「ところで、この地域で仕事をしているほかの業者を知らないか？」

「ああ、一つ知っているよ」ベネットは言ったが、顔が緊張していた。「ポール・コーランドのところだ。サウスカロライナのどこかから来た連中だよ。ショッピングモールを建てていたが、壁がくずれた。作業員がふたり死んだ。作業はしばらく中断になり、事故原因の調査を受けたが、結局、基準に達していない資材を使ったからということになった」

「きみはそれを信じていないんだね？」コルテスはベネットの冷たい表情を読み取って言った。

「ああ、信じていない」ベネットは言った。「この仕事をしばらくしていたら、いい人間と悪い人間はわかるようになる。コーランドは腐っている。彼をよく知らずに雇う場合は、高額の責任保険に入っておいたほうがいい」彼は北を指さした。「彼は地元の投資家たちのためにホテルを建てている。川の近くにあるうちの現場から一・五キロほど行ったところだ。州政府の認可係と、地元の開発計画委員会を調査したらどうかな？　ただの勘だが」

コルテスは手を差し出した。「ありがとう」

ベネットは握手をして肩をすくめた。「ぼくは真っ当な仕事をしている。不正をするやつらには我慢できないんだ」

「同感だよ」コルテスは答えた。

「おれもさ」ウォークス・ファーが割って入った。「まあ、あまり無理はしないように」

彼はコルテスにまじめくさった顔で言った。

「きみたちも」コルテスは答えた。そしてベネットに時間を取らせたことを謝り、洞窟への道を尋ねた。「あとで見させてもらってもかまわないかな?」ベネットに尋ねた。

「どうぞ」ベネットは答えた。「ご自由に」

「ありがとう」


建設現場からの帰り道、コルテスは洞窟のそばを通った。あそこに行けば、何か目に見える痕跡《こんせき》が残っているかもしれない。男の死体が発見されてから雨は降っていないし、ここ数日は雨の予報も出ていなかった。被害者の身元の手がかりになりそうなタイヤ痕や、ガムの包み紙、たばこの吸殻などがまだあるかもしれない。追跡してみよう。

コーランドの仕事ぶりは、明日じっくりと見せてもらえばいい。

いったんモーテルへ戻ってティーナとジョゼフの顔を見ると、ジーンズに着替え、黒いTシャツの上にチェックのフランネルの長袖《ながそで》シャツを着た。それから少し考えて、まとめていた髪をほどき、サングラスをかけた。

追跡に向かう途中、ふと思いついて、フィービーの博物館へ立ち寄った。急いで車を駐車場に入れ、三歩でステップを駆けのぼる。ちょうどフィービーのオフィスから出てきたところだったマリーが、彼を見て立ちすくんだ。

「シーヨ」マリーが道を譲ると、コルテスはチェロキー語できちんと礼を言った。そして「失礼」と言い足すと、彼女の前をさっと通ってフィービーのオフィスに入り、後ろ手にドアを閉めた。

電話中だったフィービーは顔を上げた。野球のバットで腹を殴られたような衝撃が走る。はっと息をのんだせいで、唇が開いたままになった。時間が止まって見える。チャールストンに、昔に、恋をしていたあのころに戻ったようだった。彼は初めて会った日とまったく同じに見えた。不法投棄者のトラック追跡に彼女を連れ出した、あの日と。

コルテスはサングラスをはずして、つるをポケットに引っかけた。「これから追跡に出かける」彼は言った。「一緒に来ないか?」

受話器はフィービーの耳から離れたまま、彼女の手の中にあった。相手の声が繰り返している。「もしもし? もしもし?」

彼女は目をしばたたいて、受話器を耳に戻した。「ごめんなさい、えーっと……またかけ直します。では、あとで」

一度受話器を置きそこなったあと、ようやく電話を切った。

ふらふらする足で立ち上がり、青い目をぎらつかせて彼をにらみつけるうちに、驚きが怒りに変わった。わたしを追跡に誘えば、自分がしたことは帳消しになって、昔のふたりに戻れるとでも思っているの？　そんな簡単にいくと思うの？　怒りが爆発した。

「三年」フィービーは冷たく言った。「長い空虚な年月だったわ。あなたはわたしにあんな新聞の切り抜きを送りつけて……」引き出しを探って切り抜きを取り出し、それを彼に振ってみせた。「切り抜きだけで、ひとことの説明も、謝罪も、何もなし！　わたしとの将来を語りながら、突然ほかの女性と結婚して、そのわけを説明することさえしない礼儀知らず！　それなのに、まるで何ごともなかったかのように、勤務時間の最中にずかずかとここに入ってきて、一緒に追跡に行かないか、ですって？」切り抜きを彼に向かって投げた。怒りで目が燃えるようだった。「ばかにしないでよ！　あなたは意地悪で、冷血で、鈍感で、まるで砂漠の毒へビみたいな人ね！」

彼女が逃れる間もなく、コルテスはデスクをまわって近づいてきた。そしてフィービーをつかまえて抱き寄せると、彼女の背中をデスクに押しつけ、せっぱつまったようにキスをした。

「ちょっと……」フィービーは抗《あらが》いながらつぶやいた。彼を蹴《け》ろうとした。だが、コルテスは彼女の足をあっさりと片足で払い、彼女はそのままコルテスのほうへ倒れ込んで、彼にすがった。

コルテスは彼女をしっかりと抱き留め、口で彼女の口を開かせ、鋼のようなたくましい腕を彼女の背中にまわした。フィービーが拳《こぶし》で彼をたたいたが、少しもこたえなかった。体は生気に満ち、火がつき、三年ぶりに欲望に燃えている。全身に悦《よろこ》びが爆発しているようだった。彼は彼女の口元で苦悶《くもん》のうめき声をもらした。

本当は抗い続けたかったのに。でも、彼の唇はあまりに懐かしかった。三年もたった今でも。彼の香りも記憶のままで、もみの木と大地をいまだに思い出させた。彼の口は貪欲《どんよく》に、そして巧みにわたしの唇を求めている。体にあたっているその体は硬く、熱い。彼はわたしを欲しがっている。そしてそれを隠せずにいる。そう思うと、もはや彼女も隠せなくなった。

悦びのすすり泣きをもらすと、フィービーは彼の腕の中で体の力を抜き、唇を開いた。両手を彼の細い顔に伸ばし、さらさらした豊かな長い黒髪に指をくぐらせる。過去と現在が溶け合った。彼女は苦悶に似たものを覚えながら、キスを返した。

だが、われを忘れたのもつかの間で、フィービーはなんとか思考力を取り戻した。遠くで人の声がするのが聞こえた。チェロキー語ではない。くすくす笑う声だ。

フィービーは、むさぼるように唇を押しつけている彼から唇を引き離した。「ジェレマイア……覚えているかしら……？　ここのドアの上半分は……ガラスだってことを」ようやくのことで言った。

コルテスは目をしばたたいた。彼も頭がくらくらしている様子だ。「それが何か？」

フィービーはドアのほうへ顔を向けた。彼もそれにならった。ドアの外には人だかりができ、にやにや笑ったり指をさしたりして、こちらを見ている。彼らの頭の上には、驚きに目をむいているマリーの顔もあった。彼女の後ろでは、身なりのよいブロンドの女性を含む五人の見知らぬ人たちまでが、目を皿のようにして見ている。

コルテスは咳払《せきばら》いをし、急いでフィービーの体をまっすぐに戻した。彼女をしっかりと立たせると手を放し、ドアのガラス部分に自分の背中が向くように気を配りながら、後ろに下がった。そして、うずく体の緊張をなんとかして解こうと、九九を暗誦《あんしょう》した。サングラスがポケットから床に落ちていた。彼はゆっくりとかがんでそれを拾い上げると、ポケットに戻した。

フィービーはパンツスーツのジャケットのしわを伸ばし、髪を気にして手をやった。唇はきっと腫《は》れている。鏡がないのがありがたかった。

観衆はざわざわと低い笑い声を残しながら散っていった。再びふたりになった。

「よくこんなことができるわね」フィービーは言った。「結婚しているくせに！」怒りで息がつまった。

「していない！」コルテスは短く返した。「二年以上前に妻を亡くした」

フィービーは普通に息をするのにまだ苦労していた。なかなか元に戻ってくれない。膝が震えている。だが、なんとか力を振り絞って威厳を保ち、デスクの前の椅子に座り込んだ。「まあ」

コルテスのほうもようやく緊張を解くことができた。デスクの端に腰をおろすと、彼女と向き合った。その顔は真剣だった。「いつか言うつもりだったんだ、きみが聞く耳を持つようになったときに」

「あまり期待しないで」

「前に言っただろう、ぼくは先のことをきちんと考えてからでないと行動しないと」コルテスは答えた。「こう考えたんだ……ぼくを嫌いになれば、きみの悲しみは少しでも和らぐんじゃないかと」

「どうしてわたしが悲しまなきゃいけないの？」普通の声が出ますようにと祈りながらフィービーは言った。「わたしたちはただの友達だったのだから」

コルテスは首を振った。「それ以上だった」

「違うわ」

フィービーの反抗的な表情がすべてを語っていた。たとえ彼がどんなに熱弁をふるって、今でも彼女を愛していることをわからせようとしたところで、彼女は屈服するつもりはないのだ。これは時間をかけるしかない。

フィービーはあの新聞の切り抜きを持っていた。そのことがふと彼の頭に浮かんだ。あれは、彼女の向こう側にある開いた引き出しに目をやってみると、お守りが目に入った。あれは、三年前に彼の父がフィービーに贈ったものだ。彼女はずっと持っていたのだ！

フィービーは彼の視線の先を見て、あわてて引き出しを閉めた。

「手紙に書いたことを覚えているかい？」コルテスは尋ねた。「あれをいつもきみのそばに置いておくようにと父は言った。ぼくにはその理由がわからなかった。父が言うには、いつかあれがきみの命を救うということだった」

フィービーは椅子の上で体をずらした。「お父様は呪医《じゅい》だと言っていたわね？」

「ああ。今でも診療をしている。ぼくがきみを見つけたと報告したときも、またあのお守りのことを言っていたよ」

変な言い方だった。フィービーは目を上げて彼の目を見た。「わたしを見つけた？」

コルテスは目をそらした。「言い方が悪かった。またきみと会ったと言うべきだった」そう訂正した。「父は、あのお守りをポケットに入れておくようにと言っていた。それとこれも一緒に。ひとりで外出するときには必ずそうするようにとね」

彼は大きなメキシコ・ペソ硬貨を二枚、お尻のポケットから取り出して彼女に渡した。

それらは重く、彼の体温でまだ温かかった。

重みと厚みのある硬貨だった。「これは？」

「とても古いメキシコ・ペソのコインで、わが家に昔からあったものだ」コルテスは言った。「父は、これを入れておく場所まで細かく言っていたよ。ズボンの右ポケットかウエストポーチだそうだ」

フィービーは彼の父親の心遣いに感激して、重い硬貨の表をなぞった。「どうしてこのコインがわたしの命を救うとお考えなの?」

「父には見えるんだ」コルテスは説明した。「精神科医なら妄想だとか偏頭痛の前の異常感覚と呼ぶのだろう――父は偏頭痛も持っているのだけどね。でも、父の言うことはあたるんだ。父にはふたりの兄弟がいる。ひとりはごく普通の人で、カリフォルニアに住んでいる。もうひとりはアパッチ族の奥さんとアリゾナに住んでいて、奥さんが亡くなってからもそこにとどまって息子を育てた。その叔父は父と同じように予知能力を持っている。息子はＣＩＡにいるよ。彼に何かよくないことが起こるときには叔父には必ずわかるんだ」

「そういう能力に恵まれた人がいるということは、わたしも知っているわ」彼の黒い目を見つめながらフィービーは言った。「お父様はあなたがここへ来る前に、わたしが危険な目に遭うことを知っていたのね!」ふと思い至って彼女は言った。

コルテスはうなずいた。「父はこのコインを一カ月前に渡してくれた。そして、ノースカロライナへ行けば、きみに会えるだろうと言ったんだ」

「お父様は……あなたがノースカロライナへ来ることになるのもご存じだったのね？」

コルテスはフィービーの手の中の大きな硬貨を見おろした。「ああ。どういうわけだかね。この夏まで、ぼくはオクラホマの外で仕事をしていた。だが、ぼくはネイティブ・アメリカンということで、そのころＦＢＩが立ち上げていた新しい組織、インディアン自治区の犯罪捜査班に配属されたんだ。先週、ヨナ居留地での殺人事件の一報が入って、ぼくはここへ派遣された」彼はためらいながら言葉を続けた。「夏には一週間の休みをもらってチャールストンへ行っていた」

フィービーの唇が開いた。「チャールストンへはこの三年、行っていないわ」思わず口走った。

コルテスはなんとも形容しがたい表情を浮かべた。「知っているよ」感情のにじんだ声で言った。

「あなたは……わたしを探していたのね」

彼の表情はくずれなかった。

「でも、手紙はくれなかった」彼女は苦々しそうに言った。

コルテスは目を閉じた。「書けると思うかい？　何を書けば、きみの苦痛を取り除けたというんだ、フィービー？」

過去を振り返るのはやめよう。それはあまりにもつらい。フィービーは深呼吸をした。

少なくとも彼は、わたしが新聞の切り抜きを受け取ったとき、精神的に参ってしまったことを知らない。そう思うとプライドが保てた。

「すべては昔のできごとよ」取り澄まして言った。「過ぎてしまったこと」

コルテスは清潔な平たい爪で硬貨の図案をなぞった。「追跡に来いよ」

フィービーは驚いて彼を見た。「わたしは館長なのよ」

「二時間ほど休みを取ればいい」

横暴な人、と彼女は心の中で思った。「追跡に行くような服装じゃないわ」

「ぼくの車で家に寄って着替えてくればいい」

「だめよ」

形ばかりのノックがして、マリーがのぞき込んだ。そして「失礼」と断った。マリーはフィービーのそばへ来ると、身なりのよいブロンドの女性のほうを顎で示した。その女性のそばには子どもたちの団体と、大人がもうひとり立っている。「学校の先生が来ているの。さっき、ドアの窓から中を見ていた人よ。スタッフの品行について館長と話がしたいとおっしゃっているわ」マリーはにやりと笑った。

フィービーは咳払いをした。顔から火が出る思いだった。「悪いけど、今は無理よ。二時間ほどオフィスを空けるから」そして、すぐにマリーに指示した。「ハリエットと話すようにお伝えして」

「きっとそうなるでしょうねとハリエットが言っていたわ。彼女から伝言よ。明日の朝、ドーナッツを買ってくること。コーヒーもね」

フィービーは立ち上がった。「ドーナッツを一つおまけするって伝えて。わたしはFBIに協力していて忙しいからって」

マリーの目がきらめいた。「あんなのが協力だというの？」彼女は眉を上げながら言った。

フィービーは赤面し、コルテスのそばにいたたまれなくなって、ハンドバッグをつかむと大急ぎで部屋を出た。

コルテスはデスクの引き出しの中に手を入れ、お守りを持ち出してからフィービーのあとに続いた。マリーの前を通り過ぎるときも、彼は笑顔を見せなかった。だが、サングラスをかけ直す前にウィンクをしてみせた。

マリーはフィービーのオフィスの戸口に立ち、顔の熱をさまそうと手であおいだ。コルテスは気難しい人かもしれないが、あんなにさっそうとした男性は見たことがない。それに、ものすごく魅力的で、見た目もいい。残念ながらフィービーには勝ち目はないわね。

まるであのころに戻ったようだった。コルテスがフィービーの家の前で車を止めて待っているあいだに、彼女は吠《ほ》えるジョックを横目に家へ駆け込み、ジーンズとブーツに着替えた。外へ戻ったときにはサングラスをかけていたが、それをかけると過去がかいま見える気がした。日ごろ、読書用のめがねは使うが、遠くを見るときにめがねは必要ないのに。

コルテスが車から降りてドアを開けてくれた。フィービーが車に乗ってシートベルトを締めると、彼も運転席に乗り込んでシートベルトを締めた。

「マナーがいいのね」彼女はつぶやいた。

「母は礼儀にはうるさかった。アイザックはちっとも言うことを聞かなかったが、ぼくは違った」

アイザック。彼の弟。コルテスの声の妙な感じに気づいて、フィービーはいぶかしげに彼を見つめた。「弟さんはどうしているの?」

「死んだんだ」彼は短く言った。そしてエンジンをかけて車をバックさせた。

フィービーは膝の上で手を組んで窓の外に目をやり、それ以上聞いたものかと迷っていた。「最近?」そう尋ねた。

「三年前」

三年前、コルテスはほかの女性と結婚した。子どもがいる。フィービーの胸が騒いだ。もしかして……。

彼女は物問いたげに目を見張って、彼のほうを向いた。

「彼女はジョゼフを身ごもって三カ月だった」幹線道路に向かって私道を進みながら、コルテスは言った。「彼女の両親は堕胎を望んだ。うちの母はそれで心臓発作を起こした。アイザックは亡くなっていたし」

「それで、あなたが子どもを救うために犠牲になったのね？」

彼は押し寄せる苦痛に、しばし目を閉じた。フィービーは相変わらず察しがいい。

「ジョゼフは」彼女は食い下がった。「あなたの息子じゃないのね。甥《おい》なのね！」

長い沈黙が流れた。コルテスはかすれた音をたてながら息を吸い込んだ。「甥だ」

フィービーは呆然《ぼうぜん》として、再び窓の外に目を向けた。「そのことを手紙に書いてくれればよかったじゃない。四行ですんだのに」

「ぼくは結婚していた」

「でも、奥さんは亡くなったって……」

コルテスは車を道に止めると、ギアを抜いて、エンジンを切った。そして彼女のほうを向いて、サングラスをはずした。「ジョゼフが生まれて一カ月後、彼女はジョゼフをぼくに預けて散歩に出た。ひとりになりたいからと言っていた。ぼくは事件のことでインターネットにかかりきりで、時間のたつのを忘れていた。三時間後、彼女の帰りがずいぶん遅いことに気づいた。ジョゼフはおなかをすかせていたが、ぼくはミルクの作り方をまだよく知らなかった。ジョゼフをベビーベッドに入れて、彼女を探しに出た」彼は緊張した面持ちになった。「彼女は納屋からロープを持ち出して、裏のポーチの梁《はり》に結びつけていた。

それにぶら下がっている彼女を見つけた。死んでいたよ」

フィービーは思わず口に手をやった。

「ぼくは彼女を愛していたわけじゃない。彼女はアイザックのものだった。彼を愛していた。彼が亡くなって悲しみに暮れていた。ぼくとの結婚はけっして結婚と言えるようなものではなかった。たとえ十年一緒に暮らしたとしても。彼女はアイザックなしでは生きていけなかったんだ」

彼女の気持ちがわかる、とフィービーはもう少しで口にするところだった。

「彼女の気持ちがわかる」

車の中にその言葉が響いた。だが、それを口にしたのは彼だった――フィービーではなく。

フィービーは目を見張って彼を見た。彼女の目は苦悶に満ち、顔は蒼白《そうはく》になっていた。

「この三年」コルテスは重々しく言った。「きみをどれほど傷つけてしまったかは想像することしかできなかった。それでもあのとき、説明をしようとはしたんだ。だが、母が二度目の心臓発作に見舞われた。母はぼくがオクラホマシティーの外で働いているあいだ、ジョゼフの世話をしてくれていた。父には育児は手に負えなかった。だから、ぼくはその時点でもう、連邦検察官を続けることをあきらめなければいけなくなった。家を長く空けるわけにはいかなかったからね。それで、ＦＢＩの昔の上司に電話した。彼は当時、高い地位にいた。その人が仕事を世話してくれて、ぼくができるかぎりロートン周辺に配属されるように陰で力になってくれたんだ」

「ロートン？」

「オクラホマのコマンチ郡にある」彼は説明した。「現地のオフィスは家から車で遠くないところにあったから、通勤することができた。母が亡くなったあと、ぼくは再びきみを探そうとした。もしぼくが南東部勤務に異動することになれば、チャールストンにあるデリーのアパートに行けば、ついにきみをつかまえることができるかもしれないと思った。だが、きみはいなかったね。ぼくはあきらめ、休暇が終わると家に戻った」

「わたしがここに来たのは」フィービーは説明した。「チャールストンにはいられなかったからよ。つらい思い出が多すぎて」彼に聞きたくてたまらないことがあったが、聞くのはためらわれた。

「どうしてデリーにきみの住所を尋ねなかったかと聞きたいんだね」彼は察して言った。

　フィービーはうなずいた。

　コルテスは息を大きく吸い込んだ。「尋ねたよ。ぼくには絶対に居場所を教えないようにとフィービーから言われているとデリーは言った。この恨みは死んでも忘れないと、きみが言っていたとね」彼は肩をすくめた。「ぼくはあきらめなかったよ、それでも。ずいぶん時間がかかったけど……とうとうきみを見つけた」

「どういういきさつでFBIとしてここへ来ることになったの？」これも知りたかった。

「新しいインディアン自治区の犯罪捜査班に入ったからさ。ぼくの担当地域は南東部一帯――セミノール族の土地までずっとなんだ」彼はゆっくりとほほえんだ。「昔の上司が、今回の殺人事件を知ったときに、きみがここへ移ったとぼくが前に言っていたことを思い出して、この事件の担当をぼくにあててくれたんだ。やりがいのある仕事だし、楽しんでやっているよ。でも、三年は長かったよ、フィービー」

「わたしがここにいることを知っていたの？」

コルテスはうなずいた。

「どうして？」彼女は驚いて声を張り上げた。

6

「こんなことを言っても信じてもらえないだろうけど」

「言ってみて」

「父が教えてくれたんだ。父がどうやってそれを知ったのかは知らない」コルテスは続けた。「でも、父は驚くべき霊能力を持っているうえに、有力者の友人が大勢いるからね。法執行機関にも。まあともかく、父は知っていたということだ」彼は物欲しそうにフィービーを見つめた。

彼女も見つめ返したが、顔にはためらいがありありと浮かんでいた。彼は今ここにいる。ずっと会いたくてたまらなかった彼が。でも、彼のことは信用できない――するわけにはいかない。三年前、何も言わずにわたしのもとを去っていったのだから。

コルテスはため息をついた。「きみの頭の中で歯車が回転しているのが見えるようだ。きみが何を考えているのかはだいたいわかる。信用を取り戻すには時間がかかりそうだね」彼はサングラスのつるの先を噛《か》みながら考えにふけった。「ぼくたちは今初めて出会ったことにするのはどうだろう。ぼくは妻を亡くした子持ちの男で、きみは魅力的な博物館の館長。ある事件に関して一緒に仕事をすることになった。複雑な事情は何もない。相手を非難する理由も。単なる友人だ」

フィービーは疑わしげなまなざしをコルテスに向けた。「単なる友人ですって？　オフィスでわたしをデスクの上に押し倒したくせに！」そう指摘しつつ、その記憶がもたらした熱を隠そうとした。「それに、もしあの学校の先生が苦情を提出してきたら、わたしは理事会で大問題になるわ！」

「もしそんなことになったら、ぼくが理事会で説明するよ。きみが呼吸困難に陥ったから、心肺蘇生《そせい》を行っていたんだってね」コルテスはさらりと言った。「理事たちがきみのオフィスにいるときに気絶するといい。そこで実演してみせるから」

フィービーは笑いたくなかったが、彼があまりにいたずらっぽい顔をするので、笑いを押し殺して咳払《せきばら》いをした。「追跡をするって言っていたけど、何を探すの？」

「それはよくわからない」コルテスは言って、車を出した。さっきより表情は軽くなっている。「見つかってみてのお楽しみだ」

幹線道路に出ると、フィービーは殺人事件の被害者の情報をドレークに伝えた朝にSUVが止まっていた場所に目をやった。コルテスにそのことを話そうかと思ったが、そうするほどのこともないだろう。やはりあれは、ただの道に迷った旅行者だったのだ。彼女はそのことを考えるのはやめにした。

ふたりは、会話はないながらも打ち解けた雰囲気の中で、ベネットの建設現場にある洞窟《どうくつ》まで車を走らせた。コルテスは車を止めると、革のホルスターに入った四十五口径のオートマチック拳銃《けんじゅう》を車のダッシュボードから取り出し、ベルトに差した。

フィービーは心配そうにそれを見ていた。

「ぼくはFBIのバッジを持っているんだよ」彼は改めて言った。「政府のもとで働いている人間だ。それに、発砲しなければならないときには撃ち方を知っている」

フィービーは顔をしかめた。「わたしだって知っているわ。でも、やむを得ないからって撃つのはいやなの」

「だからドレークが練習に連れ出したんだよ。反射的に撃てるようになれば……」

「わたしには人は殺せないわ、ジェレマイア」フィービーはやりきれなさそうに言った。

「たとえ自分の命を守るためだとしても」

緊迫した沈黙の中でコルテスは彼女をじっと見つめた。「そういう状況がやってくるかもしれない。あの人類学者を殺した犯人がどんなやつだとしても、本当に金に困っているとしたら、あれだけで引き下がることはないだろう。ぼくは五十ドルにもならない少額の金のために殺された人を何人も見てきた。犯人は被害者がそれだけしか持っていなかったことを知って、ひどく驚く。次に何が起こるかは、誰が考えてもわかるだろう」

フィービーはコルテスを見つめた。彼を求める気持ちが顔に出ていないことを願いながら。相変わらず彼は、誰よりもセクシーだ。男らしい美しさを備えている。

「今はそんな時間はないよ」コルテスがさりげなく言った。

「わたしが何を考えていたか知らないくせに！」フィービーは言い返した。

コルテスは彼女をぞくぞくさせるような笑い声を喉の奥からもらすと、車を降りた。フィービーは彼がまわってくる前に自分で車を降りた。

「きみはぼくのマナーのよさが好きだと思っていたが」

フィービーは顔を赤らめた。「ドアくらい自分で開けられるわ」

コルテスはそれについてはとくに何も言わなかった。「向こうへ行ってみよう」道に残った古いタイヤ痕《こん》を指して言った。「いったん停止してバックで駐車した車の跡を探すんだ」

「ここはタイヤの跡だらけよ」フィービーは指摘した。

コルテスは、殺された人類学者が泊まっていた居留地のモーテルの駐車場の地面に残っていた奇妙なタイヤ痕が気にかかっていた。そこは被害者の部屋の真ん前だった。

「真ん中にある垂直のラインが欠けているものを探すんだ。左側のタイヤだ」

フィービーは口をすぼめて言った。「科学捜査ね。わかったわ」彼女はかがみ込んで探し始めた。そうしていると、前にコルテスと追跡をしたときのことを思い出さずにはいられない。「わたしの卒業式に来るかもしれないってあなたが言ったとき、わたしがためらっていたら、あなたはいやなことを言ったわよね」

「きみは木の枝を投げつけてきた」コルテスは言って、疑わしいタイヤ痕をのぞき込んだ。

「あなたはとても感じが悪かったもの」フィービーはそう返して、彼をちらりと見た。「今だってそうよ。あの教師がクレームをつけてきても、わたしが仕事に戻れるように祈るばかりだわ」

「ぼくのところで働けばいい」コルテスはつぶやくように言った。「きみなら科学捜査研究所で重宝される。きみの卒業した大学の教授のひとりが、きみには法医歯科学に対する天性の感覚があると言っていた」

「あなたにそんなことは話していないわ」フィービーはためらいながら言った。「どこで聞いたの？」

「きみの母校の法医学の教授なら、きみの居場所を知っているかもしれないと思ったんだ」コルテスはさらりと言った。

フィービーはむなしさを覚えた。わたしは何をしていたのだろう。自分にいやけがさす。みんながこの男性からわたしを守ろうとしてくれた。それは、わたしがそう頼んだから。本当の事情を知らずに。こうして事実を知ってみれば、残念ながら三年前は自分で自分の首を絞めたのだということがわかる。彼はわたしに興味がなくなって去っていったのではなかった。状況がそうさせたのだ。

コルテスが急に顔をしかめて立ち上がった。そして驚くフィービーをよそに車へ引き返し、彼女のデスクの引き出しから持ち出したものを取り出した。フィービーのところへ戻ると、彼はそのお守りを手渡した。「これを身につけておくんだ。それからペソのコインも。ズボンの右のポケットに」

言い争ってもしかたがないことをフィービーは承知していた。彼は父親の不思議な力を信じ込んでいる。「わかったわ」フィービーは、二枚のペソ硬貨を合わせ、ポケットに滑り込ませた。そしてタイヤ痕の追跡に戻ったそのとき、突然何かが体にあたって、彼女は地面にはじき飛ばされた。一瞬ののち、雷鳴のような鋭い破裂音が聞こえた。

「フィービー！」

コルテスは銃を取り出し、ひざまずいた姿勢で、弾丸が飛んできた方向へ発砲した。再び銃声が鳴り響き、コルテスのそばで砂埃《すなぼこり》が舞い上がったが、その数秒後、大きな鈍い衝撃音とエンジンの発進音が聞こえた。続いて、車が砂利を跳ね上げる音が近くで聞こえた。

コルテスはその音がやむまで待ってはいなかった。すでにフィービーの隣にひざまずき、両手で手際よく彼女の体を調べていた。「撃たれたのか？　どうなんだ！」

彼女はうめき声をあげ、体を丸めた。「痛い！」歯を食いしばって言った。

「フィービー、撃たれたのか？」コルテスは一語ずつゆっくりと尋ねた。

フィービーはどうにかがんばって脚を伸ばした。おなかの右側に手をあててみる。「血は出てないみたい……」小声で言った。

コルテスは彼女のジーンズのファスナーをおろし、抵抗するひまも与えずに腰の下まで脱がせた。外傷はなかったが、盲腸のあたりに、打撲によるひどいあざができ始めていた。コルテスがあざのすぐ上のところに手をやると、手の甲が、さっき彼がポケットに入れさせたばかりの重いペソ硬貨をかすめた。彼はぞっとした。

ふたりは驚いて顔を見合わせた。コルテスはフィービーのジーンズのポケットに手を入れて、お守りと硬貨を引っぱり出した。見ると、ペソ硬貨の一枚は中央に穴があき、その後ろにあったもう一枚には弾丸がめり込んでいた。コルテスの父の予知がフィービーの命を救ったのだ。

「大腿《だいたい》動脈にあたるところだった」コルテスはぼんやりとした声で言った。「病院へ運ぶ前に出血多量で死んでいたところだ」

フィービーは身震いした。「知っていたのよ……あなたのお父様は知っていたのよ！」

コルテスはフィービーの体を引き寄せて、地面に腰をおろし、彼女をしっかりと抱きしめた。そして、起こっていたかもしれない事態のことを考えながら、ぼんやりと彼女の体を揺すった。

「犯人は逃げたわ」フィービーは彼の喉元でささやいた。

彼女を抱いているコルテスの腕に力がこもった。「まず、やるべきことから片づけよう」

彼はフィービーのこめかみにキスをして、重い息を長々と吸い込んだ。そして、ベルトにつけていた携帯電話を取って、片手で番号を押した。

「救急車一台とヨナ郡のドレーク・スチュアート保安官代理を、ベネット建設の工事現場の裏へ今すぐによこしてくれ。ディール通りの突きあたりの、モミの木立の中にある洞窟だ。チェノセタの市境を出たすぐのところにある」コルテスは伝えた。「こっちは今、ヨナ居留地の境界線からおよそ百メートルのところの砂利道にいる」

「あなたは?」うんざりしたような声が応答した。

「FBI特別捜査官のジェレマイア・コルテスだ」彼は簡潔に答えた。「発砲があった。スチュアートに、道の突きあたりまで来て、右側の木立の中を捜すよう伝えてくれ」

「待ってください!」九一一番のオペレーターは言った。「彼にはそちらに行ってもらいます。そのまま切らないでください」

「時間がないんだ」コルテスは言った。「犯人が逃走した」

彼は電話を切ると、続けて別の番号にかけた。まだ痛みに襲われているフィービーは彼に寄りかかっていた。

「ジョーンズの車で科学捜査班をよこしてほしい。指示はこっちからする」電話を終えると、コルテスはフィービーに「今のはうちの班だ」と言って、歯ぎしりした。「いいかい、これからきみを救急車に乗せなくてはいけないが、ぼくは一緒に行けない」そうできないのは死ぬほどつらいという様子だった。「うちの班が到着するのを待って、証拠を採取しなければならない。運がよければ、薬莢《やっきょう》が見つかるかもしれない」

「わたしなら大丈夫」フィービーはかすれた声で言った。「小さな子どもじゃないんだから。ひとりで救急車に乗れるわ」

コルテスはにこりともしなかった。今は笑っている場合ではないというように。「きみは殺されていたかもしれないっていうのに」腹立たしげに言った。

フィービーは彼の苦しそうな目をまっすぐに見据え、痛みをこらえて笑顔を作った。

「間違いよ。きっと間違えて撃ったんだわ。犯人はつかまえられるわよ」

「ここで危ない目に遭うとは予想していなかった」コルテスは信じられない様子で言った。

「こんなことが起こるとわかっていたら、一緒に来るように誘ったりしなかったのに！」

フィービーは手を伸ばし、彼の唇に触れた。「あの怒っていた小学校の先生に弁解をすることを思ったら、こっちのほうがずっとましだわ。本当よ」

コルテスは彼女の手を取り、心配でたまらないというように、その手のひらにキスをした。

その心配ぶりがフィービーを不安にさせた。彼がそんな強い反応をするなんて予想もしていなかったのだ。「すぐによくなるわ。そうしたら、こんなことをしたばかをつかまえて、刑務所に放《ほう》り込んでやりましょう。そうでしょう?」

「そうだ」コルテスは声をつまらせて言った。

「それはもう胸にしまって、自分を責めるのはやめにして。わたしたちが車から降りたとたんに誰かが発砲してくるなんて、誰が予想できるというの?」

「ぼくが誰かをおびえさせたんだ」彼は冷ややかに言った。

「どういうこと?」

コルテスは彼女の質問に答え始めたが、サイレンの音でその声はかき消されてしまった。ドレークの車が、救急車の真後ろにすっと入ってきて止まった。三分もしないうちに救急隊員たちがストレッチャーを用意してフィービーのそばに来ていた。

彼らがフィービーの手当てをしているあいだに、コルテスはそれまでのいきさつを説明した。ドレークは激怒していた。

「誰かが彼女に付き添っていかないと」ドレークがぽつりと言った。

「うちの班がこっちへ向かっている」しぶしぶ救急隊員たちにフィービーをまかせたコルテスは、歯のあいだから言った。「ぼくはここを動けないんだ」

ドレークがコルテスのほうを向くと、コルテスは心配でいてもたってもいられないという顔をしていた。「心配はいりませんよ。ぼくが一緒に行きます。彼女は大丈夫……約束しますよ」

それを聞いてコルテスは落ち着いた様子だった。だが、それは表面上の話だった。彼は、フィービーが死ぬところを目撃するイメージを頭の中から追い払うことができずにいた。

「彼女は大丈夫ですよ」ドレークはいかめしい顔で、きっぱりと言った。「あなたは犯人をつかまえることに専念してください。彼女の面倒はぼくが見ますから」

コルテスは深呼吸をした。「犯人を見つけたら」歯のあいだから言った。「この大陸にはいられないようにしてやるさ」

「そいつはいい。予備の弾丸をもっと用意してきますよ」ドレークは請け合って、コルテスの肩をぽんとたたくと、笑顔を作ってみせた。「さあ、仕事に戻りましょう。フィービーはよくなりますよ」

コルテスはフィービーがのせられたストレッチャーの横に立って、重傷ではないだろうと救急隊員たちが所見を述べるのを聞いた。

コルテスは彼女の手を取り、しっかりと握りしめた。「ここが片づいたら行くよ。ドレークがきみに付き添ってくれる」

「ああ」フィービーは言った。「ネイティブ・アメリカンの連帯ね」

コルテスは優しくほほえんだ。「まあそんなものだ」彼女の指にキスをして、腰のところに手を戻してやった。「医者の言うことをよく聞くんだよ」

「わたしのお守りはどこかしら？」フィービーはとっさに尋ねた。

コルテスは険しい表情で言った。「物証なんだ」

「ペソ硬貨はね。でも、お守りは違うわ。わたしに持たせて」

コルテスはため息をついて、お守りを取り出し、フィービーの手に預けた。

「あなたのお父様は」フィービーは言った。「ご自身の役目をよくわかっていらっしゃるのね」

「そう言ったじゃないか。じゃあ気をつけて」

「あなたも。だって防弾服を着ていないし、これも持っていないもの」フィービーはお守りを持ち上げて言った。

コルテスは口をすぼめると、ポケットに手を突っ込み、彼女のものとそっくりのお守りを取り出して見せた。「ぼくにはコインは必要ないそうだ」

フィービーは顔をしかめたが、すぐにほほえんでコルテスを安心させようとした。彼はいかにも心配そうな顔をしている。

ドレークは無線で別の保安官代理に連絡し、あとで病院の救急救命室から彼の車まで送ってくれるように頼んだのち、救急車の後部に乗り込んだ。救急隊員たちが後部のドアを閉める横で、コルテスは重苦しい顔をして、手にはまだお守りを握っていた。

「あのお守りは何？」ドレークは尋ねた。

「コルテスのお父様が三年前にわたしのために作ってくれたの」フィービーは言って、顔をしかめた。傷がいよいよ痛み始めた。「それと一緒に持っておくようにと、今日はメキシコ・ペソ硬貨を二枚もらったの。さっきジェレマイアから言われたばかりだったのよ、これをポケットに入れておきなさい、彼のお父様がそう言っているからって。そうしたら、ちょうどそこを撃たれたの。もし、言われたとおりにコインをポケットに入れていなかったら、たぶんわたしは死んでいた。弾丸はちょうど大腿動脈の横にあたっていたのよ」

ドレークは口笛を鳴らした。「ものすごい呪術《じゅじゅつ》だね」

「そうでしょう？　ジェレマイアのお父様は呪医なの。ある種の予知能力もあるらしくて。わたしはそういうのをあまり信じていなかったけど……今は信じているわ」

「無理もない。きみはコルテスとあそこで何をしていたんだい？」

「殺された人類学者が訪れた洞窟を調べていたの。洞窟はベネット建設の工事現場の裏手にあるわ。そこに着いてすぐくらいに撃たれたの」フィービーは目を閉じ、それから大きく見開いた。「応急処置をしてもらったら、発砲した犯人の捜査に協力するわ。そのあと五分だけ彼らと話をさせて」

「先に武術のレッスンをしてあげるよ」ドレークは茶化した。

フィービーは、つめていた息を吐き出した。「本当に痛いわ。皮膚に損傷はないけど、ひどい打ち身になっているみたい」衝撃を受けた部分をおそるおそる手で押してみた。

ドレークは話題を変え、たとえ貫通していなくとも、外傷性の衝撃が人間の肉体にどれほどの損傷を与えるかを考えないようにした。肋骨《ろっこつ》に受けた打撃で肺が傷つき、内出血を起こして死に至ることさえあるのを見たことがあるのだ。

病院でフィービーはあらゆる検査を受けた。それが終わると、黒髪の若い女性医師がカルテを持ってフィービーの病室に入ってきた。

医師は、ベッドに横たわっている華奢《きゃしゃ》なブロンドの若い女性の姿をクリップボード越しに見て眉を上げた。

「わたしだったら」医師は思ったことを口にした。「もし撃たれたりしたら、声をかぎりに泣き叫んでいるわ。こんな目に遭っているのに、女性のわりにあなたは冷静ね」

フィービーはため息をついた。「わたしは人類学者です。インディ・ジョーンズはご存じかしら？　フェドーラ帽に、黒の長い鞭《むち》、堅物な性格で……」

医師はくすくす笑った。「ええ、ええ、わかったわ」

ドレークが戸口から頭を出して言った。「もう行かなきゃいけないんだ。ほかの保安官代理が外に迎えに来ていてね。建設現場周辺の人々に聞き込みをするから手伝えとのことなんだ。非常勤の面々も駆り出されているそうだから。先生、彼女は大丈夫ですか？」

「ええ、大丈夫よ」医師は言った。

ドレークは親指を立ててみせた。「あとで電話するよ」そうフィービーに告げて、行ってしまった。

「さて」医師は言って、フィービーのベッドの枕元《まくら》の壁にもたれかかり、検査結果にさっと目を通した。「鼠径《そけい》部にひどい打撲傷があります。弾丸が直接あたった場合と比べてかなり広い範囲に広がっています。それでお聞きしたいのだけど、どうして弾丸は貫通しなかったのかしら？」

「ポケットの中に分厚いメキシコ・ペソ硬貨を二枚入れていて、そこに弾丸があたったんです」フィービーは事務的に答えた。「弾丸は一枚を貫通して、二枚目にめり込んでいました」

医師の細い眉がつり上がった。「撃たれることを知っていて準備していたの？」

フィービーは顔をしかめた。「事実は小説より奇なりってこともあるのね」

「わたしは医師よ。ショットガンで至近距離から二発撃たれた体で二キロ歩いて助けを呼び、生き延びた患者だって見たことがあるわ」医師は言うと、手のひらを上にして片手を差し出した。「聞かせてちょうだい」

フィービーは医師に説明した。

一分ほどのあいだ、医師は何も言わなかった。その目は再び検査結果を見ている。「その呪医さんに毎年、誕生日のプレゼントを贈りたいくらいだわ」

「わたしはそうするつもりよ。命の恩人ですもの」

「どうしてあなたが撃たれたのかしら。理由はわかる？」

「ある殺人事件の捜査で、ＦＢＩの捜査官が疑わしい車の追跡をするのを手伝っていたの」フィービーは冷静に答えた。

医師は目をしばたたいた。「ＦＢＩ？」

フィービーはうなずいた。「ＦＢＩに新設されたインディアン自治区の犯罪捜査班に所属している人よ。彼は、ヨナ居留地で起きた殺人事件の捜査をしにここへ来たの」

「それであなたも追跡を？」

「手伝うだけよ」フィービーは違いをはっきりさせた。

「その彼と一緒に行ったのには何か特別な理由があったのかしら？」

「ええ。わたしが働いている博物館で、彼に死ぬほどキスをされて。見学に来ていた小学生のクラスに見られてしまったの。それで、その追跡に同行するか、激怒している引率の先生に弁解するか、究極の選択を迫られて」フィービーは顔をしかめた。「ましなほうを選んだというわけ。〝逃げるが勝ち〟がうまくいったと思いたいわ」

医師は吹き出した。「そうね、あなたは運がよかったのよ。恵まれているというのか。あるいは、精霊たちの中に守り神がいるのかしら？」

「レプラコーン？」

「ヌンネイよ」医師は正した。「チェロキー族では、精霊たちは森の中で旅人を守ると言われているわ。彼らにはときどき精霊の歌声が遠くから聞こえるって。すてきな伝説じゃない？」

歌声。遠くで。チェロキー語で。フィービーは口には出さなかったが、何日か前の早朝に聞こえたメロディーを頭の中で懸命に思い出していた。

六時間後、疲れた様子で病院へ戻ってきたドレークが、フィービーを自宅まで送り届けた。病院側は一晩引き留めておきたかったのだが、それを正当化できるほどの深刻な理由が見つからなかった。フィービーはしっかりとした保険に入っていたが、命の危険がないのにそれを使わなくてはいけないのはいやだった。

家に着くと、コルテスが玄関ポーチの上を行ったり来たりしていた。

「彼は一時間おきに電話してきたよ」ドレークが明かした。「家に向かっているところだと言わなければ、病院に飛んできそうな勢いだった」

フィービーはうんざりしたように、ほほえんだ。「しかたがないわね」本当のところは、コルテスがそれほどまでに心配してくれたことに感激していたのだが、それを認めたくはなかった。

家の前に車を止めると、ドレークはエンジンを切った。彼は車を降りて、フィービーのためにドアを開けにまわったが、コルテスのほうが先に来ていた。コルテスは彼女の腰に腕をまわし、家の中へと付き添っていった。

「彼女を抱き上げて中へ運ぶのかと楽しみにしていたんですけどね」ドレークがからかった。

「彼は重いものを持ち上げられないの」フィービーがさらりと言った。「ベトナム戦争の終盤に、戦地で榴散弾《りゅうさんだん》を肩に受けた古傷のせいでね」

ドレークは口をすぼめた。

コルテスの目が優しくなった。「きみにそれを話したことを忘れていたよ」

フィービーは、きまりが悪くなって咳払いをした。

「人には二度目のチャンスがあることもある」ドレークが、とくに誰に言うともなく言った。

「フィービーがちょうどそうだったようにね」コルテスが答えた。彼はジーンズとネルのシャツを着ていた。長い髪はほどいてあったが、いらいらしてかきむしったみたいに乱れていた。「だから、こんなだだっ広いところに一晩じゅう彼女をひとりで放ってはおけないんだ」

フィービーは気後れした。そして、何かが足りないことに気づいた。「ジョック！」彼女は叫んだ。自分を殺そうとした犯人が犬も襲ったのではないかという恐れがこみ上げてくる。

「きみの犬なら地元の動物病院に預けたよ」コルテスがすぐさま言った。「あそこなら、うんとかわいがってくれるさ」

「勝手にそんなことはさせないわ!」彼女は叫んだ。

「もうしたんだ。荷物をまとめて、フィービー」コルテスは静かに言った。「きみはしばらくのあいだ、ティーナとぼくと一緒にモーテルで過ごすんだ」

「しばらくって?」

「こんなことをした犯人をつかまえるまでさ」コルテスは言った。「それに、そいつはきみを殺そうとしたんだってことを覚えておいたほうがいい。父の予知がなかったら、今ごろきみは遺体安置所だ」

フィービーは顔から血の気が引くのを覚え、ソファのアームの上にへたり込んだ。

「ごめん」コルテスは苦々しそうに言った。「そんなふうに言うつもりはなかったんだ」

「でも、彼の言うとおりだ」ドレークが割って入った。「きみは、ここにひとりでいてはいけない。犯人はこれで引き下がりはしないだろう。次は一発ですまないかもしれないし」

「そのとおりだ」コルテスが返した。

フィービーは歯ぎしりした。「なんだかわたしが逃亡しているみたいじゃない!」

ふたりの男性は、やれやれというように顔を見合わせた。「後ろに向かって前進していると考えればいい」しばらくしてコルテスが言った。「コマンチ族の偉大な戦士だったクアナ・パーカーだって、ときにはそんな戦術を使ったんだ。誰も彼を臆病《おくびょう》者とは呼ばないだろう?」ドレークに同意を求めた。

ドレークはうなずいた。「そうですね」

フィービーは不安げに下唇を噛んだ。「そうは思えないけど……」

「きみはティーナの部屋で、ジョゼフも一緒だ」コルテスは根気よく説明した。「ぼくは隣の部屋にいる。だから、きみは安全だ」

赤ん坊と同じ部屋に。その赤ん坊が原因でコルテスはわたしを捨て、愛してもいない女性と結婚したというのに。その子が悪いわけではないけれど、一緒にいると、つらい思い出がよみがえってきそうだ。こんな案には従いたくない。でも、ここにひとりでいるのは恐ろしい。わたしを守ってくれる唯一の存在だったジョックが連れていかれてしまった今はとくに。

「ティーナのことはきっと気に入るよ」ドレークがなだめすかすように言った。「彼女は本当にいい子なんだ」

「ああ、本当に」コルテスも請け合った。

「亡くなった奥さんの親類の人?」フィービーは尋ねた。

「ぼくのいとこだ」コルテスはゆっくりと答えた。

いとこと結婚する人もいるわ、とフィービーは思った……口には出さなかったけれど。いとこ同士だからといって、ティーナという謎《なぞ》に包まれた女性を恋のライバルの候補者リストからはずす理由にはならない。フィービーはドレークからコルテスへと視線を移した。そのとき、自分が疲れているのと同じくらい、ふたりが疲れきっていることに気づいた。今日はとても長い一日だった。

「ごめんなさい」フィービーは唐突に言って、なんとか立ち上がった。下腹部がひどく痛む。「あなたたちふたりともくたくたに疲れているというのに、波風を立てたりして。必要な荷物をまとめるわ。それで、何か見つかったの?」コルテスに尋ねた。

コルテスは少し気が楽になった様子で、両手をポケットに突っ込み、窓辺へ行って外を眺めた。「いや、それほどは。薬莢が一つあった。どこにでもある四十五口径のものだ。拳銃かライフルから発射されたんだろう」彼は振り向いた。「だが、速度から判断すると」フィービーを見つめながら付け加える。「あれは拳銃だ。ライフルで撃たれていたとしたら、弾丸はコインを貫通して、きみの体に達していただろうから」

「じゃあ、犯人は近くにいたのね」

コルテスはうなずいた。「薬莢は、きみとぼくが立っていた場所からおよそ七十メートルのところで見つけた。それでも、犯人には二級射手の腕はあるはずだ。スコープなしであの距離から誰かを撃ち倒すのは、それほどたやすいことではないからね」

「弾道データは取っているんですか?」ドレークが尋ねた。

コルテスはうなずいた。「ワシントンDCにあるFBIの研究所に弾丸を一晩預けてあるんだ。運がよければ、それが購入された場所と、もしかしたら、発射した拳銃の種類までわかるかもしれない」

「潜在指紋は?」ドレークは立て続けに聞いた。

「一つあった」コルテスは笑みを浮かべて言った。「部分的なものだが、それで充分かもしれない。もう一つ発見したものがある――たばこの吸殻だ」

「犯人はたばこを吸うのね」フィービーが言った。

コルテスはうなずいた。「その男のものだとしても」と付け加える。「いつ捨てられたものなのかはわからない」

「おとといの夜から雨は降っていない」ドレークが指摘した。

「吸殻にも濡《ぬ》れた跡はなかった」コルテスは答えた。「これまでのところはまずまずだな」

「仕事には行ってもいいんでしょう?」洗面用具と三日ぶんの着替えの荷造りを終えたフィービーが尋ねた。それらを詰めたスーツケースをコルテスは左手で持ち上げた。

「あそこなら人目がある」ドレークが指摘した。

「たしかに」しばらくしてコルテスは言った。「いいだろう。ただし、ぼくたちのどちらかが一緒にいるとき以外はオフィスを離れてはだめだ」

フィービーは気が進まなかったが、選択の余地はないようだった。彼女はふたりを順番に眺めてみた。八方ふさがりとは、まさにこのことね……。

「わかったわ」彼女は同意した。

コルテスは腕時計で時間を確かめた。「そろそろ行かないと。明日、早い時間に約束があるんだ」

「別の開発業者とか？」ドレークが尋ねた。「また発砲があったときに備えて、あなたに尾行をつけておきましょうかね？」

コルテスはくすりと笑った。「それは規則違反だろう」

ドレークは肩をすくめた。「確かめてみただけですよ」

「戸締まりをしておくわ」フィービーが言った。各部屋を見まわり、窓とドアが全部確実に閉まっているかを確かめた。

「ここは人が住んでいるようには見えないな」ドレークがつぶやいた。「写真も、みやげ物も、記念品もない……」

「わたしの持ち物のほとんどはデリー叔母さんのところにあるの」フィービーは言った。

「いずれまた引っ越さなくてはならないところに、いろいろなものを持ってくるのは無駄だと思って」

「引っ越す気なのかい？」ドレークは尋ねた。

「すぐにってことではないわよ」彼女は皮肉っぽい口調で答えた。「いつかは、っていう意味。言葉のあやね」

コルテスはじっと黙っていた。そして玄関のドアを開けると、ポーチへ歩み出た。

ティーナは部屋の入口で彼らを出迎え、フィービーに好奇の目を向けた。「じゃあ、あなたが噂《うわさ》のフィービーね」誰に言うともなく、ぽつりと言った。「お会いできて本当にうれしいわ。彼ったら何も教えてくれないんだもの」彼女はコルテスを指した。

「根掘り葉掘り聞くんじゃないぞ」コルテスは釘《くぎ》をさした。「それと、彼女から目を離さないように」そう厳しく言い渡した。

「ええ、事情はわかっているわ」急にまじめな口調になってティーナは言った。「あなたが無事でよかったわ。ジェレマイアのお父さんが呪医でよかったわよね」

「本当に助かったわ」フィービーは答えた。「あざができただけですんだもの。もっと大変なことになっていてもおかしくなかったのに」

「ここにいれば安全よ」ティーナは太鼓判を押した。「わたしはクリスティーナ・レッドホーク。ファミリーネームは彼と同じよ。もっとも彼は使わないけど」ティーナは言ってコルテスを指した。「彼のユーモアのセンスは本当に趣味が悪いのよ」

「そうなのかい?」ドレークがそう言ってティーナににっこりと笑いかけると、彼女は思わず顔を赤らめた。

「だって、ジェレマイアのひいおばあさんをさらってきたスペイン人の彼のひいおじいさんの名前がコルテスだったの。Ｓで終わるコルテス」物思いにふけるようにティーナは言った。

「さらってきたですって？」フィービーは興味津々な様子でコルテスを見やりながら尋ねた。

「彼女は丸太小屋に二週間閉じ込められて、それ以上の恥をさらすわけにはいかなくなって、しかたなく彼と結婚したの」ティーナは続けた。「子どもは十人生まれたわ。彼はコマンチ族の妻の一族とともに暮らし、彼らの言葉を覚え、彼らとともに襲撃にも加わったのよ。ジェレマイアのおじいさんは、その十人の子どもたちの末っ子だったの」

「ふたりの結婚は長く続いたの？」フィービーは尋ねた。

「五十年よ」ティーナはそう言って、ため息をついた。「ロマンチックじゃない？　もとは敵同士だったのよ。彼女の一族が彼の一族を襲ったばかりで、親類の何人かを殺したんだもの。愛とは何ものにもまさるものなのね」

「もうそれくらいにして寝かせてやりなさい」コルテスはそう言って、いとこの長い黒髪の房を引っぱった。「今日は大変な一日だったんだ」

「これからは彼女から目を離さないようにするわ」ティーナは請け合った。

「自分のことは自分で気をつけられるわ、ありがとう」フィービーはコルテスにきっぱりと言った。

残りの大人三人が、それはどうかなというように顔を見合わせた。

「弾丸が飛んでくるのは誰にも予測できないわよ」フィービーはむきになって言った。

「ジェレマイアのお父さんはできたわ」ティーナが声高に言った。

「寝なさい。早く。ジョゼフはどうしている？」コルテスはそう言って、フィービーとドレークの後ろの部屋に入っていった。

ジョゼフは、二つあるクイーンサイズのベッドの一つに座って、布製のブロックで遊んでいた。コルテスのほうを見上げてにっこりと笑い、ふっくらした腕を大きく広げた。

「ダディ！」ジョゼフは叫んだ。

コルテスはジョゼフを抱き上げ、ぎゅっと抱きしめ、その小さな頬にキスをした。「元気かい？」その口調はあまりに優しく、フィービーの胸は痛んだ。

「ダディ、ぼく五つまでかぞえられるよ！」ジョゼフは四本の指を突き出した。「どこ行ってたの？　ぼく、さびしかったんだよ！　ケーキ、たべちゃだめなんだって！」

「チョコレートケーキよ」ティーナが弁解した。「夜、眠れなくなるからね」

「ケーキ、たべたかったな」ジョゼフはつぶやいた。父親の肩越しにフィービーを見つけ、彼女に尋ねた。「だあれ？」

「フィービーだ」コルテスが言って、ジョゼフの体をフィービーのほうに向けた。「怪我《けが》をして痛いんだ。今夜はおまえとティーナと一緒に泊まるんだよ。おまえもお世話を手伝いなさい」

「いいよ」すぐにジョゼフは答えた。フィービーのことを注意深く観察している。「ブロンドの髪の毛だね」

「ええ。ブロンドなの」フィービーは言った。この子を好きになりたくはない。でも、この子は美しい黒い目と天使のような笑顔を持っている。

「本、よみたい?」ジョゼフが尋ねた。

「ええ」フィービーは、自分がオウムのような受け答えをしていることに気づいた。「あなたは?」

ジョゼフはにっこりと笑った。「ボブがいい!」

フィービーはティーナに目をやった。「『ボブとはたらくブーブーズ』のことよ」ティーナが説明した。「テレビのアニメなの」

「へえ」

「おはなししてくれる?」ジョゼフがせがんだ。

「してくれるわ。でも、今日はもう寝るのよ」ティーナが助け船を出し、コルテスからジョゼフを引き取った。「つまり、女子ども以外はみんなここから出ていくってことよ」彼女はふたりの男性に鋭い視線を向けた。

「ぼくたちは強制退去だな」ドレークが意を汲《く》んで言った。「わかったよ。もし何かぼくたちに用があれば……」

「ぼくは隣の部屋にいるから」コルテスが女性たちに言った。

「ぼくは電話のすぐそばにいるよ」ドレークは付け加えた。「番号は彼が知っているから」親指をコルテスに向けて言った。「最後に一つだけ。窓には近づかないように」

フィービーはドレークに敬礼した。

ドレークはくすくす笑いながら部屋を出ていった。コルテスはウィンクをして、あとに続いた。

「男って本当に厄介だわ」ティーナはフィービーにそう言って、ジョゼフをベッドに連れ戻した。「それに、見たところ、ふたりともあなたに夢中のようね」

「わたし、男性とはもうつきあわないの」フィービーはきっぱりと言った。

ティーナの目がきらめいた。「みんな、そう言うのよね！」

「本当に眠いわ！」フィービーはさえぎるように言った。

ティーナはくすくす笑った。「いいわ、言いたいことはわかったから。わたしも少し眠いの。ジョゼフの歯が生えかけで、またむずかり出したのよ。ジェレマイアもわたしも、昨夜《ゆうべ》はあまり眠れなかったの」

「むずかるって？」

「最近続いているのよ」ティーナは言った。「今にわかるわ」

フィービーがその言葉の意味を知ったのは、午前二時もまわったころだった。ジョゼフが泣き叫び始めたのだ。

7

ジョゼフは激しくしゃくり上げていた。小さな顔はほてり、よだれが垂れている。

「いたいよ、ティーナ」彼女の肩にもたれて言った。

「わかっているわ、坊や、ごめんね。お薬を取ってくるわ。フィービー、この子を抱いていてもらえるかしら？　ここに座って。そうすれば、おなかに力を入れなくてすむわ。まだとても痛いんでしょう？」

「ええ」フィービーは答えた。気が進まないまま、ティーナからジョゼフを腕の中に受け取った。

「いたいよう」ジョゼフがすすり泣きながら、フィービーにしがみついた。

その小さな頭が胸に押しつけられる。ジョゼフは石鹸《せっけん》とベビーパウダーのにおいがした。茶色の髪はさらさらしていて、フィービーがパジャマ代わりにしている柔らかいコットンのTシャツに押しつけている顔は濡《ぬ》れている。

フィービーは、小さい子どもとあまりかかわったことがなかった。家族にそんな子どもはいないし、博物館で見かけることはもちろんあるが、交流はほとんどない。この子は養子とはいえ、コルテスの子どもだ。彼の弟の実の子。コルテスと血を分けた、同じ一族の、同じ歴史を持つ人間なのだ。

最初のうちフィービーは肩に力が入っていたが、今はリラックスして、子どもの体重をごく自然に受け止めていた。自然と手が子どもの背中へと伸びる。そして優しく撫《な》でてやった。

ティーナがティースプーン一杯の薬を持って戻ってきた。「さくらんぼの味よ」なだめすかしながら薬をジョゼフの口に流し込む。「ごっくんして、坊や。そうしたら、かわいそうなあなたの歯が喜ぶものもあげるから」

ジョゼフは顔をしかめた。「ほしくない」いやそうに言った。

「欲しくなくても体にいいものはたくさんあるのよ」ティーナは励ますように言って、指をさっとジョゼフの口に入れ、透明な液体を歯茎にすり込んだ。

「うえっ」ジョゼフが声をあげた。

「これで治るからね」ティーナは指をティッシュでぬぐいながら、ジョゼフの頭越しにフィービーを見た。「ちょっと待ってて。ジョゼフをわたしのベッドに……」

「いやだ！」ティーナがジョゼフをフィービーから引き離そうとすると、ジョゼフが泣き叫んだ。「あっちは行きたくない」

　ふたりの女性は困って目を見合わせた。

「ビービーがいい」眠そうな声でジョゼフが言った。「ビービー、いいにおい」そう言って、フィービーの胸にますます顔をうずめた。

　こんな温かい感覚は生まれて初めてだ。ジョゼフはわたしにしがみついて、引き離されるのをいやがっている。わたしに〝ビービー〟という呼び名までつけてしまった。人から頼られるというのは不思議な感覚だ。今まで誰かから必要とされたことなどあっただろうか。父はどんなときも人に頼らず、健康を絵に描《か》いたような人だった。母も、亡くなる前まではあまり病気をしたことがなかった。継母は、父と再婚してから長いあいだフィービーを無視し続けた。叔母のデリーは自分のしたいことをするのに忙しく、誰かに世話を焼いてもらう必要もなかった。でも、ここにはこの小さな子がいる。わたしはその存在を知った日から彼を恨みに思っていたというのに。その子がわたしを必要としているとは、なんという皮肉なのだろう。

「ビービーといる」ジョゼフはまたつぶやいてフィービーの胸に顔をうずめ、小さな体に持てる力いっぱいに彼女にしがみついた。

　フィービーは本能的にジョゼフを引き寄せた。純粋な喜びがこみ上げてきて彼女を満たす。「大丈夫よ」ティーナが再びジョゼフを引き取ろうとしかけると、フィービーは言った。「本当に。わたしのところで寝かせていいわ。わたしはかまわないから」

「やった、ビービーだ」ジョゼフは小さな声で言うと、目を閉じて、安心したようにフィービーの抱擁に身をまかせた。

「おなかに響くわ」ティーナは気が進まない様子だ。

「大丈夫よ」フィービーは、ジョゼフの髪を撫でながら優しく言った。「さあ、坊や」とささやく。「一緒に寝ましょう、ね？」

「うん」ジョゼフはつぶやいた。

　フィービーはベッドの中に戻り、ジョゼフを自分の肩にもたれさせた。そしてティーナにほほえみかけて目を閉じた。それから何分もたたないうちに、ジョゼフと同じようにフィービーも深い眠りに落ちていた。


　翌朝、コルテスは戸口に立って、ティーナの隣のベッドの光景を呆気《あっけ》に取られて見ていた。ジョゼフが、フィービーの華奢《きゃしゃ》な胸の上に腕を置いて、すやすやと眠っている。ぐっすりと眠っているのはフィービーも同じだ。ふたりの姿はまるで芸術作品のようだった。

「あの子ったら、彼女を離さないのよ」ティーナは笑いながら静かに言った。「少なくとも眠ってはくれたわ」

　コルテスは驚きで声も出ないまま、フィービーの姿を眺めた。ふたりをこの腕に抱き寄せて二度と手放したくないという思いで胸がうずいた。思いがけないできごとだった。フイービーがジョゼフを好きになってくれるなんて期待してもいなかった。この子と同じ部屋で過ごすことさえ渋っていたのだから。もちろん、彼女は気にしていないふりをしていたが。どうやらジョゼフのほうが、彼女に近づくすべを見出《みいだ》したらしい。

ティーナはいとこの顔に浮かんだ表情に気づいて、ひそかにうれしがっていた。この数年というもの、コルテスの暮らしはまるで世捨て人のようで、女性とつきあったこともなかった。だが、フィービーといるときの彼を見て、すべての疑問は解けた。このブロンドの女性に対する彼の気持ちは手に取るようにわかる。顔に全部書いてあるのだから。コルテスが愛し、そして失ったあの女性の話をドレークにしたとき、彼の様子がとても変に見えたのも無理はない。それがつまりフィービーで、ドレークは彼女を知っていたのだから！　彼もフィービーが好きなのだ。でなければ、わたしは人を見る目がなさすぎる。フィービーはドレークのことをどう思っているのだろう？

「もう起こさないと」ティーナは残念そうに言った。「彼女が仕事に遅れるわ」

「ぼくが仕事に行く途中で博物館で降ろすよ」

ティーナは楽しそうな目でコルテスを見やった。コルテスはそれを無視して、奥のベッドのそばまで行くと、フィービーの肩にそっと触れた。

フィービーが目を開いた。その淡い青色は秋空の色のようだ。彼女は目をしばたたいた。

「ジェレマイア？」眠そうな声で彼女はつぶやいた。

コルテスは彼女のからまった髪を後ろへ撫でてやった。「具合はどうだい?」

フィービーは体を動かしてみた。ジョゼフの体重が伝わってくる。脚を動かすと傷にさわり、顔がゆがんだ。「痛いわ」彼女はつぶやいた。

フィービーの動きを感じたジョゼフが目を覚ました。「ダディ」ほほえみながらつぶやく。「ビービー、いいにおい」

「ビービー?」

フィービーはなんとか笑顔を作って言った。「わたしのことよ。気分はよくなったの、坊や?」湿ったジョゼフの髪を後ろへ撫でてやりながら尋ねた。

「うん」ジョゼフはうなずいた。そしてあくびをした。「ねむいよ」

ティーナが歩み出てジョゼフを受け取り、肩のところで抱いてあやした。「ビービーは仕事に行かなきゃいけないの」

「いやだ」ジョゼフはだだをこねた。「ビービー、行っちゃだめ」

フィービーは痛みをこらえて立ち上がった。指先でジョゼフの顔に触れる。「またあとでね。びっくりするものを持って帰ってくるわ」

「びっくりって?　トラ?」

フィービーは笑った。「楽しみにしておいて」ひそかに好奇心に駆られてコルテスをちらりと見た。なんだか彼の様子が変だ……。

コルテスはくるりと向きを変えた。「車で待っているよ」彼は言った。「博物館できみを降ろしてあげるから」

「あなたはどこへ行くの？」フィービーは知っておきたかった。

「建設会社の人間をもう少しあたってみる」

「防弾服を忘れないでね」彼女は返した。

コルテスは何も言わず、ドアを閉めた。

「殺されに行くようなものだわ」フィービーはつぶやきながら、服をかき集めて、スラックスに足を通し、端整な刺繍《ししゅう》のついたブラウスを着て、その上にジャケットをはおった。打ち身のせいで、着替えが難しかった。

「彼は軟弱な男じゃないから大丈夫よ」保証するようにティーナが言った。「ドクターから二、三日は休むように言われなかったの？」

「一日じゅうデスクの前に座っているだけの仕事よ。たいして負担にはならないわ」フィービーはティーナを安心させるように言った。髪をとかし、明るい色の口紅を塗って、パウダーをはたく。「彼のことは昔から知っているの？」

「ジェレマイアのこと？」ティーナは笑った。「生まれたときから知っているわ。彼がまだ故郷にいたころは、毎朝わたしを学校まで送ってくれたのよ。大変な田舎だったから、バスはあてにできなかったの。彼のお父さんは今もそこに住んでいるわ。近代社会が本当に嫌いなの。わたしたちがかかえるあらゆる問題の根源だと言ってね。都会に住むのは間違いだなんて言うのよ」

「それは一理あるわ」フィービーは認めざるを得なかった。スラックスの下の大きくあざになった場所を指で押した。「それにしても、あの予知能力はすごいわね。彼のお父様がいなかったら、わたしは今ごろ死んでいた」

「ときどき怖くなるわ。なんでも知っているんですもの」

フィービーはハンドバッグを探した。「叔母が育ったサウスカロライナにも同じような女性がいたの。彼女は未来が読めた――自分の会社の宣伝のためにテレビに出ているような人たちと違って、彼女は本当に未来を読むことができた。彼女はそれを呪《のろ》いだと言っていたわ。予知するできごとのほとんどが悪いことだったから。彼女はネイティブ・アメリカンでも呪医《じゅい》でもなかった。ただ感受性が強かったの」

ティーナはこっくりとうなずいた。「あなたの経歴なら、ネイティブ・アメリカンのことはよく知っているんでしょうね」

フィービーはうなずいた。「地球の叡智《えいち》というものは、古代のネイティブ・アメリカンの文化の中にあると思うの」彼女は答えた。「いつか、ネイティブ・アメリカンの知恵を持つ一握りの人間だけが生き残るときが来るんじゃないかしら」

「生き残るって?」

フィービーはハンドバッグを手に取った。「人間は進化とともに、限られた小さな世界で生活するようになってきた。いつかは枯渇してしまう燃料に依存してね。わたしの人類学の教授は、高度に分化した文化はどれも、その先行きが決まっていると言っていたわ」

「あなたならきっとジェレマイアのお父さんを好きになるわ。だって、あなたとまったく同じようなことを言っているんだもの」ティーナはくすくす笑った。「いつも『虹《にじ》の戦士』の話をしてくれるのよ」

フィービーはほほえんだ。古代文明の叡智についての彼女の意見も、この話をよりどころにしたものだった。いつの日か人類の生存があやうくなったとき、救世主が現れる。この話をネイティブ・アメリカンの人々は、虹の戦士の伝説と呼んでいる。

「彼はジェレマイアが大学へ行くことを心から望んでいたわ——自分と同じようにね」ティーナは言い足した。

それは意外だった。フィービーは専門的な教育を受けて、ネイティブ・アメリカンについて豊富な知識を持っていながら、呪医であるコルテスの父親の暮らしを標準以下のもののように思い描いていたのだ。ステレオタイプな見方をしていた自分を彼女は恥じた。

「大学に行かれたの?」

ティーナは口をすぼめて言った。「ええ、そうよ。教育は貧困から脱するための唯一の道だって、いつも言っているわ。彼は歴史が好きなのよ」

フィービーの目が輝いた。「想像できるわ」

「もちろん、あなたのことはなんでも知っているのよ」ティーナは話を続けた。「あのときジェレマイアがチャールストンから帰ってきて話したことといえば、あなたのことばかりだったんですもの」彼女は顔をしかめた。「あれはひどかったわ。アイザックがあんなふうに死んでしまって……」

「あんなふうにって？」

だが、ティーナが答える前にドアが開き、しびれを切らしたコルテスがのぞき込んだ。

「ぼくは勤務時間中なんだ」

フィービーは戸口へ向かい始めた。「あなたをお待たせするなんて、とんでもないわ！」

ティーナは笑ったが、コルテスはむっつりしていた。この二日間、いらいらさせられることが多すぎた。もうこれ以上はごめんだった。


コルテスは博物館の前で車を止め、エンジンを切った。突然、雨が降り出し、遠くで稲妻がおかしくなったように光った。

コルテスは目を細めてフィービーを見た。「きみをぼくの目の届かないところへ行かせるのは気が進まない」ぶっきらぼうに言った。

「オフィスで撃たれることはないわよ」フィービーは言った。「でも、撃たれるといえば、あなたはまだほかの建設現場にまで範囲を広げようとしているんでしょう? あなたの質問を快く思わない人もいるんじゃないかしら」

「きみは、このあたりのどこかにネアンデルタール人の骨が隠されていると思うか?」コルテスはまじめに尋ねた。

「思わない」フィービーは即答した。「最後の氷河期が終わるずっと前にネイティブ・アメリカンの人々がこのあたりにいたという可能性は否定しないけど、それなら今までに何か証拠が見つかっていてもいいはずよ」

「じゃあ、なぜあの人類学者はあんな断定的な言い方をしたんだと思う?」

フィービーは考え込んだ。雨は激しくなっていた。車体の金属部分に雨があたって大きな音をたてている。「誰かに犯罪捜査をしてほしかったんだと思う。でも、何か世間をあっと驚かせるようなことを言わないと、助けを得られないと思ったんじゃないかしら。人骨が隠されているというのは本当だと思うの。ネアンデルタール人ではないでしょうけど。誰かが、建設を予定どおりに進めようとして法を犯している。そこまでは間違いないと思うわ。そして、彼らは邪魔が入らないようにするためなら、人殺しもいとわない」

コルテスはしばらく考え込んでから言った。「ぼくが考えたことと同じだ」

「きっと、昨日わたしたちが行った現場の誰かをあなたがおびえさせたのね」フィービーは慎重に言葉を選びながら言った。「誰か心当たりはある?」

コルテスはハンドルの模様をなぞりながら考えた。「あの現場の監督は、オクラホマ出身でチェロキー族の血筋だ。被害者の人類学者もチェロキー族の親類がいるようだし。何かつながりがあるように思うんだ」

「わたしもよ。ドレークとマリーにも手伝ってもらったら？」フィービーは続けた。「あの人たちは居留地の人の大半を知っているみたいよ」

「もう頼んであるよ」コルテスは彼女の青い目を静かに探るように見た。「きみが撃たれたのは計算外だった」

「あなたのお父様が救ってくれたのよ」フィービーはほほえんだ。「わたしは少々のことではへこたれないわ。だから、あなたは行って犯人をつかまえて」

コルテスは短く笑った。「簡単そうに言うね」

「たぶん、本当に簡単なことなのよ」フィービーは返した。「お金の動いたところには、動かした理由が必ずあるわ。借金にどっぷりと浸《つ》かっている人は、なんとかそこから脱け出そうとしてあがくものでしょう？」

コルテスは口をすぼめた。「たしかに」

「だったら、怪しいと思っている会社の財務報告書を提出させることはできないの？」

コルテスはくすりと笑った。「いいかい、ぼくはＦＢＩの人間なんだ。ぼくがやろうと思えば、それこそなんだってできるんだよ」いかめしい目つきでフィービーを見る。「でも、きみにはあちこち聞いてまわってほしくない。もう充分に危険にさらされているんだからね」

「わたしのことはあなたの助手だと思って」フィービーは無邪気に言った。

コルテスは彼女の短い髪に軽く触れた。「長いほうが好きだったな」

フィービーは目をそらした。「ばっさりと切ってしまったころのわたしは少し変だったの」彼女は明かした。「酔って、どんちゃん騒ぎのパーティーに行って、よく知りもしない男の人とベッドに……」

コルテスは少しのあいだ目を閉じて、顔をそむけた。ぼくのせいだ。ぼくが悪いんだ！

フィービーは彼にすべてを話したかった。だが、彼に捨てられて受けた傷はまだ癒《い》えていない。窓のほうに顔を向け、苦々しげに言った。「わたしだって年を取ったぶん、賢くなったわ。痛みから逃れる方法はないの。乗り越えるしかないわ」

コルテスは息をすっと吸い込んだ。心の中で思っていることはあえて口にしなかった。こうしてまたふたりで話しているだけで充分じゃないか。彼女を非難する権利はぼくにはない。「無責任な行動をしたのはきみだけじゃない」彼はぶっきらぼうに言った。「ぼくは考えが足りなかった。あまりに短いあいだにいろいろなことが起こりすぎた。生まれて初めて対処しきれなかったよ。きみがぼくを嫌いになれば、きみの痛みもいくらかは和らぐんじゃないかと思った」

フィービーは冷ややかに笑った。「そんなことはありえないわ」

「そうだね。後悔先に立たずだが」コルテスは手を伸ばし、フィービーの短い髪の房を引っぱった。彼女を見つめる黒い目は感情を内に秘めている。「ぼくには夢があった」

フィービーの下唇が震えた。「わたしにもよ」声をつまらせて言った。

彼女の顔に浮かんだ感情を見て、コルテスは傷ついた。ふたりの視線がからみ合い、痛みが突然の激しい欲望と混ざり合った。フィービーは今にも心臓が胸から飛び出しそうに感じた。

「きみが欲しくてたまらないよ。おいで」コルテスは言って、フィービーのうなじに手をまわし、顔を自分の顔の下に強引に引き寄せた。

彼の唇が、やんわりとしたキスという前置きをはさむこともなく、いきなり口の中にこじ入ってきた。それはまるで、もう二度と彼女には会えないかのようなキスだった。

フィービーは彼の熱い唇が触れたとたん、なすすべもなく、うめき声をもらした。それは昨日のオフィスでのキスに負けないくらい激しいもので、ふたりが別れてからの三年の月日も、唇が触れ合った瞬間に消し飛んでしまったようだった。

フィービーは、シートベルトに体が引っぱられるのも傷の痛みも忘れて、コルテスの首に腕をまわした。彼の一部になりたくて、夢中で彼のキスにすがりついた。

コルテスはフィービーのシートベルトをはずし、それから自分のシートベルトもはずすと、彼女の体をコンソール越しに引き寄せて、膝の上にまたがらせた。自分の硬い胸に押しつけられた彼女の胸を、腕を縮めてもみしだいていく。キスは長引き、一秒ごとに激しさを増し、深くなっていった。聞こえる音といえば、雨粒が車にあたってはじかれる激しい金属音と、無我夢中でキスをしているふたりがもらす、くぐもった息の音だけだった。

コルテスは、フィービーの小さな胸を大事そうに撫でてはつかみ、硬くなった小さな芯《しん》を手のひらに感じると、大きくうめいた。

「ジェレマイア」フィービーは彼の口元でささやいた。体が彼を求めて熱く燃えている。彼女は体の震えをどうすることもできず、彼のうなじに爪を食い込ませた。

「楽にしてごらん」コルテスはささやいて、抱擁をゆるめた。彼女の胸を手で優しく撫でながら、唇を離し、その唇で唇をそっとかすめる。「楽にして。大丈夫だ。ぼくもきみと同じように、きみが欲しくて体がうずいているんだよ、フィービー……」

フィービーは体をそらせて彼に押しつけ、彼のぬくもりと、硬い胸の筋肉の感触を味わった。彼女の胸の上をゆっくりと這《は》う彼の指先の動きが心地よかった。悦《よろこ》びで体がどうしようもなく震える。

コルテスは彼女の上唇をそっと噛《か》み、それから下唇を噛んだ。そのあいだ、手は彼女が着ている刺繍入りのブラウスの下をまさぐっていた。その動きはなめらかだ。ブラジャーの背中のホックを見つけると、ぱちんとそれをはずす。そして前に戻ってくると、彼女の柔らかな温かい胸のふくらみを包んだ。

「きれいだ」フィービーの開いた唇に向かって、彼はささやいた。

「すてきよ」彼女は震える声で言うと、体をさらに持ち上げて、優しい愛撫《あいぶ》に身をまかせた。

どこかでエンジンが停止し、ドアがばたんと閉まる音がした。それがなんであるか、ふたりとも気づかなかった。

突然、窓をたたく音がした。コルテスは顔を上げ、周囲を見まわした。窓はすべて白く曇っていて、外はまったく見えない。運転席側に長い影が見えた。

「誰かいるわ」フィービーは不安げに言い、彼から体を離して助手席に戻った。髪を後ろへ撫でつける手は震えている。

「誰かいる」コルテスも認めた。ネクタイとジャケットを直し、ゆっくりと窓をおろす。

「一酸化炭素は危険ですよ」ドレークがまじめな顔で言った。

コルテスは目をしばたたいた。「教えてくれてありがとう、スチュアート保安官代理」

落ち着いた声に聞こえるように祈りながら答えた。

「染みがついていたのよ」フィービーは取り澄まして言った。「ジェレマイアが取るのを手伝ってくれていたの」

「どこの染みを?」ドレークはフィービーのブラウスの乱れに気づいて、考えをめぐらすように言った。

フィービーはひりひりする胸の前で、憤慨したように腕組みをした。「どこだっていいでしょう！　なんのご用かしら？」

ドレークはにやりと笑った。「昨日きみのところへ説明を求めに来た教師を覚えている かい？　マリーからぼくに、きみを探していると電話があった。その教師がきみと話をするために こっちへ向かっている途中だと言っていた。何分か前に町で一台しかないタクシーでここへ乗りつけたのは彼女じゃないかな」

「まあ、どうしよう」フィービーはうめいて、両手で顔を覆った。車の窓が白く曇るまでに、その女性に見られていたかもしれない。

「マリーが防いでくれたから大丈夫だよ」しばらくしてドレークがくすくす笑いながら言った。「といっても、先生は中できみを待っているんだけどね。この際、婚約発表をしたらどうかな。そうすれば、今ならまだ職にとどまれるよ」

「そんなつもりは……」フィービーは言いかけたが、困惑してしまった。

「ああ、そうするといい」コルテスがおもしろがるような目をちらりと投げて言った。

「彼女には、昨日はぼくのプロポーズをきみが承諾したところだったと言えばいい。そうすればもう文句は言われないだろう」

「それでは嘘《うそ》になるわ」フィービーはうろたえた。

コルテスは彼女をじっと見据えた。「とにかくそう言うんだ。細かいことはあとで考えよう」彼は腕時計に目をやり、顔をしかめた。「遅くなってしまった。ぼくはベネットから聞いた建設業者と話をしに行ってくるよ」

「気をつけてね」フィービーはすかさず言った。

「いいアドバイスだ」ドレークも同調した。

「これ以上面倒なことにならないうちに、中に入るわ」フィービーはつぶやきながら車を降りた。ブラジャーのホックがはずれたままなのが気になってしかたがない。玄関を入ったらすぐに化粧室に駆け込まなくては。これ以上あの教師に攻撃材料を与える必要はない。

「五時に迎えに来る」コルテスがきっぱりと言った。

フィービーは文句をつけようとしたものの、その理由が見つからなかった。ただうなずくと、ドレークにほほえみかけ、建物の中へ駆け込んでいった。

外の声が届かないところまでフィービーが行ってしまうと、ドレークは運転席の窓のほうへ身をかがめた。いつものユーモアは消えていた。

「ベネット建設のベネットには前科があります」ドレークはさっそく説明した。「水質浄化法違反で逮捕、起訴された過去がある。ジョージア北部の河川への塗料用シンナーおよび塗料、接着剤の不法投棄で」

「有罪判決を受けたのか?」コルテスは尋ねた。

「いや、それが罪状を認めて保護観察処分になったんです。初犯だったから。でも、地元ではそのことが知れ渡ってしまった。そこで、彼はあり金をはたいて今回の新しい事業に注《つ》ぎ込んだ。〝ビッグ・グリーク〟と組んでね。どうやらベネットは、ほかの事件でもなんらかの賠償責任をかかえていて、そのせいで破産寸前に追い込まれているようです。詳しい状況はまだわかりませんが。でも、たとえ一週間でも工事を中断させる余裕がないことは確かです。それと、現場監督のウォークス・ファーですが、こっちは窃盗罪で実際に服役しています。ニューヨークの博物館から展示品を盗み、ほかにもいくつか余罪があったらしい。三年間服役している」

「そうすると、ベネットは清廉潔白ってわけじゃないんだな」コルテスは考え込み、思ったことを口にした。「どうして前科者を雇うんだろう？」

「ウォークス・ファーはベネットのたったひとりの妹の夫だからですよ」ドレークは答えた。

　ふたりは興味深げに顔を見合わせた。

「ベネットは金持ちだ。あるいは、以前はそうだった」ドレークは言い足した。

「そして、ウォークス・ファーはそうではないようだ。彼が賃金労働をしていて、ベネットの妹がシャンパンの味を知っているとしたら、ウォークス・ファーはボスがすべてを失うのを阻止しようとするかもしれないな」

「悪くないですね」ドレークはかすかな笑みを浮かべて言った。「法執行機関で働こうと考えたことはないんですか？」

　コルテスは物言いたげな視線をドレークに投げた。

「でも、なぜフィービーを撃ったんだろう？」ドレークは考えをめぐらせた。

　コルテスの黒い目が怒りを帯びて輝いた。「殺された人類学者との電話のせいかもしれない」彼は一息置いて続けた。「だが、それは現時点での憶測にすぎない。彼女はただ撃ち合いの巻き添えを食っただけかもしれない」

「つまり、狙《ねら》いはあなただったと？」

「その可能性はある」コルテスはいらだちのため息をついた。「犯人にとっては、ひとり殺すのもふたり殺すのも、たいして変わらないだろう。刑罰の面で言うならね。しかし、それだけでは納得がいかないんだ！　殺人をするからには、工事の中断を回避するためだけでなく、もっと何か理由があるはずだ。やはりポール・コーランドと、もう一つのプロジェクトにかかわっている建設業者と話をしてみるよ。事実を全部つかまないことには、これ以上先へは進めない。ベネットはかかわっているかもしれないが、これまでに見つかっている証拠はどれも状況証拠でしかない」

「たしかにそのようですね。ぼくは今日は当番だから、応援が必要なら知らせてください」ドレークは申し出た。

「ありがとう、そうするよ」コルテスは静かに言った。本当にそういうことになるかもしれない。

「それと、フィービーのことはぼくが見ておきますから」ドレークはほほえんだ。「ご心配なく」コルテスの顔が引きつるのを見て彼は言い足した。「ぼくはこの土地のことには詳しいですからね」まだ白く曇っている窓のほうを見やって続けた。「博物館の駐車場では目立ちますよ。オクラホマには砂利道はないんですか？　ノースカロライナにはたくさんありますよ」

「その砂利道で何ができるかよく知っているようだね」コルテスは愉快そうに言って、エンジンをかけた。「仕事に行くよ」

「こっちも。お気をつけて」

「きみもな」

フィービーは化粧室からのろのろと出てオフィスに入っていった。まだやってこないようにと祈りながら。しかし、それはかなわなかった。数秒後、心配顔のマリーが、ほっそりとした女性を連れてやってくるや、一目散に立ち去った。女性は神経質そうだった。目がしきりにきょろきょろと動いている。ブロンドの髪に青い目をしていて、スタイルがよかった。身につけているのはデザイナーズブランドのスーツで、教師の給料では買えそうもない高価なものに見える。

「マーシャ・メイソンと申します」女性は切り出した。「昨日ここへ来た者です」ためらいながら言った。「わたしは小学校の教師をしています。アシスタントの方にお話ししたのですが、あなたと道徳的な問題について話し合いたいと……」

「フィービー・ケラーです」フィービーはすかさず切り返した。「昨日ここでお見せしてしまったことについては申し訳なく思っています。わたしの……婚約者がちょうどプロポーズをしてくれたところだったものですから」

「プロポーズを？」女性は混乱しているようだった。

「ええ、その、そうなんです」フィービーは笑顔を作って答えた。「三年前からのつきあいなんですけど、しばらく離れ離れになっていて……彼はFBIの捜査官なんです」

女性はたじろいだように見えたが、顔は落ち着いていた。「そうなのですか？　へえ」

「わたしはここでの自分の責任は重々承知しています」フィービーは静かに言った。「でも、あのときは状況に……かなり圧倒されてしまって」

「そのようですね」女性は顔をしかめた。「指輪をしていらっしゃらないですけど」フィービーの薬指を見て彼女は言い足した。

「まだなんです」フィービーは恥ずかしそうにほほえみながら認めた。「彼、とても衝動的で」

女性は咳払《せきばら》いをした。「そうですか、そういう状況なら、しかたがなかったということにしておきましょう。でも、今後は……」

「二度とないようにいたします」フィービーはきっぱりと言った。「ほかに何か？」

女性は躊躇《ちゆうちょ》した。「いいえ。いえ、あります」すぐに言い直して続けた。「こちらの博物館ではパレオ・インディアンの工芸品のすばらしいコレクションを所蔵していらっしゃいますね。正面の展示ケースにある人形は……とくに印象的です。どこで購入されたかお聞きしてもいいでしょうか？」

フィービーは顔をしかめた。妙な質問だ。「なぜお知りになりたいんですか？」

女性はまた躊躇した。懸命に考えているような感じだ。彼女は歯ぎしりして言った。

「一年ほど前にニューヨークの博物館で盗難事件があったのです」もったいぶった言い方で続ける。「告発しようとか、そういうことではないですけれど、ただ、以前その博物館の近くの学校に勤めていて、生徒たちをよく見学に連れていったものですから。そのときに、紛失した展示品の写真を見たんです。その一つがこちらの中央の展示ケースの人形と似ていたので」

フィービーはめまいを覚えたが、すぐにそれを押し隠した。その展示品のことは忘れていた。ここへ来てからまだ一カ月もたたない品だ。ひとりのアートディーラーからフィービーにアプローチがあり、彼女はその男性を博物館の理事会に招いて、購入を提案した。

理事会はそれを承認し、かなりの値で購入したのだった。でも、まずコルテスに相談してからでないと、そのことをこの女性に話すのは気が進まない。こんな話を持ち出してくるなんて、変な人だ。それに、どうも教師らしく見えないことも。彼女が持っているハンドバッグは間違いなくデザイナーズブランドのものだし、スーツも靴もそうだ。どれも教師のつつましい月給で買えるようなものではない。

「興味深いわ」フィービーは驚いたふりをした。「わたしは今までにあれに似た人形を二つ見たことがあるんです。もちろん、一つは明白な偽造品でした」

女性の目つきが鋭くなった。「こちらのものは偽造品には見えません」

フィービーは眉を上げた。「あなたは考古学を勉強なさったの？」興味深げに尋ねた。

「工芸品についてはいくらか知識があります」女性は即座に答えた。「世の中には、価値のある工芸品を盗み出そうとして遺跡を荒らす人がいるものですね」

「ええ、本当に」フィービーは同調し、顔を曇らせた。「ルールを守らない遺跡荒らしは、本物の考古学者にとって最低の人種です」

女性の眉がつり上がった。「こちらのような博物館は、どこから宝物を入手するのですか？」

「標準的な方法としては」フィービーはそっけなく答えた。「遺跡でそれらを発見した考古学者に依頼して、合法的なルートで博物館へ寄付していただいています。あの人形も、信頼できる筋から入手したと胸を張って言えます。ニューヨークのアートディーラーなんですが、彼はあの品について非常に知識がありました。すでに亡くなった個人収集家が所蔵していたカホキア出土の品だということです」

「それは興味深いお話ですね」女性はためらいながら言った。「わが校では、学校のコレクションに手ごろな価格の展示品をいくつか増やしたいと考えているんです。その方のお名前を教えていただけないかしら？」

ますます変な人だわ、とフィービーは思った。彼女は目をしばたたいて言った。「名刺をいただいたんですが、なくしてしまったみたいで」短く笑ってみせる。「でも、その人の顔はよく覚えています。人混《ひとご》みの中にいても見分けられるくらい。彼のギャラリーに電話して、問い合わせをすることならできるかも。購入ファイルには電話番号が書いてあるはずですから……」

女性は青くなった。「よく考えてみたら、その方から購入する余裕はわたしたちにはなさそうです。もし近くで発掘のことを耳になさったら、ご連絡をいただけるかしら。そうしたら、考古学者の方に陶器の破片でもいくらかお分けいただけるようにお願いしてみますから」

「それはいいかもしれないですね」フィービーは言った。

「人形について失礼なことを言ってごめんなさい」ミス・メイソンは取り澄まして言った。

「おたくの展示品が疑わしい筋から入手したものでないことは確かでしょう」

「あなたが告発なさるなんてことはないと思っていました」フィービーはほほえみながら言った。

ミス・メイソンはほほえみ返したが、濃い青色の目は笑っていなかった。「では、これで失礼します。ところで、ご婚約おめでとうございます」

「ありがとうございます」フィービーは返した。

「あなたは……そのアートディーラーは合法的な方だと確信をお持ちですか？」ブロンドの女性は不意に尋ね、フィービーのいぶかるような目と目が合うと、顔を赤らめた。

「ええ、もちろんです」フィービーは嘘を言った。

「では、これで」ブロンドの女性はかすかにほほえみ、博物館を出ると、正面に待たせていたタクシーにすばやく乗り込んだ。フィービーは彼女を見送ったが、仕事上の立場があやうくなる前に一件落着したというのに、思っていたほどの安堵《あんど》感は得られなかった。ミス・メイソンは人形について気がかりな発言をした。そのことはコルテスに伝えるつもりだ。でも、その前に自分の記録をチェックして、履歴をたどってみよう。フィービーは陳列ケースの人形を改めてじっくりと見てみた。

8

フィービーはファイルを入念に調べて、人形を持ち込んだ男性を探した。本当は、男性から受け取った名刺をなくしてなどいなかった。なくしたと言ったのは、あの女性にどこか怪しいところがあったからだ。

だが、出てきた名刺は期待したようなものではなかった。それには男性の名前――フレッド・ノートン――と、ニューヨークのギャラリーの名前と住所が書かれていただけで、電話番号はなかった。

フィービーはとっさに番号案内に電話をかけ、ギャラリーの名前を告げた。オペレータによると、そのような名前の登録はなく、現在は営業していないところなら一軒あるという。フィービーはその番号に電話をかけ、ノートンのことを尋ねてみた。すると、そのような名前の人物が働いていたことはないという答えが返ってきた。

フィービーは受話器を置き、いぶかしそうに電話を見つめた。そもそもあの人形を売り込みに来た男性が、それを盗んだ人間と同一人物だったらどうなるだろう？

フィービーは衝動的に、あの教師が勤めていると言っていた学校に電話をかけてみた。ミス・メイソンにつないでくれるよう頼み、しばらくすると女性が電話口に出た。

「ミス・メイソンでいらっしゃいますか？」フィービーは用心深く尋ねた。

「はい、何かご用でしょうか？」受話器の向こうで聞き慣れない声が答えた。

「チェノセタの博物館のフィービー・ケラーです」フィービーは名乗った。「今朝わたしのオフィスでお話ししたことについて、少しおうかがいしたいことがあるのですが」

長い間があった。「すみません、おかけ間違いではないでしょうか？　わたしはそちらの博物館には一度もうかがったことがないのですが」

「でも、あなたのクラスは昨日ここへ来られたのでは？」フィービーは譲らなかった。

「ほかの先生のクラスが行きましたけど」静かな答えが返ってきた。「わたしのクラスは行っていません。わたしはウイルス性胃腸炎で休んでいて、今日久しぶりに出てきたんです」

フィービーは、ただただデスクを見つめた。「でも、今朝来られた女性はマーシャ・メイソンさんだと名乗っていました」そう言い張った。

「ありえないわね」相手は心配そうな声で言った。

どうやらそうらしい。フィービーはわらにもすがる思いで言った。「では、昨日ここへ来られた先生のお名前を教えていただけますか？」

「しばらくお待ちください」くぐもった声で会話が聞こえた。ミス・メイソンが電話口に戻って言った。「ミス・ケラー？」

「はい」

「コンスタンス・ライリーが彼女の一年生のクラスをおたくの博物館へ連れていっています。もちろん、わたしは一緒ではありませんでした」ミス・メイソンは言った。「このことは警察に通報しようかと思っています。わたしの身分を誰かが利用しているというのは、いいことではありませんから」彼女は切実そうに言った。「というよりも、気味の悪い話です」

「お察しします。通報されるのがいいと思います。もし確認が必要であれば、警察からわたしに連絡してもらってください。どうもありがとうございました、ミス・メイソン」

「いえ、こちらこそ」静かな受け答えだった。「あなたから電話をいただかなかったら、知らなかったことでしたから」

「どういたしまして」

フィービーは落ち着かない気持ちで電話を切った。わたしは謎《なぞ》の訪問者に、人形を持ち込んだ男性の顔を見分けられると言ってしまったのだ。彼とあの女性が仲間だったらどうしよう？　彼女が博物館にやってきたのは、わたしがどこまでのことを知っているか確かめるためだったとしたら？　フィービーは怖くなって座り込んだ。

コルテスはポール・コーランドを追って建設現場まで来ていた。相手はそこで鉄筋の配置を監督していた。現場はベネットのところからそう遠くない場所にあった。

コーランドは長身で、黒い目とブロンドの髪を持った、粗暴そうな外見の男だった。コルテスはFBIのバッジをちらりと見せた。「コルテスといいます。二、三分、時間をいただければありがたいのですが」

「誰かがおれの鉄骨の出荷を妨害したことは、もう当局には説明した」コーランドは怒って言った。ヘルメットを脱ぎ、額の汗をぬぐうと、再びかぶり、やはり怒った様子で続けた。「支持梁《はり》をごまかしたりなんかしていない！」彼はうなった。「おれの経歴はきれいには見えないだろうが、チャールストンで起きたことは、誓っておれのせいじゃない！」

「ぼくはその工事の話で来たんじゃない」コルテスは冷静に返した。「ここ一週間くらいのあいだに、このあたりで何か怪しい動きを見なかったか知りたいんだ」

「何を調べているか聞いていいか？」コーランドはぶっきらぼうに尋ねた。

「殺人事件を捜査している」同じくらいぶっきらぼうにコルテスは答えた。

コーランドはうなずいた。「考古学者だな？」

コルテスの眉がぴくりと動いた。「そうだ」

「おれに会いに来たんだ」コーランドは説明した。「古代の遺物がどこに移されたか捜しているとかなんとか、わけのわからないことをまくし立てていたよ。おれたちがやったと思っていたんだ。ここの現場にある洞窟《どうくつ》の中を調べたいと言った。おれはそんなことはさせないがね」

「なぜさせない？」

「工事を中断させている余裕がないからだ。とくに、そんな説得力のない理由ではね」コーランドは冷たく言った。「サウスカロライナで訴訟に巻き込まれて以来、おれたちは鼻のところまで沈みかけているんだ。うちの作業員には遅れを取り戻すために残業させている。この前届いた鉄骨が足りなかった。今も到着待ちで、おれは毎日電話して、今どこを通過中か確認しているんだ」

「洞窟はどこだ？」コルテスは聞き出そうとした。

「さあね」コーランドは好戦的に答えた。

コルテスは相手を値踏みするように見た。「脅すようなことはしたくないが」冷たく言い放った。「工事を中断させたいのなら、すぐにその望みをかなえてやるよ。こっちは殺人犯を捜しているんだ。必要とあらば、おまえのことも取り調べる。捜査令状さえ取ればすむことだ。あとは記者を二、三人連れてくればいい」

コーランドはさんざん悪態をついた。

「いくら吠《ほ》えても無駄だよ」コルテスは返した。その顔には冷たい決意が表れている。

「ぼくを敵にまわしたくはないだろう」

「ＦＢＩひとりじゃ、たいした敵にもならないね」

「ぼくは連邦検察官も数年間務めていたんだ」コルテスは言った。

それは言外の脅しではあったが、効果はあった。コーランドは薄い唇を引き結んだ。

「何を見つけようと思っているんだ？」

「さあね。何も見つけられないかもしれない。その場合は、もうおまえには用がなくなる」

「そいつはありがたいご褒美だ」コーランドは皮肉たっぷりに言った。「案内させてもらうよ」

コルテスはコーランドのあとについて建設現場のそばの木立へ入り、二つの洞窟へ続く岩棚のところまで来た。

「ここで待っていてくれ」コルテスはそう言って、コーランドに手を振った。そしてかがみ込むと、痕跡《こんせき》を探した。

「追跡捜査かい？」コーランドが唐突に尋ねた。

「そうだ」

コーランドは片側へ寄って、もう一つの洞窟のほうを向いた。「おれはハンターなんだ」

かがみながら言った。「岩場の向こうの鹿《しか》を追うことだってできる」

コルテスはコーランドに目をやった。「もし何か見かけたら、大声で呼んでくれ」

コーランドはうなずいた。

ふたりは三十分かけて洞窟の入口までたどり着いた。だが、足跡はなく、覆いかぶさるように突き出している岩棚の下の砂地にも見つからなかった。

「何もない」コルテスはようやく言った。「命をかけてもいい」

「こっちも同じだ」

コルテスはコーランドのほうを向いた。「手伝ってくれてありがとう」

コーランドがそっけなくうなずくと、コルテスは向きを変えて、自分の車へ引き返し始めた。

「ちょっと待ってくれ」不意にコーランドが呼び止めた。「町のすぐ南側に、洞窟のある現場がもう一つあるんだ」彼は説明した。「ボブ・ヤードリーがそこにホテルを建てようとしている。おれがそれを知ったのは、たまたま何日か前に、うちにも向こうにも関係のある作業員のことで、向こうの現場監督が昼休みにやってきたからだ。彼は自分の建設現場で夜遅くになんらかの行為を見たらしく、そこからSUVが逃走していったと言っていた。もしかしたらそれはうちの作業員で、何かよからぬことに手を染めているんじゃないかって聞いていったよ。噂《うわさ》は一生つきまとうようだからね」コーランドは苦々しそうに付け加えた。

コルテスはコーランドのほうへ戻り、顔をしかめて言った。「おまえのところの作業員だって？」

「何日か前に、無断欠勤が理由である男を解雇したんだ」コーランドは言った。「その男が仕事を求めてヤードリーのところへ行った。ヤードリーの現場監督はおれのところへ来て、クビにした理由を聞いてきた。おれは理由を話したよ」

「その男はSUVに乗っているのか？」コルテスはつぶやきながら、メモ帳とペンを取り出した。「名前を教えてくれ」

「フレッド・ノートン。新型の黒いフォードのSUVに乗っている」

コルテスはそれを書き留めた。「ヤードリーがその男を雇ったかどうか知っているか？」

「この厳しいご時世に、怠け者を雇いたいと思うほど誰も困っちゃいないさ」コーランドは関心なさそうに答えた。「あのノートンって男が仕事を欲しがっていたかどうかは確かじゃないが、うちの監督に言わせれば、あの男はたいして役に立たなかったようだよ。のらりくらりとやり過ごして家に帰っていくだけだと」

「ありがとう」コルテスは礼を言った。「おまえはここでお役ご免だ。ぼくももう戻ってこない。だが、もしまた何か思い出したら、保安官事務所に電話して、スチュアート保安官代理を呼んでくれ。ぼくに連絡をくれることになっているから」

「そうするよ」コーランドは答えた。

コルテスはうなずき、コーランドを残して立ち去った。ベネットから聞いていた噂に反して、コルテスはコーランドのことが気に入っていた。次はヤードリーに会いに行って、洞窟のこともいくつか確認してこなくては。

ボブ・ヤードリーは六十がらみの、背が低くて髪の薄い、やり手という感じの男だった。ヤードリーはコルテスの手をしっかりと握り、にっこり笑った。

「ここへは例の殺人事件の捜査で来られたのでしょう」彼はコルテスに言った。「違いますかな?」

めったにゆるまないコルテスの口元に笑みが浮かんだ。「みごとな推理ですね」

「元は警官だったものでね」ヤードリーは答えた。「建設業のほうが儲《もう》かるからね。まあ座って」

コルテスは、ヤードリーのデスクの向かいに置かれたゆったりとした椅子に腰をおろした。「おたくの建設現場には洞窟があるようですね」話を切り出した。

「山には洞窟はたくさんあるが、ここの現場には一つだけだ。ここ最近、夜中に誰かが訪れている気配があるのだがね」ヤードリーは説明した。「警察に通報しようかとも思ったが、誰かがそのへんをぶらついているというだけなら警察は見向きもしないからね。どのみち、現場の物は何もいじられていないことだし」

「侵入者はSUVに乗っていたとコーランド氏に話されましたね?」コルテスは続けた。

「たしかに。黒っぽい色だったが、よくは見えなかった」

「その車を何度そこで見かけましたか?」

「わたし自身が見たのは一度だけだ。事務仕事をしにオフィスに来たときに。だが、一週間ほど前にそこで何かが行われているところを作業員のひとりが見ている」ヤードリーは顔をしかめた。「今から考えてみると、あの男が殺された夜のことだったかもしれない」

「あの事件と関係があるかもしれないと思われたのなら、どうして当局に知らせなかったのですか?」コルテスは尋ねた。

「もしかしたらわたしが間違っているかもしれないし、無駄骨を折らせることになったらいけないと思ってね」ヤードリーは肩をすくめて説明した。

コルテスの胸が早鐘を打ち始めた。「洞窟を見せていただきたいのですが」

「かまわないよ。車で案内しよう」

「ありがとうございます」

洞窟の入口は、また別の木立を抜けたところにあった。ノースカロライナでもこのあたりは山がちで岩場が多いため、平坦《へいたん》な建設現場というのは数が少ない。ふたりの乗ったトラックは、小さな木の橋を渡り、轍《わだち》のついた小道へおりた。

「ここで止めてもらっていいですか?」コルテスは言った。

ヤードリーはピックアップ・トラックを止めて、エンジンを切った。

コルテスは車を降りると、かがんで痕跡を探し始めた。そこにはたくさんの跡があった。垂直のラインが欠けたタイヤ痕も。彼の胸は躍った。やったぞ!

コルテスは携帯電話を開き、自分の班に電話をかけた。「急いで来てくれ」科学捜査班主任に告げた。「ぼくはここで待っている」

「もう向かっているわ」主任の女性は答え、電話を切った。

「何か見つかったのだね?」ヤードリーが尋ねた。

コルテスはほほえんだ。「ええ、そう思います」

科学捜査官たちは証拠品を袋に詰め、タイヤ痕の石膏《せっこう》型を取り、洞窟の外側に露出した花崗岩《かこうがん》のつるつるした岩肌から指紋を採取することまで試みた。内部には往来の跡はあったものの、それ以外の点では思わしい展開はなく、人骨らしきものは発見されなかった。

だが一方で、洞窟内部の岩の表面に指紋の跡が見つかった。科学捜査官たちは細心の注意を払いながら、石切り用のこぎりを使って、指紋の残る岩の部分を切り出し、できるだけ多くのサンプルを採取した。

「ほんの小さな証拠品のために、大変な仕事だな」ヤードリーがつぶやいた。現代的な科学捜査にすっかり興味を引かれ、現場を立ち去ることができない様子だ。

「あれはアリス・ジョーンズです」コルテスは感慨深げに言って、岩の切り出しを監督している科学捜査班主任を指した。「証拠採取のために、床はもちろん壁までも彼女が切り出させているのを見たことがあります。テキサスでは彼女はちょっとした伝説なんですよ」

ヤードリーはかぶりを振った。「徹底的にやるタイプだな。わたしの部署にも優秀な人間がいたよ。ずいぶん昔の話だが」彼は目を上げて言った。「犯人はここで被害者を殺したとわたしは思うが。きみはどう思うかね？」

コルテスはヤードリーにほほえみかけた。「それはなんとも言えませんね。証拠品の分析結果を待ってみないと」


コルテスが町に戻ってきたころには、あたりはもう暗くなっていた。博物館は真っ暗で、彼は一瞬、フィービーはひとりで自分の家に戻ってしまったのかもしれないと不安になった。だが、モーテルへ帰ってみると、フィービーは彼のベッドにジョゼフと一緒に腰かけ、本を読んでやっていた。

コルテスは部屋へ入り、モーテルの部屋の鍵《かぎ》をポケットにしまった。「ぼくの部屋でふたりで何をしているんだい？　それにティーナはどこなんだ？」

「ドレークが今夜は非番で、今話題のSF映画を見たいからってティーナを連れ出したの。だから、わたしが子守りをしているのよ」フィービーはほほえみながら言った。「捜査のほうはどうだったの?」

「洞窟が見つかった。被害者が殺された場所はそこだと踏んでいる者もいる。微細証拠が挙がったんだ」疲れた声でコルテスは言った。ベッドの上のふたりのそばに倒れ込み、仰向けに寝転がった。「ああ、疲れた!」

「食事はすませたの?」

「いや、時間がなかった」コルテスはつぶやいた。

「ピザがあるわ」フィービーは言った。「ドレークが持ってきたの。あなたはきっとおなかをすかせて帰ってくるって。それに、出かける気はしないだろうからって」

コルテスは頭を横に向けて彼女を見た。「その考えはどこから出てきたのかな。きみが彼に何か言ったのかい?」

フィービーはほほえんだ。「あなたが疲れて帰ってくることはわかっていたわ。ジョゼフ、食事の用意をするあいだ、ダディと座っていてくれる?」

「うん、ビービー」ジョゼフはつぶやいた。コルテスの隣に這《は》っていくと、ぱたぱたと彼の胸をたたいた。「おかえり、ダディ!」

「やあ、ジョゼフ」コルテスは子どもを腕の中に抱き寄せ、ゆったりとキスをした。「いい子にしていたかい？」

「いい子にしてた」ジョゼフはそう言い、満面の笑みを浮かべた。

ふたりが一緒にいる姿はフィービーには驚きだった。コルテスが子どもと一緒にいるところなど想像することもできなかったのに、こうして見ると、まるで実の親子のようだ。彼はジョゼフを愛していて、それが表れている。ふたりの気持ちは通じ合っていて、ジョゼフがどれほど父親を愛しているかは、誰の目にも明らかだろう。

コルテスはフィービーの視線を感じ、にっこりと笑いながら彼女を見やった。「ぼくにこんなところがあったなんて知らなかっただろう？」そっけなくつぶやいた。

「わたしは何も言っていないわよ」フィービーはしらばくれた。

彼女は箱を開けて熱いピザを二切れ取り出し、紙皿の上に置いた。「飲み物は何がいいかしら？」

「ビールはあるかな？」

「ビールを飲むの？」

「たまにね。本当に疲れたときに」コルテスは言って、ベッドから足をおろした。「今日は長い一日だった」

「そうね」フィービーは相槌《あいづち》を打ちながら、ピザの皿とミニバーから取り出したビールを彼に手渡した。

それから彼女はベッドの上のジョゼフのところへ戻り、コルテスはデスクに着いてピザを食べた。「今朝わたしに会いに来た、あの学校の先生だという女性は、偽者だったの」

飲もうとしていたビールがコルテスの唇のところで止まった。「なんだって？」

「あとで小学校に電話をかけて彼女を呼んでもらったら、電話に出た女性はまったくの別人だった。うちの博物館には一度も来たことがないって。今朝の女性にも心当たりはないらしいの」フィービーは顔をしかめた。「あの女性は、博物館にある人形をどこで入手したか尋ねて、ニューヨークの大きな博物館で最近起きた盗難事件の話を持ち出したわ。そこで盗まれた人形に、うちの人形が似ているとまで言ったのよ」

コルテスは顔をしかめた。「ほかには何か言っていたか？」

「いいえ。でも、一カ月前にあの人形を売りに来たアートディーラーも追跡してみたの。その男性の名刺は偽物だったわ。そこに書かれていたギャラリーも、そんな名前の人物も存在しなかった」フィービーは口ごもった。「でも、そのディーラーの顔はどこで会っても見分けられると言ってしまったのよ」

コルテスはビールのボトルをたたきつけるように置いた。

「わかっているわ。ばかなことをしたって」フィービーは認めた。「でも、あのときはあの人を学校の先生だと思っていたの。彼女は、学校に展示する品物の購入について、そのディーラーと話をしたいとまで言ったのよ」自分が大ばか者のように思えて、そわそわと髪を後ろに払った。おびえていることが態度に出ていた。

「きみは知る由もなかったんだから、しかたがないさ」コルテスは優しく声をかけた。

「おいで」

フィービーが彼のところへ行くと、彼は彼女を膝の上にまたがらせ、身をかがめて優しくキスをした。

「誰にでも間違いはあるさ。ぼくみたいな大物のＦＢＩ捜査官でもね」彼は温かな笑みを浮かべて言った。

フィービーはほほえみ返し、身をかがめてキスを返した。ふたりの関係が急に親密さを増したように感じる。自分はもうすでに彼の一部になったような気がしていた。

「ビービー、ダディにキスしてる！」ジョゼフが笑った。

フィービーは頭を上げて顔をしかめた。「子どもって……」笑うジョゼフを見やって、フィービーは感心したように言った。

「耳がさとい……」コルテスがつぶやいた。「目はもっとさとい」

フィービーは立ち上がり、ジョゼフのところへ戻った。ジョゼフは彼女に抱きついて、頬にキスをした。「ぼくもビービーにキスした！」そう言って笑った。

フィービーもジョゼフにキスをして、ぎゅっと抱きしめた。「あなたって罪作りな人ね」ふたりのやりとりを脇《わき》で見て、くすくす笑いながら、コルテスは食事を終えた。「シャワーをさっと浴びてくるから、ジョゼフの相手をしていてもらえるかな」ポニーテールにきちんとまとめていた髪をほどきながらフィービーに言った。

「もちろんよ」フィービーは請け合った。「チェロキー族のお話を読んであげるの」

コルテスは彼女を恨めしそうに見やった。「コマンチ族の話のほうがいいな」

「それはないのよ」フィービーはため息をつきながら言った。「ここはコマンチ族のテリトリーというわけではないから」残念そうに言い足した。

コルテスはほほえんだ。「きみの言うとおりだ。シャワーを浴びてくるよ」

バスルームへ向かう途中で、コルテスはスラックス一枚を残して、着ていたものを全部脱いでいった。フィービーはじっと見ないように努めていたが、そのときシャツがはらりと落ちた。彼はびっくりするほど立派な体つきをしていて、筋骨たくましく、日焼けして、セクシーだった。広い胸はうっすらと毛に覆われている。

コルテスはフィービーのうっとりとしたまなざしに気づき、片眉を上げて向かってきた。ぽかんと見ていた言い訳を探さなくては。フィービーは咳払《せきばら》いをした。「ネイティブ・アメリカンは顔や胸に体毛がないと教わったんだけど」

「ぼくの曾《そう》祖父はスペイン人だと言っただろう」彼は皮肉たっぷりな笑みを浮かべて言った。

「忘れていたわ」

コルテスは黒い目で、いかにも物欲しそうにフィービーを眺めまわした。ほっそりとしたその体を包んでいるのは、こぎれいなジーンズと黄色い長袖《ながそで》のVネックのセーターだ。その色は彼女の明るい髪の色とよく合っている。「とてもきれいだよ、フィービー」彼は静かに言った。

フィービーは顔を赤らめ、照れ笑いをした。「冗談はやめてよ」

コルテスはフィービーのもとへ行くと、手を差し伸べて彼女をベッドから立たせ、腕の中に抱き寄せた。「きみにはうぬぼれというものがないんだね」かすれた声で言う。「きみはすばらしいよ、フィービー」視線を彼女の口元に落として言った。「たまらなく魅力的だ」

フィービーが何か言おうとして開いた唇は、おりてきた彼の唇にふさがれてしまった。彼はフィービーの唇をもてあそぶようにして開かせながらも、彼女の両手を取り、自分の胸を覆っている毛の中へその手を滑り込ませた。

「ダディ、ビービーにキスしてる！」ジョゼフが声高に叫んだ！

コルテスはとっさに彼女を放して、大笑いした。「プライバシーもあったもんじゃないな」向こうへ行きながら、やれやれというように言った。「タイミングも場所も悪かったな」

フィービーは心臓が激しく打っているのを感じながら、コルテスが離れていくのを見ていた。こんなふうに彼に触れたのは初めてだった。思いがけずこみ上げてきた欲求と切望に体が打ち震えている。

「おはなし、読んで、ビービー！」ジョゼフがせがんだ。フィービーが読み聞かせていた物語の本を持ってベッドの真ん中に座っている。彼女は読書用のメガネをオフィスのデスクの上に置き忘れてきていたが、この本の文字は特大だったので助かった。

フィービーはベッドの上に戻った。「いいわよ」そしてほほえみながら、ジョゼフを膝の上に呼び寄せた。「こっちへいらっしゃい。最後まで読んでしまいましょう！」

フィービーとジョゼフがアニメ映画を見ているそばで、コルテスはノートパソコンを開いてインターネットで何か調べ物をしていた。口は開かず、手だけが忙しく動いている。気づけばフィービーは、仕事をしている彼をこっそりと見ていた。ほどいた豊かな長い黒髪は、さらさらしている。黒いTシャツと黒いスウェットパンツの下は素足だ。そんな彼がとてもセクシーに見えた。

ジョゼフがうとうとしてきたので、フィービーはそっとベッドに寝かせ、自分もそばで横になった。コルテスは仕事を続けている。

かなりの時間がたってから、誰かがドアを軽くたたく音がした。コルテスがドアを開けると、ティーナが頭をのぞかせた。

「ごめんなさい、遅くなって。とても混《こ》んでいたの！」ティーナは小声で言うと、コルテスの体越しにフィービーとジョゼフのほうを見やった。「ジョゼフはわたしのところへ……」

「ジョゼフとフィービーはここに泊めるよ」コルテスは静かに言った。「フィービーと少し話すことがあるんだ。ジョゼフなら予備のベッドで彼女と一緒に寝かせればいいから」

ティーナはいぶかしそうな目をした。「何かあったのね？」心配そうに尋ねる。

「そうなんだ」コルテスは答えた。「ドアに鍵をかけて、もし何かおかしな音が聞こえたら、あそこの壁をできるだけ大きな音でたたいてくれ。わかったかい？」

ティーナは顔をしかめた。「ドレークが言っていたわ。何かが起こっているって。でも、なんのことなのか教えてくれないのよ。あなたも話してくれないんでしょう？」

「話せないんだよ、ハニー」コルテスはほほえんだ。「今日は楽しかったかい？」

ティーナは夢見るような目をして言った。「ええ、彼は本当にいい人よ」

コルテスは片眉を上げた。「アッシュビルの警官はどうなったんだい？」彼はからかった。

ティーナは顔をしかめた。「もう！」

「ごめん」コルテスは言った。「何も思い悩むことはないよ。きみは独身なんだから」

「それはそうよ」ティーナは落ち着かない様子で言い、フィービーのほうを盗み見た。向こうはこちらを見ていない。「でも、ドレークとはただの友達なの」ティーナはすばやく付け足した。

「もちろん、わかっているさ」コルテスは言った。

ティーナがコルテスの体越しにフィービーに手を振ると、向こうも手を振り返した。

「彼女には今夜あなたのところに泊めることを言ってあるの?」ティーナはコルテスに小声で尋ねた。というのも、フィービーは映画を見ていて、こちらの会話をあまり気にしていない様子だからだ。

「まだだ」彼はくすりと笑って白状した。「でも、大丈夫だろう。彼女にはぼくのTシャツを貸すよ」

ティーナはにっこりと笑って、おやすみを言い、自分の部屋に戻っていった。

映画が終わると、フィービーは立ち上がり、テレビを消した。ジョゼフのほうに目をやると、コルテスのダブルベッドでぐっすりと眠っている。「そろそろ部屋で休むわ」彼女は部屋を出ていくのが妙に残念そうに言った。

コルテスはパソコンから離れると、フィービーの前に立った。「今夜はきみをここに泊めるとティーナには伝えた。きみはもう一つのベッドを使えばいい。Tシャツはぼくのがある」彼は優しくほほえんだ。「きみが着たら、膝丈くらいになるだろう」

フィービーは彼の黒い目を静かに探るように見た。「わたしに何か隠しているのね?」

「ドレークが、このあいだ、きみの家の私道の端に黒いSUVが止まっているのを見たのを覚えていたんだ」コルテスは言った。

「ええ、そうなのよ」フィービーはすぐに返した。「そのことを言おうかとも思ったんだけど、でも、中にいた男性は地図を見ていたの。だから、道に迷った旅行者だと思ったのよ」

「殺人の容疑者は黒っぽい色のSUVに乗っているんだよ、フィービー」コルテスは返した。「そしてきみは、殺された被害者と最後に言葉を交わした人物だ」

彼女は小さく口笛を鳴らした。「やれやれね」

「たしかに、あまりいい状況とは言えない」コルテスは言った。「でも、おかげでこうしてガードを堅くできたというものさ」

「あの偽教師にアートディーラーのことを話すべきではなかったわ」フィービーは情けなさそうに言った。「人混みの中でも彼の顔を見分けられるなんてこともね」

「彼女が盗難事件のことを持ち出したというのが気になるな」コルテスは目を細めて考えながら言った。「もしかしたら、彼女はその遺跡荒らしの仲間で、彼らは今、内輪もめをしているんじゃないだろうか。きみにその男の名前を通報させて、彼が盗難事件に関与していることを知らせようとしたのかもしれない」

「泥棒に誇りはないのかしら」フィービーは不思議そうに言った。

「どれだけの金がかかっているかによるんだよ。ぼくの経験から言うとね」コルテスは言った。「あるいは、その男は窃盗だけでなく殺人も犯しているとか。彼女も関与していて、殺人の共犯としてつかまりたくない。刑務所暮らしは多くの女性にとって魅力的なものじゃないからね」

「たしかにね」

コルテスは化粧だんすのところへ行き、引き出しを開けて、清潔な黒いTシャツを取り出した。それをフィービーに手渡して言った。「ぼくは調べ物がまだ少し残っているんだ。ジョゼフのところへ行って少し眠ったらどうかな?」

「目覚まし時計はセットしてある?」

コルテスはうなずいた。「きみの仕事には遅れないようにするよ」

「ありがとう」

フィービーはバスルームに行って、さっとシャワーを浴びると、モーテルに備えつけのドライヤーで髪を乾かし、洗ってさっぱりした体の上にTシャツを着た。コルテスのTシャツは彼女の体をすっぽりと包んでしまうほど大きく、シャツというよりは、たっぷりとしたデザインのカジュアルドレスのように見えた。フィービーは笑いながら、脱いだ服をかき集め、部屋に戻った。

コルテスはまだパソコンの画面に向かっている。フィービーは物欲しげな目で彼を一瞥《いちべつ》してから、ジョゼフと並んでベッドに入り、ふたりの体に上掛けをかけた。ジョゼフはごく自然に彼女の腕の中で体を丸めた。その穏やかな寝息を聞きながら、彼女も目を閉じた。

真夜中、何かの気配でフィービーは目を覚ました。ジョゼフはベッドの反対側でうつぶせになって眠っている。彼女の側の端にはコルテスが座っていた。まだ薄暗い部屋の中で考えごとをしながら彼女を見おろしている。

フィービーは寝返りを打って仰向けになり、まだ眠い目で彼を見上げた。「どうかしたの？」

「またひとり襲われた」コルテスは静かに言った。「ぼくは行かないといけない。隣からティーナを呼んできて、ぼくが留守のあいだはここにいるように言うよ」

「今度は誰が襲われたの？」

「まだわからない。現場はベネットの建設現場だ」コルテスは身をかがめてフィービーの髪を優しく後ろへ撫《な》でた。「ドレークに電話して、博物館まで送ってもらうようにするんだ。ひとりで行ってはいけないよ」

「わかったわ」フィービーは約束した。手を伸ばしてコルテスの頬を撫でる。彼女とお揃《そろ》いの黒いTシャツに包まれた、彼の体のさわやかな香りが心地よかった。「気をつけてね」かすれた声で言った。

コルテスは息を大きく吸い込むと、身をかがめて、唇を彼女の唇に激しく押しつけた。

たちまちフィービーの体はとろけ、彼の首に両腕をまわすと、もっと深い触れ合いを誘うように唇を開いた。

コルテスは、自分の裏切り行為のせいで彼女の純潔が失われてしまったことに漠然とした後悔を覚えていた。だが、彼女に経験があるというのは、もしかしたらそれほど悪いことではないのかもしれない。ふたりが初めて結ばれるときに、彼女に苦痛を与えることはないだろうから。

そう考えているあいだにも彼の両手はフィービーのTシャツの下へ滑り込み、シャツを取り払って彼女を引き寄せた。自分もTシャツを脱いで、もう一度キスをすると、あらわになった彼女の胸を、苦しいほどの悦《よろこ》びを感じている自分の胸に引き寄せた。

「ジェレマイア」素肌の触れ合いに驚いてフィービーが叫んだ。

彼は大きな細い手で彼女の背中を上へ下へと撫でながら、彼女の体を徐々に引き寄せて、キスを深めていった。「きみの胸がぼくの胸に触れているのが気持ちいい」口元で短くささやく。

フィービーは顔が赤くなるのがわかったが、気にしている余裕もなかった。どうせ彼からは見えないわ……。

コルテスの手が前にまわって胸を包み込み、その先端を優しく撫でると、フィービーはあえいだ。彼は顔を上げ、いきなり彼女をベッドに仰向けに押し倒すと、彼女の両手を頭の脇に押さえつけて、あらわになった胸を見つめた。

フィービーは身を震わせた。興奮で今にも体がはじけてしまいそうだ。もっといろいろなことをしてほしくて、彼女はベッドの上でしきりに体を動かした。

コルテスの目は、淡いピンク色の彼女のショーツから、しとやかで美しい脚へとおりていった。彼は荒い息を吸い込んだ。「きみにはぼくがどれだけそそられているかわからないだろうね。今ここで、きみのその下着を脱がせて、きみをぼくのものにしたい」

荒くなった息で唇が開く。「でも、ジョゼフがいるわ！」フィービーは叫んだ。

コルテスは眠っている子どもに目をやり、唇を引き結んだ。かすれた音をたてて息を吸い込むと、屈服した姿の彼女に視線を戻した。彼女の手首から手を放すと、わがもの顔で胸を愛撫《あいぶ》していく。フィービーはなすすべもなく体を弓なりにそらせ、うめき声をあげた。

「きみは経験があるね。ぼくもだ。ぼくたちが一つになっていけない理由はない。今夜ではないが」コルテスはなんとかそう言った。見るからに残念そうに。「だが、すぐだ、フィービー。ぼくはきみの美しい髪の根元まで自分のものにするつもりだ。きみに悦びの叫び声をあげさせてあげるよ。きみを抱いて、ぼくの背中に爪を立たせてやる。終わったときには、きみの頭から絶対に消えてなくならない思い出になっているさ！」

フィービーはどうしていいかわからず震えていた。わたしに経験があるって？　そんなものはないわ。でも、彼はそれを知らない。そのことを彼に告げたくもなかった。今は彼の言葉で体が燃え上がっている。この下着をはぎ取って、彼を自分の上に引き寄せ、彼の体が欲望で硬くなるのを感じたい。口の中にこじ入ってくる彼の唇を味わいたかった。

コルテスは身をかがめて、フィービーの胸にこのうえなく優しいキスを送り、思わず動いてしまう彼女の若い体と、彼女の喉からもれる柔らかなうめき声を楽しんだ。

「きれいだよ、フィービー」彼は顔を上げながらささやいた。「いずれにしてもきみは、今回の捜査が終わるまでに、ぼくの腕の中で眠ることになるさ」

9

コルテスは科学捜査班とベネットの敷地で落ち合った。被害者の男は、ベネットのトレーラーハウスで激しく殴打されて意識を失った状態で発見された。被害者は現場監督のウォークス・ファーで、うっすらと埃《ほこり》をかぶった状態で発見されていた。科学捜査班は、被害者が救急車で病院へ搬送される前に、衣服とブーツを証拠品として袋に詰めていた。医師からの最新情報によると、ウォークス・ファーは重体だという。

「通りかかった非番の警官が、明かりがついているのに気づいて不審に思ったらしいの」科学捜査官のアリス・ジョーンズが、ジーンズ姿の市警の警官を指して言った。「分析結果は、被害者はここで暴行を受けたのではないことを示しているわ」断定的な口調でコルテスに告げた。

「何があったと思うか、きみの推測を聞こう」コルテスは促した。

アリスは息を大きく吸い込むと、片方の目を細めて言った。「このような鈍器外傷を頭部に負わせるには、使った凶器は岩か何かかね」

コルテスも目を細めた。「衣服に付着した埃はどうなんだ?」

アリスはかがんで、その場に残された被害者の衣服のにおいを嗅《か》いだ。「表面には何もないわね」ひとりごとのようにつぶやく。「湿っぽいにおいがする。被害者は穴を掘っていたか、地下にいたかのどっちかでしょう。靴が濡《ぬ》れているわ」革のブーツについた泥と水が乾いた跡に気づいて、アリスは付け加えた。「それと、蜘蛛《くも》の巣が髪の毛についていた」乾いた血の跡と蜘蛛の巣を思い出して言った。「大雑把な推測だけど、被害者は水の近く、そして洞窟《どうくつ》の中にいたのだと思うわ」

コルテスの心臓が早鐘を打ち始めた。彼は立ち上がった。「ハイキングに出かける」そうアリスに告げ、チェノセタ市警の警官のひとりから懐中電灯を借りた。「応援が必要なんだが」コルテスは彼らを見やって言った。三人とも彼の半分ほどの年齢だ。

「ぼくが同行します」ジーンズをはいた背の高いブロンドの男が申し出た。懐中電灯を貸してくれた非番の警官だ。「ドーズ」彼は制服姿の同僚に声をかけた。「きみの懐中電灯を貸してくれないか?」

「どうぞ」ドーズが言った。「車に予備がありますから」

「すぐに戻る。ドーズ、きみの携帯電話の番号を教えてくれ」地元警察では通信機器があまりに時代遅れになったため、つい最近、携帯電話が支給されるようになったことをコルテスは知っていた。

ドーズは、持っていた手帳から紙を一枚破り取って、番号を書きつけた。

「十五分ごとにぼくから電話がなかったら、探しに来てくれ」コルテスは真剣な顔で言い、ベネットの敷地の奥にある洞窟までの道筋を教えた。

「クマに気をつけてください」ドーズがふたりに言った。

「ぼくをつかまえられるクマになら、喜んで食われてやるさ」コルテスはぼんやりとつぶやいた。「ジョーンズ、靴の土とシャツの付着物の分析が終わったら、すぐに教えてくれ」

アリスはシャツをじっと見て眉をひそめた。「この物質は、いやになるくらいよく知っているもののような気がするわ」そうつぶやきながら、証拠品の袋にシャツを戻した。

「あとで確認させてもらうよ」コルテスはつぶやきながら、警官とともに外へ出ていった。

洞窟の入口にはタイヤ痕《こん》があった。コルテスは懐中電灯を手にかがみ込んで、それらを調べた。タイヤ痕の一つは、垂直のラインが欠けていた。彼はほくそ笑み、タイヤ痕を踏まないよう、連れの警官に注意を促しながら、洞窟の中へ入っていった。犯罪現場に戻ったら、すぐにこのことをアリス・ジョーンズに伝え、石膏《せっこう》型を取らせよう。彼女の装備車両にはなんでも揃《そろ》っているから助かる。移植ごて、つるはし、刷毛《はけ》、角スコップ、それに証拠品を入れるための紙袋がストックされている。アリスはビニール袋をめったに使わない。湿気がこもり、かびが生えやすいからだ。

目に飛び込んできた光景にコルテスは驚いた。地面の上に人骨が横たわっている。それに壺《つぼ》や表面のはげ落ちた道具類、さらに石のパイプや小さな人形らしきものも置かれていた。

「なんですか、これは？」警官が尋ねた。

「おそらく、盗まれた工芸品の隠し場所だろう。だが、検証が必要だ。人類学者を連れてこなくては」

「よほど運がよくなければ、この時間には見つかりませんよ」警官はくすりと笑った。

コルテスは片眉を上げた。「それが妙なことに、間違いなく見つかる場所をぼくは知っているんだ」


ぐっすりと眠っていたフィービーは、誰かに優しく揺り起こされた。目を開けて見上げてみると、コルテスの顔があった。

「何時なの？」フィービーはつぶやいた。

「夜中の二時だ」コルテスは静かに答え、ほほえみながら、彼女の目にかかっている髪を払った。「起きて着替えてくれないか。ニューヨークの博物館から盗まれて行方不明の工芸品らしきものが、たった今見つかった」

フィービーはたちまち目が覚めた。「冗談でしょう！」

「本当だ」コルテスは彼女の体を優しく引っぱって立たせた。「さあ、着替えて。ぼくは外で待っているから」ジョゼフを起こさないように小声で言った。

フィービーは実際の捜査に立ち会えることに興奮していた。大急ぎでジーンズをはき、Tシャツとデニムのジャケットを着て、靴下とスニーカーをはいた。髪をとかすのも化粧もそこそこにした。ぴったり五分後には、彼女は車の中にいた。

コルテスは満足げにほほえんだ。「早いね」

「化粧だけに三十分かける友達がいるわ」シートベルトを締めながら、フィービーはくすくす笑って言った。「もちろん、派手な化粧が映える顔をしているの。わたしはそもそもそんな顔じゃないから」化粧はあまり気にしないのよ」

コルテスは顔をしかめた。「きみはきれいな顔をしているのに」思いがけない言葉だった。「知らなかったのかい？」

フィービーは驚いて彼を見つめた。容姿を彼に褒められたのはこれが初めてではないけれど、まだ信じがたい思いでいっぱいだった。

「きみほどうぬぼれのない女性には会ったことがないよ」コルテスはそうつぶやきながらエンジンをかけ、モーテルの前の駐車場からバックで車を出した。「きみは聡明《そうめい》で、かわいらしくて、裏表のない人だ。まだまだ挙げられるけど」愉快そうにフィービーを見やりながら彼は続けた。「きみを思い上がらせたくないからね」

フィービーはほほえんだ。「ありがとう」

コルテスは肩をすくめた。「本当のことさ」彼は返した。「三年前、ぼくがきみのもとへ戻ろうとしていたことも、きみは知らないのだろうね」

フィービーは黙り込んでいた。

コルテスは彼女のこわばった顔を見やった。「チャールストン行きの航空券まで持っていたんだ。そんなときにアイザックが……死んで」赤信号で車を止めながら、彼は表情を険しくした。「そのときのぼくの家族の混乱ぶりは、きみには想像もつかないだろう。アイザックのガールフレンドは妊娠していた。彼女の両親は中絶を望んでいた。ぼくの母は心臓を悪くして病院に入院していたが、子どもを救ってやってくれとぼくに懇願した。ぼくにできた唯一のことはメアリーとの結婚だったんだ。彼女はしぶしぶ同意してくれたよ。だが、ジョゼフが生まれて一カ月たったころ、離婚したいと言ってきた」

聞きたくなかった。でも、知っておかなければならない。「あなたは……彼女を愛することが……できたの？」

「できなかった」彼はきっぱりと言った。「彼女も同じだった。いつまでも弟の死を嘆き悲しんでいたよ。ジョゼフはまだ生後一カ月だったが、ぼくは彼女が望むとおりに離婚手続きを始めた。そのとき、彼女は自ら命を絶ってしまったんだ。残された手紙に書かれていたのは、わずかな言葉だけだった——アイザックのところへ行きます、と」

フィービーは下唇を強く噛《か》んだ。フィービーには若い彼女の気持ちが想像できた。コルテスが戻ってこなかったときの、わたしと同じ気持ちだったのだろう。

コルテスはフィービーのほうに顔を向け、細めた目でじっと彼女を見た。「きみも同じ気持ちだったんだね?」

フィービーの表情が驚きに変わった。「ええ……そうよ」彼女は認めた。

「ぼくも同じ気持ちだった」コルテスは顔をそむけながら、苦々しそうに言った。「あのときほど、自分の仕事や生活にさえも気が入らないときはなかった。仕事を変えたのは、出張が多くてよかったからだ。アイザックを思って悲しみに暮れている彼女を見なくてもよかったから。ぼくにはきみを思って悲しみに暮れるひまもなかった」

「わたしを思って悲しみに暮れるですって?」フィービーは聞き返した。今週二度目の怒りがこみ上げてきた。「あなたは悲しんでいたの? それなのに、よくも自分の結婚式の記事を送りつけたりできたわね!」彼女はかすれる声で言った。「たったひとことの添え書きもなしに……」

この話はふたりのあいだでもう終わりにしたはずだった。だが、彼が心ないやり方で結婚の報告をしてきたことをフィービーはまだ許せずにいた。

コルテスは車を人気のない駐車場に止め、エンジンを切った。そしてフィービーを引き寄せると、まるで彼女の一部になりたいというように、唇を彼女の口の中にこじ入れた。フィービーのシートベルトをはずし、膝の上に彼女を引き寄せる。キスは深まり、熱を帯び、むさぼるようなキスへと変わっていった。彼は痛みを覚えたように、うめき声をあげた。

抵抗しようという考えはフィービーにはなかった。体じゅうが興奮に震えている。彼女はコルテスの首に両腕をまわし、必死でしがみつきながら、思いの丈をこめて熱いキスを返した。この三年間が、存在すらしなかったように思えてくる。彼のことが欲しくてたまらない。自分の命よりも彼を愛していた。コルテスは再びうめき声をあげ、唇をますます強く押しつけた。フィービーは唇を開き、痛いほどにわき出してくる欲望という靄《もや》の中へ、世界がぐるぐる回転しながら吸い込まれていくのを感じていた。

相当な時間がたってから、コルテスは顔を離した。ふたりとも走ってきたばかりのような息遣いだった。コルテスの目が、街灯からの薄明かりの中でフィービーの目を見つけた。彼女は呆然《ぼうぜん》としている。か細い体がかすかに震えて、ぐらぐらと不安定な彼の腕に調子を合わせていた。彼女のジャケットとTシャツの下に彼が手を入れても、フィービーは抵抗を見せなかった。彼女の手も彼のジャケットとシャツの下で忙しく動き、濃い体毛と温かな筋肉の感触を楽しんでいる。彼女は唇を彼の唇に強く押しつけ、かすれたうめき声をもらした。

コルテスはすっかり没頭し、頭の中には安堵《あんど》以外何もなくなっていた。フィービーのジーンズのボタンとファスナーに手を伸ばす。だがそこで、彼女は彼の熱い唇を手で押しやり、体を引き離した。

「みんながわたしたちを待っているんじゃない？」フィービーは気がかりそうに尋ねた。

「誰が？　どこでぼくたちを待っているんだい？」コルテスはぼうっとして尋ねた。

「科学捜査班の人たちよ。犯罪現場で待っているんじゃないの？」フィービーは促した。

コルテスは息をゆっくりと深く吸い込み、腕の力を抜いた。抱きしめていたことに今初めて気づいたかのようにフィービーを見おろした。体を起こす彼女に手を貸し、助手席に戻らせた。

「また束縛か」コルテスはブラックユーモアをつぶやきながらシートベルトを締め直し、エンジンをかけた。フロントガラスもほかの窓もすっかり白く曇っている。彼は静かに笑った。まるで博物館の前での熱いできごとの再現だ。彼は曇り取り装置《デフロスター》のスイッチを入れ、シートにもたれて窓の曇りが取れるのを待った。

彼はフィービーのほうを向いた。その目は静かで暗く沈んでいる。「乱暴すぎたね。痛い思いをさせたかな？」

「そうだとしても感じなかったと思うわ」フィービーは正直に言って、彼の視線をとらえた。息はまだ元に戻ってくれない。シートベルトを締める手が震えた。

コルテスは彼女の手の震えに気づいた。その手を取って引き寄せ、しっかりと握りしめながら彼女を見つめた。「何が起ころうと、二度ときみを離しはしない」きっぱりと言った。

自分が食い入るような目で彼を見ているのはフィービーにもわかっていた。でも、そうすることをやめられない。彼はわたしの人生の中でいちばん大切なものなのだ。彼の手をしっかりと握り返すと、目に涙があふれ出した。

「泣かないで、スイートハート」コルテスはささやき、身をかがめて、涙に濡れたフィービーの目の上を唇でそっとぬぐった。「泣かないで。大丈夫だから」唇を彼女の鼻へ、頬へと移していく。彼の心は叫んでいた。彼女は命よりも大切な人だ。「フィービー」コルテスはつぶやいて、再び彼女の唇をとらえた。だが今度のキスは、静かに探るような優しいものだった。キスを送りながら、細い手で彼女の頬を探りあて、なぞっていく。

そのとき、ぶるるんという車のエンジン音のような音が彼の脳裏で聞こえた。フィービーを味わうことに夢中になっていたために、隣に車が止まったことに気づいていなかったのだ。彼女から体を引き離す間もなく、窓をおざなりにたたく音が聞こえたかと思うと、いきなりドアが開いた。

ドレーク・スチュアート保安官代理がにやにや笑いながら、かぶりを振っていた。「窓が曇っていたから、おふたりさんだと思ってね」彼は切り出した。

フィービーは真っ赤になって息を切らしている。コルテスは彼女を放し、まっすぐに座り直した。動揺で息が乱れ、胸が上下している。

「仕事じゃないのか？」彼はドレークに尋ねた。

ドレークはにやりと笑った。「ぼくも今、同じ質問をしようとしていたところですよ」

彼は言った。「あなたの班から電話があったんですよ。あなたのことを心配していました。すぐに戻ると言っていたからと」

フィービーはデニムのジャケットのしわを伸ばし、ドレークのおもしろがっているような表情に目をやり、咳払《せきばら》いをした。「気を失って倒れてしまって、彼が心肺蘇生《そせい》をしてくれていたのよ」彼女は何食わぬ顔で、前に抜き差しならない状況で車にいるところを見つかったときにコルテスが教えてくれた言い訳を述べた。

コルテスが吹き出した。「フィービー、座っているときに倒れるのは無理だよ」

「裏切ったわね！」フィービーは叫び、ドレークを指さして言った。「彼は信じたのに！」

「いや、信じていなかったよ」ドレークはくすくす笑って言った。「さあ、もう行ったほうがいい。吹雪になる」彼は手袋をはめた手を、降り出しそうな空を示すように手のひらを上にしてかざした。ノースカロライナの山間部で十一月の最終週に雪が降るのは、とくに驚くようなことではない。

「すぐに退散するよ」コルテスは返した。そしてためらいがちに言った。「暴行の被害者は病院行きになった――ベネット建設のウォークス・ファーだ」彼は補足した。「これから調べに行く盗品の隠し場所がぼくの考えているようなものだったとしたら、フィービーの命は今よりもっと危険にさらされることになる。ぼくたちが泊まっているモーテルと博物館周辺のパトロールを二倍に増やしてはどうだろうか？」

「もう手配しましたよ」ドレークは真顔になって言った。「暴行事件のことは警察の無線で聞きました。お気をつけて」

「きみもな」コルテスは返した。

駐車場から車を出して、コルテスはほほえましそうにフィービーを見やった。「そんなに困った顔をしなくていい。ドレークは話のわかるやつだ」

フィービーは咳払いをした。「もちろんよ」

「今ぼくが思っているのとは違う理由で困惑しているなら別だけど」コルテスは顔をしかめて、ゆっくりと続けた。「ぼくが現れる前に、彼とは何かあったのかい？」

「ええ」フィービーは即座に認めた。「サラダを、週に三回。ランチを持って博物館に立ち寄ってくれていたのよ」

コルテスはフィービーの目をじっと見た。「それだけ？」

嘘《うそ》をつくこともできた。そうしたい気持ちさえあった。でも、嘘はあまりうまくない。フィービーは顔をしかめて膝の上で手を組み、窓の外に目をやった。「彼はわたしに気があったと思うの」ため息をついて正直に言った。「だけど、わたしはそうではなかったわ」

苦々しそうにコルテスを見やる。「男の人とまたつきあってみようという気持ちにはなれなかったのよ」

コルテスは彼女に悪いことをしたと思いつつも、うれしさを感じていた。彼はベネットの建設現場に続く道路へ車を向けた。「ドレークはいいやつだ」

フィービーはほほえんだ。「ティーナもそう思っているわ」

「ティーナはアッシュビルの警官とつきあっていたんだ」コルテスは言った。「ここへ子守りに連れてきたぼくのことを彼が許してくれるかどうかわからないな」

「ティーナは大人なんだから、つきあう相手は自分で決められるわ」

「わかっているよ」コルテスはほほえんだ。「でも、彼女は特別なんだ」

「ティーナが言っていたけど、あなたのお父様は大学へ行かれたのね」

「意外だったかい？」コルテスは愉快そうに尋ねた。「円錐《えんすい》形のテント小屋に住んで、戦闘用の装束で歩きまわっているとでも思っていた？」

フィービーは自分のばかげた想像を笑った。「もしそうだとしても、恥ずかしくて認められないわ」

コルテスはかぶりを振った。「どれほど多くの人々がぼくたちをそんなふうに見ているか知ったら、きみはきっと驚くよ。映画や小説は役に立たない」

「ステレオタイプ化しているのはいけないことだと、みんな思っているのよ。ある程度はね」フィービーは答えた。「でも、わたしはもっとよく知っていなきゃいけないのに」

いるよ」

コルテスは手を伸ばし、その大きな手でフィービーの手を握った。「きみはよくやって

彼女は手をしっかりと握り返した。「そんなことを言ったら後悔するわよ」

アリス・ジョーンズ率いる科学捜査班が待ちくたびれたころ、コルテスとフィービーは、小さな杭《くい》と紐《ひも》で示された証拠採取現場の境界の周囲を慎重に歩いて、アリスが示した洞窟の中へ入っていった。

「なんてことなの！」人骨を見るや、フィービーが叫び声をあげた。周囲の人の目も気にせず、土の乱れていない硬い地面の上を注意して歩きながら、人骨に近づいた。そして頭《ず》蓋骨《がいこつ》のそばにひざまずいた。「手に取って見てもいいかしら？」

アリスが、どうぞというように手を振った。「指紋と物証の採取はもう終わったわ。時間がかかったのよ」彼女はあてつけがましく言った。フィービーの腫《は》れた唇と乱れた髪に気づいたのだ――コルテスの申し訳なさそうな表情にも。「すでにタイヤ痕の石膏型は取って、物証はすべて袋詰めにし、写真班もトレーラーハウスとここを行ったり来たりよ」

アリスは手袋をはめた手を上げ、雪をつかもうとした。「この寒いところで足止めを食らっているあいだに、雪男か雪女みたいに雪まみれになるか、アメリカグマに食べられたりしなかったのはラッキーだと思わない？」

コルテスは謝罪した。だが、フィービーは聞いていなかった。眉間《みけん》の隆起を丹念に調べ

ている。「男性だわ」ひとりごとのようにつぶやいた。頭蓋骨の向きを変え、高い頬骨と大きな副鼻腔《ふくびこう》に目を留めた。上顎の歯生状態と磨耗の具合を調べる。下顎が欠損しており、上顎しか残っていなかったのだ。さらに、二つのアーチを描く眉弓、頬骨の後傾、そして高さのある丸い眼窩《がんか》を調べた。額の低さと、そのほかの点とを考え合わせると、大きな肩や腰、肘、くるぶし、短く厚い脚の骨壁など、胴体の部分を入念に調べるまでもなく、決定を下すことができた。

「ネアンデルタール人のものよ」コルテスを見ながらついにフィービーはそう言い、もう一度頭蓋骨を調べた。「わたしのプロとしての信望をかけてもいいわ」

「ネアンデルタール人？」アリスがつぶやいて、眉をひそめた。「ということは……」

「そうよ」フィービーは答えた。「場所によるけど、四万年から二十万年前のものね。彼らはもともとはヨーロッパやアフリカ、中近東から来たの。南北アメリカ大陸でネアンデルタール人の骨が確認されたことはこれまでにないわ。そして、これはネイティブ・アメリカンのものでもない」彼女はきっぱりと言った。「それを証明するための検証は必要でしょうけど」

「骨からそんなことがわかるんですか？」警官のひとりが興味津々の様子で尋ねた。

「わかるわ」フィービーより先にアリスが答えた。驚き顔のフィービーにほほえみかける。

「わたしは科学捜査の道に進むことを決めるずっと前に、自然人類学の講座を取っていたの。発掘作業もしたのよ。実は、テネシー大学で受けた法医学の講座にあなたがいたことを覚えているわ。フィービー・ケラーね。クラスメイトだったのよ！」

アリスのことを思い出してフィービーは笑った。「ええ、ええ！　覚えているわ！　また会えたのね、アリス！」

「ほかの工芸品についてはどうなんだ？」コルテスが促した。

フィービーは頭蓋骨を置きたくなくて顔をしかめた。骨が彼女に語りかけている。彼女は、骨からだけでもその年齢や性別、健康状態が見分けられるのだ。場合によっては、どんな死に方をしたかということも。歯の状態からは、人種、食習慣、年齢が推定できる。フィービーは中断したくなかった。でも、コルテスは正しい。ここは犯行の現場であって、研究室ではないのだ。

フィービーは土器を一つ取り上げて、手の中でまわし、技法と模様に注目した。「後期南東部ウッドランド期、二千年前のものだわ」ひとりごとのようにつぶやいた。土器をおろすと、次は槍《やり》の穂先を調べた。「フォルサム型尖頭器《せんとうき》だわ」とつぶやく。「一万二千年前のパレオ・インディアンのものかもしれない。あるいは、ムスティエ期の可能性さえあるわ」ぽかんと見つめる彼らを見てフィービーはほほえんだ。「ネアンデルタール人の石器技術ということよ」また別の工芸品を眺めて、彼女は顔をしかめた。赤いパイプ石でできた、かなり古いパイプがあったが、自分が持っている石器の教科書を見なければ時代の特定は難しかった。さらに埋葬品の人形が二体あった。とても古く高価なものだ。フィービーは細心の注意を払いながら、そのうちの一つを取り上げて、手の中でまわし、細工と技法を調べた。「ホープウェル期のものだわ」とつぶやく。もう一体も同時期のものだった。ほかにパイプが二本あり、これらは非常に珍しく貴重なもので、やはりホープウェル期のものだった。彼女は人形をそっと置き、顔をしかめたまま立ち上がった。

「どうだ?」コルテスが尋ねた。

「工芸品の寄せ集めね」フィービーは言った。「人骨はネアンデルタール人のもの。土器はスイフト・クリーク模様。これはウッドランド期のもの、つまり一千年から二千年近く前のものよ。でも、槍の穂先はフォルサム。紀元前一万年以前のものだわ。もっと古い可能性もある。ネアンデルタール期のものである可能性さえあるわ――もちろん、裏づけを取るまでは信じないけど。その一方で、そのプラットホーム型パイプと人形は中期ウッドランド期のものなの。紀元一世紀から二世紀にかけてアメリカ南東部に広がっていたオハイオ・バレー・ホープウェル文化のもので、墳丘を築いた人たちのものよ」彼女は続けた。「ニューヨークの博物館で、これらとほとんど同じ埋葬品の人形の展示品を見たことがあるわ。実際、一カ月ちょっと前にうちの博物館が購入した人形は、これらに似ているわ」

フィービーは科学捜査官たちのほうを向いて言った。「これだけの工芸品が一つの場所から見つかるなんてありえない。ただただ、ありえないのよ」

「わたしもそう思うわ」アリスが同調した。

「きみの博物館が先月購入した人形はどんなものだと言っていたかな?」コルテスが尋ねた。

「この二つとお揃いのように見えるわ」フィービーはきっぱりと言った。「ここにあるのはニューヨークの博物館から盗まれた品だと思うの。これだけのものが一つの場所で見つかったことも、それで説明がつくわ。時代がばらばらなこともね。それにしても、これほど高価な品を隠しておくにしては仕事がずさんね」

「ほかにもつじつまが合わない点があるわ」アリスが割って入った。「被害者のシャツから採取した物質のサンプルがあったでしょう? 研究所へ持っていくまではわからないけど、あれは脳組織だと、かなり自信を持って言えるわ。そして被害者のものじゃないことも」

コルテスは歯の隙間《すきま》から、ひゅっと音を鳴らした。それでは被害者がもうひとりいることになる。すでに死んでいて、この敷地内のどこかにいる。「それは合点がいかないな」

「そうでしょう」アリスは言った。

「そっちの分析を進めてくれ」コルテスは言った。「まずはその結果が必要だ」

「まかせてください、ボス」アリスはにっこりと笑って言った。

「ぼくはFBIのパソコンでその博物館の盗難事件を調べて、その詳細と、フィービーに人形を売ったアートディーラーについて彼女から聞いた情報も入力して、われわれのデータバンクにヒットするものがないか見てみるよ」コルテスは全国の前科者データバンクのことを指して言った。「この現場には二十四時間体制の警備を置こう」

「それはいいですね。いちばんの嫌われ者は誰だったかな？」地元の警官のひとりが、コルテスと一緒に現場へ来たブロンドの同僚のほうをあてつけるように見つめながら言った。

「くじ引きで決めてもいいが」コルテスは言った。「われわれが帰ったあと、誰かにここをうろうろされたくないんだ。それに、きみには隠れていてもらいたい。もし誰かが現れたら、手錠をかけて連れてくるんだ。いいか？」

「了解しました」ブロンドの警官は気取って言った。

「送っていくよ、フィービー」コルテスは彼女の腕を取って言った。「ではきみたち、よろしく頼む」

　山々を背に夜が明けてきた。フィービーは眠気すら感じていなかった。「モーテルへ帰る前にわたしの家に寄ってもらえない？」彼女は尋ねた。「着替えが必要だし、シャワーも浴びたいの」

「シャワーならモーテルで浴びられるじゃないか」コルテスは指摘した。

「ええ、でも、石鹸《せっけん》もシャンプーもパウダーも自分のものじゃないから」

コルテスは腕時計に目をやった。「時間は大丈夫だろう。今から寝るには少々遅すぎるし」

「急いですませるわ」フィービーは言った。「八時半に出勤しないといけないの」

キッチンでコーヒーをいれているコルテスを残して、フィービーは大急ぎでバスルームへと向かった。すばやく服を脱ぎ、バスタオルを体に巻きつけながら、シャワーヘッドを調節した。タオルをはずそうとしたそのとき、後ろのドアがばたんと開いた。

フィービーは音が聞こえるほど大きく息をのみ、コルテスの黒い目をまっすぐに見つめた。

彼は目をそらすことができなかった。「コーヒーと一緒にビスケットを食べたいか聞こうと思って」自分が何を言っているのかもよくわからないまま小声で言った。

コルテスの黒い目が、彼女の体の上をたどっていく。タオルはかろうじて胸と腰を覆っているだけで、肌の大部分はあらわになっていた。髪はウエーブがかかって、くしゃくしゃになっている。そんな格好をしたフィービーは美しかった。

コルテスは全身が締めつけられるような気がした。あのタオルを引きはがして、彼女を床の上に押し倒したい。彼は歯を食いしばって誘惑と闘った。

フィービーは大きく見開いた優しい目で彼を見つめ返した。なんてハンサムなの。何度も夢に見た人。この三年間、彼のことが頭から離れたことはなかった。暗闇《くらやみ》の中で彼を愛し、彼の子どもをおなかに宿すことを夢見た。その願望は、彼とジョゼフと部屋を共有してからいっそう大きくなった。彼が欲しくてたまらなかった。でも、彼には子どもと仕事があり、ここにいるのは殺人犯を捜し出すためで、一時的な滞在でしかない。いずれ事件が解決すれば、またどこかへ行ってしまうのだろう。彼についていくことさえできたなら、そして、自分たちの子どもを持つことができたなら……。

コルテスと目が合ったとたん、フィービーの目から光が消えた。

「今、何を考えていたんだい？」不意に彼が尋ねた。

「あ……赤ちゃんのこと」フィービーは口ごもった。

コルテスの顔がゆがんだ。視線をフィービーのおなかに落とすと、こみ上げる感情で目がぎらぎらと光り出した。三年前、フィービーのバージンを奪うことについてあれほどかたくなな考え方をしていなければ、彼女をベッドに連れていき、生涯の思い出を残すことができたのに。だが、ぼくはフィービーを拒絶して去ってしまった。そして、あまりに深く傷ついた彼女は、苦悩から別の男とベッドをともにしてしまった。彼女の初めてのときが、酔った勢いで、知らない男とだったとは。ぼくのせいだ。ぼくが悪いんだ！

だが、彼女がもう経験ずみなのであれば、今ここで抱いてはいけない理由はどこにもない。あの黒のTシャツを脱がせてフィービーの体を見たときから、彼女が欲しくてたまらなくなっていた。その欲求は時間がたつにつれて大きくなり、もう自分ではどうすることもできないほど強いものになっている。

ゆっくりと冷静に、コルテスは自分のジャケットに手をやった。ジャケットを脱ぐと、ドアのそばにあるバスケットにそれを放《ほう》り込んだ。続けてシャツも放り込む彼を、フィービーは口をぽかんと開けて見ていた。心臓が激しく打っている。

コルテスは髪をほどき、スラックスのファスナーをおろした。服の下に着ていた黒いサテンのボクサーショーツのほかはもう何も身につけていない。彼はベッドルームへ行って、部屋のドアを閉め、中からロックした。

そしてバスルームへ戻り、意を決してフィービーに歩み寄った。

フィービーは抵抗しようと口を開けたが、すでに遅かった。コルテスはタオルをはぎ取り、彼女を自分のたくましい体のほうへ引き寄せながらも、唇を彼女の唇に押しつけて、抵抗しようなどという考えを彼女の頭の中からいっさい追い払ってしまった。

「三年前、ホテルにきみを置き去りにしたまま、振り返ることはなかった」コルテスは彼女の開いた口元でうめくように言った。「ぼくほどのばかは、どこにもいない。今度はどこへも行かないよ、フィービー。きみにもどこへも行かせない」

コルテスは再び唇を彼女の口の中にこじ入れながら、ボクサーショーツを脱いで床へ落とした。彼がそこから足を踏み出すと、体が触れ合い、フィービーは彼に対して畏怖《いふ》の念とかすかな恐れを覚えた。彼の温かい体に力づけられながらも、素肌に押しつけられる欲望のあかしに、差し迫った脅威を感じていた。

彼に言わなくては。フィービーはめまいを覚えながら思った。痛いかもしれない。彼にはわかるのだろうか？　男性にはわからないというけれど……。

コルテスは彼女の口元でうめき声をあげたと思うと、シャワーの下に彼女を連れていった。フィービーは背中に水しぶきを感じながら、彼の手が彼女の裸体を探るように上へ下へと撫《な》でるのを感じた。そのゆっくりとした優しい動きは、刺激的であると同時に衝撃的だった。

コルテスは彼女の体を石鹸で洗うと、自分の体も洗った。そして、フィービーの手を引き寄せて彼の体を探るよう促しながら、彼女の体の美しい輪郭をなぞった。そして彼女の髪を洗いながら、硬くなった胸の先端に自分の胸がこすれるように動かして、彼女をさらに刺激した。フィービーが髪をすすいでいるあいだに、彼は自分の髪を洗い、シャワーの下に顔をやって、泡を洗い流した。

ふたりとも洗い終わると、コルテスはシャワーを止め、フィービーがバスタブから出るのに手を貸した。自分もあとに続くと、彼女が落としたバスタオルを拾い上げ、それで体をふいてやった。戸棚から新しいタオルを取り出して自分の体もふくと、さらに三枚目のタオルを取り出して、ふたりの濡れた髪をふいた。

そしてヘアドライヤーのプラグを差し込んで、先にフィービーの短いブロンドの髪を乾かし、それから自分の長い黒髪を乾かした。

それが終わると、彼はドライヤーを脇《わき》へ置き、フィービーを腕の長さ一つぶんほど離して立たせ、一糸まとわぬ彼女の体をまじまじと見つめた。

フィービーは彼の熱心なまなざしに引き込まれ、衝撃を覚え、悦《よろこ》びを感じて、息をのんだ。

コルテスは彼女の手を取り、バスルームを出てベッドルームに連れていった。ダブルベッドにはキルトの上掛けがかかっている。上掛けをはぎ取ると、きちんと敷かれた花柄のシーツがあらわになった。彼はフィービーをその上に横たわらせた。彼女はその行動を少しも抵抗せずに受け入れている。彼が隣に来て横たわるのを待っている彼女の首筋が脈打ち、胸の先端が硬くなり、緊張して手足が震えているのが見える。

コルテスは彼女の柔らかな髪を後ろへ撫で、身をかがめてキスをした。唇がかろうじて触れるか触れないかくらいに、そっと。上唇を優しく噛み、それから下唇を噛んで、湿り気を帯びた柔らかな唇を舌でそっとなぞった。静けさのせいで、ふたりの荒い息の音がやけに大きく響く。

彼の片脚がひとりでに彼女の脚のあいだに入り、脚を押し広げていく。彼はフィービーの目をゆっくりとのぞき込みながら、腿の内側に手を滑らせていき、頂点の部分で狂おしい模様を描くように動かした。

フィービーはあえぎ、身を震わせた。

「だめだよ」急に抵抗を見せた彼女の指を無視してコルテスはささやいた。

フィービーは不安でいっぱいだったが、それを表に出さないようにしていた。だが、その意思に反して、目が彼の下腹部へ行ってしまう。

コルテスは彼女の露骨な好奇心を目にして、もっとよく見えるように彼女から体を離してみせた。彼女の顔に浮かんだ表情が、ますます興奮を誘い、彼の呼吸は乱れ始めた。

再び手を大胆に動かすと、指の下の部分が湿り気を帯びてくるのがわかった。フィービーはなすすべもなく体をよじり、つまった喉から小さな叫び声をもらした。

どうやら彼女にはこれが久しぶりの経験らしい。そう思うと、欲望がますます燃えた。彼女の反応は不慣れな女性のものだった。

彼が優しいリズムでゆっくりと触れると、フィービーはもっと強く触れてもらいたくてベッドから腰を浮かせた。そうせずにはいられなかった。彼が教えてくれようとしている快感を早く味わいたくてたまらない。彼女は目を閉じ、身を震わせた。

「わたし、知らなかったわ……こんなふうに感じるなんて」フィービーはとぎれとぎれにささやいた。

その言葉はうまく届かなかった。腰を押しつけてくる彼女を見て、コルテスの体は悦びに震えていた。彼女の体はほとんど液体のようになって彼の手の中でとろけ、もっと欲しいと懇願している。

彼の手が彼女を貫こうとして中へ押し入り始めると、フィービーは何度も何度も体を震わせた。身震いしながら脚を広げていく。

だが数秒後、彼は手をぴたりと止め、ショックを受けたようにフィービーを見おろした。

彼が触れるのをやめたことにフィービーは気づいた。彼女は目を開けたが、ほとんど口がきけない状態だった。悦びに体が打ち震える寸前のところまでいっていた。

「やめないで」フィービーは大胆にささやいた。

コルテスは身を寄せ、その黒い目で食い入るように彼女の明るい色の目を見た。そして手を激しく動かした。

彼女はあえぎ、歯を食いしばった。

「そうか」彼は苦々しそうに言った。「どうやらきみの一夜のできごとは、きみが言っていたほど向こう見ずなものじゃなかったようだね、フィービー」とがめるような口調で言った。

コルテスはかすれた音をたてて息をつくと、フィービーから体を離して起き上がり、両手で頭をかかえた。彼の体はフラストレーションでうずいていた。

10

フィービーは息を大きく吸い込んでコルテスを見つめた。彼は腹を立てているのだ。こわばった体の線からそれがわかる。

彼女の腰は無意識のうちにシーツの上でしきりに動いていた。彼が彼女の中に呼び起こした快感をもっと感じたいというように。

「わたし、もう二十六歳よ」彼女はささやいた。

コルテスは荒い息を吸い込んだ。「だが、まだバージンだ。ぼくにはできないよ、フィービー」

フィービーは上体を起こし、欲望に身を震わせながらコルテスの体を見おろした。「いいえ、できるわ」息を吸い込んで言った。「できるわよ！」彼女は体を移動させて、コルテスの背中に胸を押しつけるようにし、毛に覆われた彼の広い胸に腕をまわした。プライドはかなぐり捨てて。「これはあなたとでなければできないわ！　できないのよ！　だから、お願い」苦悩に満ちた声でささやいた。

コルテスは背中を丸めた。背中がますます強く彼女の胸にあたる。「フィービー、避妊具を持っていないんだ」彼は歯ぎしりしながら言った。

フィービーは黙り込んだ。わたしだって持っていない。でも、彼が欲しくてたまらない。今までこんなに男性を欲しいと思ったことはなかった。

コルテスは向きを変え、曲げた片肘の上にフィービーの頭をのせて、自分の体の上に彼女を抱き寄せた。もう片方の手で彼女の腹部をなぞり、弾丸で受けた打撲傷のあたりから先端が硬くなった胸までたどっていく。彼はうめき声をあげた。

フィービーは体を後ろにそらせ、目を細めた。腰が勝手に動いてしまう。「死んでしまいそう」彼女は叫んだ。

「ぼくもだ」コルテスは荒々しく答えた。硬くなった胸の先端の周囲をなぞりながら、彼女の喉元がぴくぴくと動くのを見つめる。「この前、生理があったのはいつ？」すがるような思いで彼は尋ねた。

「二週間前よ」フィービーはうめき声で答えた。

「最悪のタイミングだな」彼はつぶやいた。

フィービーの淡い色の目がコルテスの黒い目と合った。彼女は赤ん坊のことを考えていた。そのことを考えると体の緊張が取れ、自分の子どもを持てるかもしれないという思いで身が震えた。

彼女の目に浮かんだ渇望の色を見て、コルテスの顔に緊張が走った。「故意に子どもを作ろうと思ったことはない」

フィービーは唾《つば》をのみ込んだ。「わたしだってないわ」

コルテスは彼女の柔らかな胸を手で包み、その手を動かした。汗ばんだ手のひらの中で、胸の先端が硬くなるのが感じられる。

フィービーは普通に息をしようと努力してみたが、できなかった。彼女の手はコルテスの広い胸に伸び、毛でざらざらした筋肉の上をひとりでに動いていた。彼女は頭を後ろに傾け、彼の口を誘った。

コルテスは彼女をベッドの上に戻した。ゆっくりと、慎重に、彼女の柔らかな腿のあいだにひざまずき、脚を大きく押し広げた。黒い目で彼女の目を突き刺すように見おろす。彼の息は音が聞こえるほど大きくなり、目は独占欲をあらわにして彼女を見おろしていた。

ゆっくりと優しい動きで愛撫《あいぶ》され、反応をじっと見られて、フィービーは身震いした。

「きみの処女のあかしはほとんど無傷だ」コルテスはつらそうに言った。「ぼくが中に入ったら、きっと痛むよ」

「かまわないわ」フィービーは熱っぽく言った。

「ぼくは気にする」コルテスは片肘で体重を支えながらフィービーの上に覆いかぶさり、もう片方の手で彼女の汗ばんだ体を狂おしく撫《な》で続けた。「きみをクライマックスへ運ぶよ。それからぼくがきみの中に入る」

直接的な言葉に、フィービーは欲望に圧倒されつつも顔を真っ赤に染めた。驚いて息をのんだせいで唇が開いた。

「どっちみち難しいことだっただろうから」顔を彼女の胸に近づけながらコルテスはささやいた。「きみは硬くなるだろうし、ぼくは異常なくらいに興奮している」

横になったまま失神することとってあるのかしらとフィービーは思った。コルテスが彼女の体に施していることは、まるでゆっくりとした拷問のようだった。彼女は脚をさらに大きく広げて彼を促しつつも、つのる快感に何か空恐ろしいものを感じていた。

つい口からもれるフィービーの悦《よろこ》びの小さな叫びが、コルテスを激しく興奮させた。彼は彼女の胸を口に含むと、硬くなった先端を舌でもてあそび、手で彼女の体を執拗《しつよう》に愛撫した。

フィービーは今や一定のリズムで体を震わせ、腰を浮かせて、もっと悦びを与えてほしいというように彼を促し、あおり立てた。頭を枕《まくら》の上で激しく振り動かし、枕の両端を手で握りしめている。緊張のきわみへのぼりつめるときをいよいよ迎えると、彼女はかすれた声でうめき、歯を食いしばった。

コルテスは緊張が高まっているのを感じ取ると、顔を上げて彼女の目をまっすぐに見つめた。「目を開けて、ぼくを見て」

フィービーは目の焦点を合わすのもやっとだった。体は快感が走るたびに上下に揺れた。手の届かないところにある何かが欲しくてたまらない。頭の中には、すぐそばまで来ているのに遠くに思えるゴールのことしかなかった。彼に触れられるたびにフィービーはあえぎ、かすむ目で、怖いものでも見るように彼の目を見つめた。

「来たら教えて」コルテスはまばたきもせずに荒々しい声でささやいた。彼の心臓もまた彼を揺さぶっていた。体がしきりにびくびくと脈打っている。

なんのことかわからなかった彼の言葉の意味がようやくわかった。フィービーはもうすぐそこまで来ていた。もう届きそう。もうすぐ……そこ……。

「ああ！」フィービーはしゃがれ声で叫んだ。死ぬかと思うほどの強烈な快感の波に襲われて、体じゅうに痙攣《けいれん》が走った。

「そうだ」コルテスはうめいた。すぐさま体を移動させて、腰を突き出し、彼女を貫いた。

フィービーは鋭い侵入を感じたが、それも快感にのみ込まれていった。彼女の体を揺さぶっている、ずきずきするような熱の中に。

コルテスの細い手が彼女の手首をつかみ、腰が荒々しく動き始めると、彼の体の重みで彼女はマットレスに沈み込んだ。彼の体は苦しいほどの欲求に駆られて、彼女を熱く貫いていく。

フィービーは身もだえしながら彼の目を見つめた。彼の顔は緊張にこわばり、目は黒いダイヤモンドのようにきらめいている。体を動かすリズムが執拗で切迫したものになり、激しさを増してくると、彼はうめき声をあげ、身を震わせた。

　彼は体を曲げて激しいキスをした。早く満たされたいという切迫した思いの中で、ふたりの息が混ざり合う。コルテスの体は彼女の動きに合わせて小刻みに揺れ、力強い脚は腰を突き動かすたびに震えた。

　彼は顔を上げて、フィービーの目を間近からのぞき込んだ。リズムはやがて熱狂的なものになり、ベッドのスプリングが、ふたりの荒く狂おしい息に負けないくらい大きな音をたてた。

　突然、彼が腰をぐっと突き出し、動きを止めた。その目は大きく開いて黒く輝き、引きしまった体は痙攣し始めていた。

「フィービー」コルテスはしゃがれた声を絞り出すようにして言った。「ぼくたちは子どもを作っているんだよ」世界が燃え上がって忘却の彼方《かなた》へ消えていく中で、彼女の目を見据えながら、乱れる息の下でささやいた。

　その言葉は、熱をますます燃え上がらせた。フィービーは自分の上で彼が満足感に打ち震えるのを見つめた。ついに彼は、自分自身の体をも揺さぶる情熱の大渦巻きの中に巻き込まれて、歯を食いしばり、目を閉じた。

　それは想像を超えていた。フィービーは彼女の中で彼がはじけるのを感じ、ふたりの情熱が爆発するのを感じた。コルテスは叫び声をあげ、フィービーは驚きに大きく見開いた目で、彼の姿がぼんやりとかすむまで見つめた。体の力が急に抜けていく中で、彼が最後に弱く震えてクライマックスを終えてからもなお彼女を貫いているのを感じていた。

コルテスは彼女の腕の中にくずれるように倒れ込んだ。体はじっとりと汗ばみ、彼女と同じように余韻に身を震わせている。フィービーは彼を弱々しく支えた。頬に涙がこぼれ落ち、まだ興奮のやまない彼の体を包んで体がひとりでに動いた。ぞくぞくするようなすばらしい快感とともに体を突き抜けた満足感の名残をまだ手放したくないというように。

コルテスはフィービーの体に覆いかぶさり、彼女の体が動くのを感じていた。彼は畏怖《いふ》の念を覚えていた。今までの体験と、これは比べものにならない。彼は彼女の体に優しく体を押しつけて、再び突き抜けた快感に、うめき声をあげた。

フィービーの長い脚が彼の脚の裏側を滑っていき、彼の精力と独占欲をかき立てた。コルテスは顔を上げて、フィービーの大きく見開いた目をのぞき込んだ。彼女の顔を見ながら、再び動く。まだ彼女の手首をきつくつかんだままだったことに気づいて、手を放し、彼女の頭の両脇《わき》に手を置いて自分の体重を支えた。そしてゆっくりと体を起こし、ふたりの体の、まだしっかりとつながっている場所を見おろした。

彼は目でフィービーの目をとらえると、さらに体を持ち上げた。ふたりの体が離れてしまわない程度に。「見てごらん」彼は促した。

フィービーは見た……。そして息をのんだ。こんなことが起こるなんて夢にも思わなかった。ましてや痛みを少しも心配しなくていいとは考えてもいなかった。

「ぼくの記事の切り抜きが届いた夜に起こった、きみの無謀な出会いのことをもう一度話してくれるかい？」コルテスは乱暴に尋ねた。

「本当にしようとしたのよ」フィービーはつぶやいた。「でも、相手があなたじゃなかったから。わたしにはできなかったの」

「ぼくもそうだ」彼は短く言った。

フィービーは満足感の柔らかな余韻に浸りながら、彼をじっと見上げた。「あなたは結婚していたわ」ゆっくりと言った。

「彼女はぼくの弟を愛していた。ほかの誰をも求めていなかった。ぼくも同じだった。きみが欲しかったんだ、フィービー。今もずっと」

「三年にもなるわ！」彼女は驚いて叫んだ。

「ああ、わかっているさ」コルテスは、汗ばんだふたりの体をもう一度見おろした。「一度抱いたのに、まだ興奮している。感じるだろう？」

フィービーは顔を赤らめた。「あなたって……とてもストレートにものを言うのね」

コルテスは彼女と目を合わせた。「それに、とても硬い」そうつぶやいて腰を動かした。動きを増すと、彼は息をのんだ。もうすでに持ちこたえるのが難しくなっている。

フィービーの唇が開いた。

彼女は怖《お》じ気《け》づいていた。そんなことはありえない。コルテスは優しくほほえんだ。

「今度はもう痛くないからね」彼は低くささやくと、体を持ち上げて最も興奮する体位にし、フィービーの表情が不安から期待へと変わるのを見つめた。

フィービーは上で彼が動くのを見つめながら、自分の体が息を吹き返し、快感が再び押し寄せてくるのを感じていた。

「わたしたち、何も使わなかったわ」弱々しい声を絞り出して言った。

「きみは子どもが好きだ」コルテスは静かに言った。「ぼくもそうだ」彼はゆっくりと体を奥に沈め、彼女を快感で震えさせた。「子どもを作りたい。きみを興奮させようと思って言ったわけじゃない。実際そうなったけど。そうだろう、ハニー？」彼はささやくと、体を曲げて、あとを引く快感に浸りながらフィービーにキスをした。「ぼくも興奮したよ」

彼女の下唇をそっと噛《か》む。今や彼の息は、自分の体が彼女の上で刻んでいる鋭く激しいリズムに合わせて、荒々しいものになっていた。「こんなふうに愛し合ったのは初めてだよ、フィービー」彼は乱れる息の下でささやいた。「こんなふうに感じたのは初めてだ！」

「わたしも……初めてよ」フィービーはささやき、急に体をそらせた。「ああ！」その動きで体に痙攣が走り、フィービーは声をあげた。

「きみの体は過敏になっているようだね。ぼくと同じで」コルテスはフィービーの口元で息をついた。「ぼくがもっとゆっくりと動いたら、クライマックスを与えてあげられるかな」

フィービーは答えなかった。答えられなかった。快感が彼女を苦しめていた。コルテスは彼女の目をのぞき込みながら、動きをもっと遅く、深く、力強いものにした。彼女の顔は紅潮し、目は興奮に燃え、体は悦びで満たされ、静かに彼の体に応《こた》えていた。

突然、フィービーの口が大きく開き、あえぎ声がもれた。もう快感が頂点に達したかと思ったが、まだ途中でしかなかった。フィービーはそこで宙ぶらりんになったまま、どうすることもできず、彼が動きを止めてしまうのではないかと怖くなった。体をそらせながら小さな手で彼の手首をつかみ、無言で懇願した。

「やめないよ、ベイビー」彼女を安心させるようにコルテスはささやいた。「まだちゃんといけていないんだろう？　腰を上げて。そうだ。上げて。もう一度。もう一度。そうだ！」彼は片手を彼女の下へ差し入れ、腿をつかんで、腰を彼の腰のほうへぐっと引き寄せた。フィービーはなすすべもなくあえぎ、目は見えなくなり、ただ満たされたい思いでしっかりとつかまっていた。

「ジェレマイア！」フィービーは叫んだ。その声は、恐れと悦びが混ざり合って震えている。

「そうだ、ベイビー」コルテスは懸命にささやき、一心に体を押しつけた。「そうだ！」

フィービーは突然体をこわばらせ、コルテスの目を刺すように見ながら、息を止め、歯を食いしばり、顔を真っ赤に染めた。

「きれいだ」フィービーの顔に浮かんだ、まるで手で触れられそうなほどの悦びに魅せられながら、コルテスはそうささやけるあいだにささやいた。そのとき、彼女をとらえたのと同じくらい熱い快感が彼をとらえた。コルテスはかすれた声でうめいた。体がこわばり、痙攣が走る。

それは痛みに近かった。彼女の体があまりに近くに感じられ、まるでふたりが同じ息を、同じ魂を共有しているような感覚にとらわれた。フィービーを見ていたいのに、できない。コルテスは目を固く閉じて、悦びがどくどくと脈打つのを味わった。脈は一つ打つたびに、彼女の上にいる彼の体を鋼鉄のように硬くさせる。

まばゆい閃光《せんこう》がまぶたの裏側に走った。ついに彼はフィービーの上にくずおれ、力尽き果てた。息をするのもやっとだった。体の下にいるフィービーの息も切れ切れで、心臓がおかしくなったように打っているのがわかる。コルテスはフィービーの上からおりると、彼女を引き寄せ、片脚を彼女の脚の上に置いて横向きに寝転んだ。そのあいだにふたりはなんとか胸いっぱいに息を吸い込んだ。

「きみがこんなことをさせてくれたなんて信じられないよ」震える声でコルテスはささやいた。

「あんなふうに自分が感じたなんて信じられないわ」フィービーは身を震わせながらささやき返した。「死ぬかと思ったくらいよ」

コルテスの手が彼女の柔らかな肌を撫でた。「ぼくもさ」彼はつぶやいた。「こんなに熱い体験をしたのは生まれて初めてだ」

フィービーの顔が赤らみ、うれしそうに輝いた。だが、すぐにその表情が曇った。「今愛し合ったばかりだから、そう言っているんじゃないわよね?」疑《うたぐ》るように尋ねた。「男の人ってベッドの中では、思ってもいないことをべらべらとしゃべるって記事を読んだことがあるわ」

コルテスは眉を上げて、愉快そうにほほえんだ。「そんな男もいるだろうけど、ぼくは違う」手で彼女の頬を撫でる。「でも、これでまた厄介なことになってしまったな」

フィービーは顔をしかめ、彼の黒い目を探るように見た。「避妊しないとどんなに複雑なことになるか、わたしたちふたりとも考えていなかったわ」

「そう、そのことだ」コルテスは情熱の中でフィービーに言ったことを思い出して、心の中でうめいた。あのときは、子どもを作るということが、抗しがたいほど魅力的に思えた。だが今は、フィービーが本当には望んでいないかもしれない親密な関係に、彼女を追いやってしまったように思える。フィービーは中絶をするような女性ではない。彼女なら子どもを産み、生涯ずっとそのことを、そしてぼくのことを恨むだろう。コルテスは罪悪感を覚えた。

　フィービーは人差し指で彼の引きしまった大きな口をなぞった。彼女の目には彼が美しく映った。彼を見ていることが、彼に触れることが、フィービーは大好きだった。自分の体に寄り添っている彼の体の力強い線と、けだるさに包まれたたくましい体の感触をしみじみと味わった。彼といると安心する。

　自分の中で彼の子どもが大きくなるのを想像すると、息がつまった。コルテスにそれを伝えたいと思った。だが突然、彼が遠くに感じられた。一センチも動いていないのに、彼が引いているのだ。

　フィービーは彼の髪と肩のあいだに片手を入れて、彼を再び引き寄せようとした。コルテスはほほえみ、自分も相手の髪に触れて、その柔らかな手触りを楽しんだ。そのあいだに彼女も、彼のひんやりとした豊かな長い黒髪の房に両手を滑り込ませた。

「あなたの髪が好き」フィービーは静かに言った。「いつだって好きだったわ」

「きみは長いほうがよかった」コルテスは返した。

　フィービーは悲しげにほほえんだ。「あの新聞の切り抜きが届いた日に切ったのよ」

　少しのあいだコルテスは目を閉じた。「あれを送った日は、何も考えられなかったんだ」

　彼は息を大きく吸い込み、フィービーの卵形の顔をじっと見つめた。「フィービー、アイザックはただ死んだというだけではなかったんだ。アイザックは警察から逃げる途中で死んだ。法に触れることを前々から繰り返していてね。死んだ日は、酒を飲みすぎていて、逮捕されるまで自分が何をしたのかもわかっていなかった。酒店に押し入って店主に重傷を負わせたんだ。生きていたとしたら、今ごろは服役中だろう」

「お母様がかわいそう！」フィービーはうめいた。「心臓も弱かったのに」

「非業の死というのは、家族にとって受け止めるのが最高につらいものだ」コルテスは答えた。「ぼくは少し頭がおかしくなってしまった。だから、きみに手紙を書かなかった」彼の目が彼の悲しみを映し出していた。「あの日のできごとがぼくの心を壊してしまった。ぼくは弟を愛していた」

「何があったのか知ってさえいたら理解したのに」フィービーは重々しく答えた。

コルテスはかすかな笑みを浮かべた。「それは今になってわかったよ……あまりに遅かった」

「ほかの男性とつきあおうともしてみたわ」フィービーは続けた。「でも、実際その段になると、もう相手のことが信用できなくて。わたしは幸せな未来を誰かと共有するのはあきらめて、仕事に生きようと決めた。それで、チェノセタへやってきたの」

「ついにきみを探しあてたとき、それを知ったよ」後悔のにじんだ笑みを浮かべてコルテスは言った。「だが、きみの居場所がわかったところで、たいして役には立たなかった。きみに会いに来るだけの口実が見つからなかった。そうしたら、運命が会わせてくれた」

「そうね。すべてのことが鎖の輪のように、おさまるべきところにおさまったわ。わたし、最初はジョゼフのことを本当に恨んでいたのよ」フィービーは打ち明けた。

「知っていたよ」コルテスは静かに答えた。

「でも、長くは続かなかった」フィービーは、首にしがみついてくる小さな腕を思い出しながらつぶやいた。「ジョゼフはわたしにぴったりとくっついて放さないの。すっかりとりこになってしまったわ」

コルテスは笑った。「あいつは女性の扱いがわかっているんだ。ティーナに聞いてみるといい」

「ジョゼフはあなたにとても似ているわ」フィービーは言った。「事情を知っている人でなければ、あなたの実の子だと思うわ。ジョゼフが大きくなったら、本当のお父さんのことを話すの？」

「そのつもりだ」コルテスは言った。「アイザックは悪い人間じゃなかった」さらに続けた。「ただアルコールのことになると弱かっただけだ。酒を飲みすぎると暴力的になってしまう人間がいるが、弟もそのひとりだった。アイザックは十代になるかならないかのうちから飲み始めたんだ。ぼくたちはやめさせようとしたが、できなかった。アイザックがあんな死に方をして、ぼくたちはみんな罪の意識を感じているんだ」

「運命には逆らえないわ」フィービーはぼんやりと言った。「わたしは二年前にヨーロッパで起きた列車事故で祖父母を亡くして、すべてを失ってしまったの。祖父母は休暇旅行中だったわ。デリー叔母さんとわたしにとっては本当につらいときだった」

「それは知らなかったよ」

フィービーはコルテスの黒い目を探るように見た。「わたしはアイザックのこともお母様のことも知らなかったわ」

コルテスは興味深げな目でフィービーをじっと見返した。彼女は悦びの意味をたった今見つけたばかりの女性のように見える。自分がそれを彼女に与えたことがうれしかった。だが今は、彼女が降伏したのは欲望……あるいは単なる好奇心からだったのではないかと思えてきていた。フィービーはぼくと親密な関係になって、その新鮮さに圧倒されている。だからといって彼女がぼくを愛していることには、あるいはごく当たり前に結婚を望んでいるということにはならない。彼女の目標は自立したキャリアウーマンだと、さっき言っていたじゃないか？

再び不安がどっと押し寄せてきて、コルテスはフィービーの向こうの宙を見つめた。そして顔をしかめると、彼女を放して立ち上がった。「今から寝てもしかたがない。もう八時だ。さっとシャワーを浴びて出発しよう。先にバスルームを使ってくれ」

フィービーは一緒にシャワーを浴びようと言いかけたが、彼女がベッドから出たとき、コルテスは背中を向けて立ったまま振り返らなかった。フィービーは心配そうにため息をつき、バスルームへ向かった。

博物館への車中、ふたりは押し黙ったままだった。ついさっきまでの親密な時間など最初からなかったみたいに。あの営みが、ふたりのあいだの何かを台なしにしてしまったのだ。彼とのあいだをもっと近づけてくれると思っていたのに。逆にふたりを引き離してしまった。

博物館の玄関のところでコルテスは車を止めた。「きみに人形を売った男のことをできるだけ知りたい」彼は言った。「メモは役に立ったよ。だが、もしほかの職員の中で男を見た人がいたら、その人たちからできるだけ情報を集めてほしいんだ」

「理事たちにも伝えておくわ」フィービーは言った。「もう一つ。ここへ来た女性は背が高くてエレガントでブロンドだった。靴もハンドバッグもデザイナー・ブランドのアイグナーのものだったわ」彼女は有名なヨーロッパのデザイナーの名前を挙げた。「右頰の、上唇のすぐ上のところにほくろがあって。言葉には南部アクセントがあったわ。強くはないけど、そうとわかる程度に。それと、目は濃い青色よ」

「きみはすばらしいよ」コルテスは優しく言った。

フィービーはどうにか笑みを浮かべた。「そんなことはないわ。ちょっと記憶力がいいだけ」コルテスの目を懸命に探るようにして見た。「気をつけて。どんどん危険になるわ」

「心配なのはきみのほうだ」彼は返した。「ぼくが迎えに来るまで、ここで待っていろよ。もしぼくの都合がつかなければ、ドレークに頼んで、きみをモーテルまで送ってもらうよ。地元警察も周辺のパトロールを強化することになっている。殺人未遂の容疑者が野放しになっているんだ。このままで終わるとは思えない」

「わたしもそう思うわ」フィービーは言った。もっと話がしたかった。ふたりがした行為のことを彼が本当はどう思っているのか聞きたかった。だが、結局は恥ずかしくて聞けなかった。フィービーはほほえんで車から降りた。「じゃあ、またあとで、ＦＢＩさん」からかうように言った。

「ああ、〝インディアネッタ・ジョーンズ〟さん」コルテスは作り笑顔でつぶやいた。

フィービーは笑いながら博物館へ入っていった。

だが、ひとりになってみると、フィービーには世界の終わりのように感じられた。コルテスはまるで何も起こらなかったかのようにふるまった。男の人って、みんなこうなの？　いったん体の欲求を満たしてしまえば、本当に関心がなくなるの？　それとも、彼はわたしが初めてだったと知って罪悪感を覚えているだけなのかしら？

心配したところで、白髪が増えるだけでなんの解決にもならないわ。そう判断すると、フィービーはパソコンに向かい、博物館の理事たちの電話番号をプリントアウトした。人形を売った謎《なぞ》の男性について集められるだけのものを集めるつもりだ。まだコルテスに渡していないものがあるとするならば。もしかしたら彼は、わたしに用を頼んで、心配するひまがないようにさせているだけなのかもしれない。それならうまくいっている。

コルテスはそのころ、ジェブ・ベネットのオフィスにいた。

「ウォークス・ファーが入院だなんて信じられないな」前夜のできごとを聞かされ、ベネットは疲れた様子でそう言った。「あれは働き者だし、正直で忠誠心に篤《あつ》い男だ。いったい誰が、彼を傷つけたいなんて思うだろうか？　それに、なぜ？」

「その点を、きみなら話してくれるかと思ったんだが」コルテスは静かに言った。スーツに身を包み、髪はきちんとポニーテールにまとめている。ＦＢＩ捜査官のときのスタイルだ。

ベネットは椅子の背にもたれた。「残念ながら、彼のことはよく知らないんだ」そっけなく言った。目は合わせない。「うちに来て数年になるが、苦情は耳にしたことがない」

コルテスは、この前ベネットのオフィスを訪れたときからぼんやりと記憶に残っていた何かに気づいた。フレームに入った写真だ。そこには高価そうなドレスを着た、きれいな青い目のブロンド女性が写っていた。頬にはほくろがある。あの謎の女性の外見についてフィービーはなんと言っていた？

「奥さんかい？」コルテスは写真のほうを顎で示しながら尋ねた。

「なんだって？　ああ、いや、ぼくは結婚していないよ」ベネットは顔をしかめて言った。「少なくとも今は。あれは妹のクローディアだ」

コルテスは、この新たなつながりの可能性におおいに興味を引かれていることを表に出さないようにするのに苦労した。「妹さんも建設業界に？」彼は尋ねた。

ベネットは笑った。「クローディアは自分の手が汚れる仕事は嫌いなんだ。アートディーラーをしているよ」

興味深い答えだ。それにベネットは、少ししゃべりすぎて、それを後悔しているような顔をしている。そういえば、ウォークス・ファーが服役していたことや、彼がクローディアと結婚していることを潔く話そうという気配はない。「ウォークス・ファーの具合はどうなんだ？」ベネットは、客人の注意をそらすかのように唐突に尋ねた。

「意識不明のままだ」コルテスは告げた。「頭部の怪我《けが》は厄介だ。もし死んでしまったら、われわれは殺人の容疑者を捜すことになる」

ベネットは落ち着かない様子で、まっすぐに座り直した。

コルテスは黒い目を細めた。この男は事件に関係している。彼は前に身を乗り出した。

「もしきみが何かを知っていて、それをぼくに黙っていたら、共犯の罪に問われる可能性がある。厳しい刑罰が科せられる」

ベネットは青い目でコルテスの目を見て、ためらいを見せた。

ベネットが口を開く前に、コルテスの携帯電話がポケットの中でしつこく振動し始めた。彼は電話を取り出した。「コルテスだ」

アリス・ジョーンズからだった。「被害者のシャツから採取した物質について速報が入ったの。間違いなく脳組織よ。土もいくらか検出されたわ。わたしたちが昨夜《ゆうべ》入ったのとは別の洞窟《どうくつ》のものがね。生物学者をたたき起こして顕微鏡の前に座らせて分析してもらったの。土は生物のいる洞窟のものよ。水もあって……コウモリがいる洞窟」

コルテスの心臓が跳ね上がった。ヤードリーの洞窟だ。間違いない。「ジョーンズ、きみは本当に役に立つ！　さっそくきみの班を集めてくれ。ハーパー通りとレノックス通りの角の駐車場で落ち合おう。いいな？」彼は班に中間地点へ来るよう指示した。そうすればベネットの前で話をしなくてもすむ。この男は信用ができない。

「わかりました、ボス！」アリスはそう言って電話を切った。

「もう行かないと」コルテスは立ち上がり、ベネットと握手をした。「事件の手がかりがつかめたらしい」

ベネットはためらっている様子だ。「何がわかったんだい？」唐突に尋ねた。

「また連絡する」コルテスは質問には答えず、物思いにふけりながらオフィスを出ていった。

コルテスの姿が見えなくなると、ベネットは電話の受話器を取った。

博物館では、フィービーがマリーの好奇の視線をかわしていた。今朝フィービーがコルテスとふたりきりでいたことを誰も知らないのは確かだが、マリーは何かを知っているように見える。ついにフィービーは、この問題を解決するには正面から向き合うのがいちばんだと判断した。

フィービーはマリーをオフィスに呼び、ドアを閉めた。「朝からずっとわたしのことを変な目で見ていたわね」彼女は言った。「何がおかしいの?」

「なんて切り出したらいいかわからなかったの」マリーは言うと、ほっとしたように椅子に座り込んだ。

フィービーは居心地の悪さを覚えた。わたしは、こう見えても古風な人間なのだ。コルテスへの満たされない思いを三年間我慢してきたひもじさに屈してしまったとはいえ、その話をコミュニティー全体と共有する気はない。

マリーは顔をしかめ、目をそらした。「ドレークはわたしのいとこだって知っているでしょう」

「もちろん知っているわ」フィービーは答えたが、なんだか話がずれている。

「それが、ただ……」マリーはまた顔をしかめた。「彼、昨夜コルテスのいとこのティーナとキスをしていたの。本当にキスをしていたのよ」彼女は同情と悔しさを浮かべた顔でフィービーを見た。

フィービーは眉を上げた。ほっとして、思わず倒れそうだった。「わたしに言いそびれたことって、それなの？」

「ええ。ごめんなさい。ドレークはあなたのことをよく見ていたし、それに、本当にあなたに気があったことも知っていたから……」

フィービーは細い手を上げて、心からの安堵《あんど》の笑みを浮かべた。「ドレークのことは大好きよ。彼はすばらしい人だわ。でも、彼に恋してはいないのよ、マリー」

「それならよかったわ！」マリーは豊満な胸に手をあてて言った。そして息もつけないほどに笑った。「わたしから言わなきゃいけないのはいやだったけど、あなたに偶然見つけてほしくはなかったの。彼、コルテスのいとこに夢中みたいなのよ」

「わたしもそう思うわ。彼女はいい子よ。コルテスの甥《おい》っ子と一緒にいるところを見てほしいわ」フィービーは静かに付け加えた。「ティーナは子どもが好きなの」

「誰かつきあっている人はいるか知らない？」マリーはしつこく尋ねた。

「アッシュビルの警官とつきあっていたって」フィービーは答えた。「でも、ここだけの話、その彼は脱落したみたいよ。ドレークは特別だもの」

マリーはにこやかにほほえんだ。「わたしもそう思うわ。たとえいとこ同士でもね」彼女は小首をかしげて言った。「昨夜は誰かが怪我をして病院へ運ばれたって聞いたけど」

部外者にどこまで話していいとコルテスが考えているのかフィービーにはわからなかった。彼女はただほほえんだ。「そうなの?」

マリーは片眉を上げた。「黙っているつもりなのね? ドレークから聞き出そうとしたら、彼も同じことを言ったわ。でも、別のいとこから聞いたのよ。朝早くにあなたとコルテスが町を出たって。それに、この近くの建設現場にある洞窟に、警察と保安官の車が勢揃《ぞろ》いしていたって」

「いとこがたくさんいすぎよ、マリー」フィービーはきっぱりと言った。「さあ、もう仕事に戻らないと、わたしたちふたりとも首になるわ」

マリーはくすくす笑った。「わかったわ」彼女は立ち上がって手を振り、持ち場へ帰っていった。

フィービーは安堵のため息をついた。少なくとも、わたしとコルテスのことをあれこれ憶測している人はいない。今のところは。この秘密はまだ誰にも知られたくなかった。

コルテスの車は科学捜査班の大型バンと地元警察のパトカーと警官の自家用車を先導して、ヤードリーの建設現場に向かった。人目についてしまうが、やむを得ない。コルテスは、ここが二つ目の犯罪現場になるという冷たい直感を覚えていた。

小さい橋を渡って、轍《わだち》のついた小道を走り、木立を抜け、小さく張り出した岩棚のところへ出た。遠くで水がごぼごぼと流れる音が聞こえている。

コルテスはかがんで、新しいタイヤ痕《こん》を見つけると、後方の班に手を振って合図した。前に追跡した怪しい車と同様に、垂直のラインが欠けている。彼はアリス・ジョーンズとその班にそのことを伝え、それから彼らとタイヤ痕を踏まないように気をつけながら、洞窟の入口に向かって歩いていった。

太陽は高く昇り、十一月下旬の山間部にしては暖かかった。疑わしいものは何も見当たらなかったが、洞窟に近づいていくと、コルテスは胃のあたりがぎゅっと締めつけられるような感じがした。かすかな、間違えることのない臭気を鼻孔に感じ、彼は歯ぎしりした。それがなんのにおいかは知っている。

アリスも同じだった。ふたりは暗い視線を交わした。コルテスは脇に寄ってアリスを先に行かせ、警官たちには彼の足跡をたどってくるように指示した。

張り出した岩棚からほんの一メートルほど中へ入ったところの、湿った冷たい空気の漂う広い洞窟の中で、一足の靴が目に入った。その靴の先には、地面に倒れている男の姿があった。

男は死んでいた。

11

被害者の男はうつぶせに倒れていた。顔の半分がひどく損傷し、もう半分は血まみれだった。これでは実の母親でも見分けがつかないだろう。頭部のまわりの埃《ほこり》っぽい地面の上には血だまりができている。死体の片側の、かなり上のほうにある岩にも血と脳みそが飛び散っているのが見えた。足跡はくっきりとしたものが一つと、ほかのいくつかの靴跡を刷毛《はけ》か何かで消した痕跡《こんせき》が残っている。被害者の痩《や》せた長身の男は、高価なスーツとやはり高価そうな革靴を身につけていた。両腕が頭の脇《わき》で曲がり、体は硬直している。アリス・ジョーンズは死亡推定時刻を割り出そうとして、てきぱきと動いていた。彼女の仕事にとくに関心を払っている者はいない。ベテランの捜査官たちにとっても、死は気味のいいものではないのだ。

検視官はまだ到着していなかった。コルテスの班のメンバーのタナーが、死体と周囲の現状の写真を撮ってまわっている。彼の車のボンネットの上にはケースに入った小型のビデオカメラが置かれている。犯罪現場の証拠写真のバックアップ用に録画をするためのものだ。すでにアリスが、微細証拠の付近にカラフルな証拠カードを数枚置いて、タナーに写真を撮らせたところだった。地元警察から来た制服姿の警官は、すでにアリスの指示を受け、犯罪現場の周囲に杭《くい》を打ちつけるのに奮闘していた。そのかたわらには杭に取りつける紐《ひも》のロールが用意されている。数メートル先では別の警官が、第一の犯罪現場の完全保存のために見張りに立っている。アリス自身は角スコップと、移植ごてや刷毛やピンセットなどの小道具類が入ったバッグを持って現場に臨んでいた。やつれて不機嫌そうな顔つきだ。

「ほかの連中はどうした?」コルテスは唖然《あぜん》として尋ねた。「FBIの人間はもうひとりしかいないじゃないか」

「今日は感謝祭よ。お忘れかしら?」アリスはぶつぶつ言いながら角スコップを置いた。「わたしとタナー以外はみんな家庭持ちだから。でも、彼の専門は法医学ではなくて写真。だから、わたしが孤軍奮闘中なの。あそこにいるデーン巡査は野次馬を追い払う能力を発揮してくれているけど。こっちにいるパーカー巡査は殺人課の所属ですらないの。強盗専門ですって」

「ほかの警官をまわしてもらえなかったのか?」コルテスは驚いて言った。

「あっちでも感謝祭を祝っているのよ。あのふたりをまわすので精いっぱいだったみたい」アリスは物憂げに言った。「あなたはラッキーだったわね、わたしが夫や恋人や誰かのために休みを取るような柄じゃなくて！」

「それは言えているな」コルテスはため息をついて言った。

アリスは態度を和らげた。「ごめんなさい」おずおずとつぶやいた。「ちょっと参っているだけなの。いつもは熟練の犯罪学者がひとりはいてくれるから。今回の仕事は専門知識も必要だし、時間がかかりそうだわ」

「うちには法人類学者がいなくて残念だな」コルテスはつぶやいた。

アリスは気取った笑みを浮かべた。「実はわたし、法医歯科学のインターネット講座を取っているの」参考までにという口ぶりで言った。

「ジョーンズ！」コルテスは顔を輝かせて言った。「すごいじゃないか！」

アリスはくすくす笑った。「お褒めにあずかって光栄です、ボス。タナーとパーカー巡査とわたしでがんばるわ」彼女は口ごもった。「でも、できれば、あなたのお友達のあの人類学者さんをまたここへ呼んでもらえたら助かるのだけど」真顔で続ける。「彼女は科学捜査の経験があると言っていたし、たぶん、わたしがいくら勉強しても彼女の発掘の知識にはかなわないわ。今回の仕事はわたしひとりでは荷が重そうだし」アリスはちらりとコルテスを見た。「彼女は気持ち悪くなりやすい人かしら？」

「聞いてみるよ」

「あなたの昇給を申請するわ」アリスは言った。

「無駄なことさ」コルテスは心からのため息をついた。「局の予算はもう底をついているからね」

「ちょっと望みを言ってみただけよ」アリスは言った。「わたしが四年間同じ靴をはいていようと、めがねを買い替える余裕がなかろうと、誰も気にしちゃいないものね」

「文句なら支局担当特別捜査官に言ってくれ」コルテスは彼らの班を統括する特別捜査官のことを持ち出した。「だが、あまり期待はするな。彼の息子は二度目の奨学金を申請していると言っていたからな。自宅のローンの支払いに教育資金をあてるしかなかったとかで」

アリスはすっくと立ち上がった。「猿が汗をかくかどうかなんて、知る必要はないわ!」けんか腰に言った。

コルテスとタナー、パーカー巡査とデーン巡査が、振り向いてアリスを見つめた。

アリスは顔をしかめた。「つまり、局の予算はそういうところに行くということよ。ほかの多くの省の予算もそうだけど、ごく一部の学者しか関心を持たないような研究の補助金に化けるの」彼女はつぶやいた。「議会にはバランス感覚がないんだわ」

「きみをうちの班の団体交渉者に指名しよう」しばらくしてコルテスが言った。「賛成する者は?」大声で呼びかける。

タナーが手を上げた。だが、警官たちまでそれにならった。

「おい、きみたちは部外者だぞ」タナーが彼らに言った。

「今の話は本当ですか？」パーカー巡査が悲しそうに尋ねた。「署長に確認して、嘘《うそ》をつくかどうか試してみよう。ぼくは二年間も昇給がないんですよ！」

コルテスはかぶりを振った。最後にもう一度被害者に目をやると、また重苦しさが気持ちにのしかかり、顔をしかめた。科学捜査をするにはユーモアのセンスが必要だな、と彼はぼんやりと考えた。さもなければ、目の前の惨状に耐えきれずに気がおかしくなってしまう。「この男は何者だろう？」コルテスは疑問を口にした。

「ケースファイル四五七二八の被害者第二号よ」アリスがすかさず言った。

コルテスは物言いたげな目で彼女を見やり、フィービーを連れに向かった。


感謝祭とはいえ、フィービーは博物館を見学したいという外国人観光客を気の毒に思い、館内へ招き入れていた。彼女が帰り支度を始め、マリーはツアーを終えようとするころ、コルテスがオフィスに入ってきた。

あんなことがあり、あんなふうに別れたあとだけに、コルテスに会うのは、おなかにパンチでも受けたような衝撃だった。フィービーは息もつけなかった。彼の姿を見るだけで、悦《よろこ》びが神経の隅々にまでさざ波のように広がっていく。

コルテスも同じような衝撃に襲われていたが、それが表に出てしまうことはなかった。

子どものころから、本当の感情を隠すことを学んできたからだ。こんな場合にその経験が役に立つ。

コルテスは両手をポケットに突っ込んだ。「きみは気持ち悪くなりやすいほうかい？」前置きなしに切り出した。

「どういう意味？」

「顔と後頭部の一部がなくなった男の体を調べて、アリス・ジョーンズがその周囲を掘り返して微細証拠を採取するのを手伝ってほしいんだが、やってくれるかな？」

「わたしに死体を調べろと？」フィービーは目を見張って尋ねた。

「まあ……そういうことだ」コルテスは遠慮がちに答えた。

コルテスが固唾《かたず》をのんでいると、フィービーはハンドバッグを肩にかけてデスクを離れ、戸口へ向かった。

「行くわよ！」フィービーは彼に声をかけた。「道が凍りついてしまうわ！」

コルテスは、けげんそうにしているマリーの前を通り過ぎて外の車へと向かうフィービーのあとに続いた。

「マリー、あとはお願いね」フィービーはにっこりと笑って言った。「わたしはFBIに助言を与えに行くから！」

「わたしも一緒に行っちゃだめ？」マリーは言って、展示品のラベルを見ながら何かつぶやいている特別入館の観光客の一団を恨めしそうに見やった。

「悪いわね。スタッフの早退は一日にひとりという決まりなの」フィービーは笑顔でつぶやいた。「お客さんが帰りしだい、戸締まりをしてちょうだい。あとで電話するわ」

フィービーはコルテスの車の助手席に乗り込み、シートベルトを締めた。

コルテスは運転席に座ってシートベルトを締め、皮肉たっぷりな目でフィービーを見やった。「きみを拝み倒さなくちゃだめかと思っていたよ」

「冗談じゃないわ。前々から科学捜査には興味津々だったのに」フィービーは言った。「大学でもいくつか講座を取ったし、地元の法執行機関が白骨化した死体を発見したときは助言したこともあったのよ。検視解剖だって見学したわ」

コルテスは歯を食いしばった。「ぼくも見たことはあるが、気が進まなかったよ」

「死んだ男性の身元はわかっているの？」

「いいや。だが、ジョーンズに聞けば、彼は男性で死亡していると教えてくれるだろう」

フィービーはかぶりを振って、ほほえんだ。「それでこそアリスね」

「あの死体はあまり気持ちのいいものじゃないぞ、フィービー」

フィービーは彼をちらりと見た。「気持ちのいい死なんてないわ」彼女は言った。「ジョージア州捜査局の上級捜査官にいつか聞いた話では、身の毛もよだつような状況を乗りきるこつは、自分は死者の最後の代弁者だという意識を持つことですって。自分の働きいかんで犯人がつかまり、罰を受けるからよ。わたしもそんなふうに考えたいわ」

「ぼくもそうありたいな」コルテスは優しい声で言った。

犯罪現場へ向かう車中のふたりは口数が少なかった。フィービーは彼のそばにいるのが気恥ずかしくてたまらなかったし、コルテスのほうは彼女とあんな関係の持ち方をしてしまったことをうしろめたく思っていた。彼女を追い立てて肉体関係を持とうというつもりは、けっしてなかったのだが。

コルテスは犯罪現場のそばに車を止めて、先に降りると、フィービーに彼の足跡をたどるよう合図した。証拠をだめにされては困るからだ。

フィービーはハンドバッグを車に残し、コルテスのあとについて、被害者が横たわる洞窟《どうくつ》に入っていった。死体を目にして、彼女は一瞬立ち止まった。だが、すぐに気を取り直して歩き出した。

「よく来てくれたわね」アリス・ジョーンズが死体の周囲をのろのろと掘る手を止め、力なく言った。この作業は土起こしと呼ばれる。表層の土をはがして、底に金網がついた箱でふるい、残留物をすべて袋に入れてラベルを貼《は》っておく。時間のかかる作業であり、気温が上がってくると汗まみれにもなる作業だ。「ほかのメンバーがいないから、本当に助かったわ！」

「お安いご用よ」フィービーは言った。「移植ごてを貸して。わたしは何をすればいいのかしら」

「よかったら、まず被害者を見てほしいの」アリスは、犯罪現場を荒らさないように一箇所に決めた入口のほうを指さした。「傷口の角度から考えて、彼はかがみ込んでいたときに背後から撃たれたんだと思うわ。かがんだ場合に頭の高さになる岩のあたりに、血が飛び散っていたの。銃創は後頭部が小さく、前頭部が大きくて、射入口は小さくて正確よ」

「凶器は拳銃《けんじゅう》ね」フィービーは傷を観察し、顔をしかめて言った。「上部後方から撃たれている」

「そのようね」アリスも同意した。「何口径の銃かわかれば、旋条痕と薬莢《やっきょう》を探す場所がわかるわ。大きい口径の銃で、至近距離から一撃で仕留められたように見えるの。だから、パーカー巡査に金属探知機を使って薬莢を探させているのよ」

なるほど、洞窟に入ったときに聞こえた、ぶんぶんという変な音はそれだったのね。

「わかったわ」フィービーはジャケットを脱いだ。「わたしはいつでも仕事にかかれるわよ」

アリスはゆがんだ笑みを浮かべ、フィービーに移植ごてを渡した。

犯罪現場の調査分析というのは退屈で骨が折れる仕事だ。フィービーは長年、発掘作業に携わってきたが、この死体にはぞっとした。死後硬直が中ほどまで進んでおり、日中の暖かさを受けて膨張を始めたところだった。それに、胸が悪くなるような甘いにおいをかすかに放っていた。

アリスは、死後経過時間すなわち、おおよその死亡推定時刻を割り出すために、死体を調べている。「ここに放置されていた時間は十二時間から十八時間というところかしら」彼女はぼんやりとコルテスに言った。「死後硬直の進み具合と体内温度から考えるとね。検視解剖をすれば、もっと正確なことがわかるけど、わたしの見立てで間違いないと思うわ」

「ということは、被害者は昨日のあいだに殺されたわけか」コルテスが言った。

「たぶん昨夜《ゆうべ》ね」アリスは言った。「体内温度はもう調べたから」そうつぶやき、彼女がその作業をしているあいだ目をそらしていた同僚たちのほうを冷ややかな目でちらりと見た。「死後、体温は一時間に一度から一・五度下がることを考えると、わたしが出した概算時間のようになるわ。被害者の死亡時刻は昨日の午後十一時ごろよ。昨夜の気象状況によって一、二時間の誤差はあるでしょうけど。現在の気温はマイナス九度くらいよ。海洋大気庁《NOAA》の予報官にこの地域の気温グラフをもらってから報告書を提出するわ」

「被害者を遺体袋に入れて、地元の葬儀社に救急車で迎えに来てもらえ。州の科学捜査研究所へ分析に送るときが来るまで保管してくれるだろう」コルテスはアリスに指示した。

「運がよければ、葬儀社がきみに潜在指紋とＤＮＡのサンプルをとらせてくれて、うちの研究所と地元の検視官のところへまわせるかもしれない」

「本局は順番がつまっているから、すぐに結果を得るのは難しいと思うけど」アリスは念を押した。

「それならアリス、きみは研究所の連中と親しいそうじゃないか」コルテスは彼女を説きつけにかかった。「新入りの助手とデートをしたらしいね」

アリスは咳払《せきばら》いをした。「その話なら、わたしがカフェテリアで彼をテーブルに押し倒したというだけ。わたしの名前を使っても、順番を先にはしてもらえませんよ、ボス」

みんながアリスに注目した。

アリスは顔を赤らめた。「わざとじゃないの。彼が椅子を引いてくれた拍子にわたしがつまずいて、彼をマッシュポテトとグレービーのお皿の中へ突き飛ばしちゃったのよ」

「それで、あなたはどうしたの？」フィービーが驚いて聞いた。

「立ち上がって一目散に逃げ出したわ」アリスはますます赤くなった。「わたしはロマンスには向いていないみたい」

「助かったよ。きみはうちで一番の科学捜査官だからね」コルテスがほほえんで言った。

アリスはにっこりした。「じゃあ、さっきの昇給の話を……」

「仕事に戻れ」

アリスはコルテスに敬礼し、フィービーにウィンクをすると、かがみ込んで作業に戻った。

アリスがコルテスに見せた微細証拠のうち、彼の目を引いたものが二件あった。一つは長いブロンドの毛髪。もう一つは、死体を遺体袋に入れるために仰向けにした際に見つかった、上着の襟についた微量のファンデーションだった。

「きみの考えでは被害者は女性と一緒にいたということか」コルテスは考え込んだ。

アリスはうなずいた。「この微細証拠があなたの気に入るかどうかはわからないけど、目撃者か、それに近い人間がいたことを示しているわ。少なくとも、生前の被害者と行動をともにした人物よ」

「これは役に立つ」コルテスは言い、目を細めた。彼はベネットの妹の写真を思い出していた。彼女は長いブロンドの髪をしていた。夫のウォークス・ファァーは意識不明のまま入院中だ。そこにはなんらかのつながりがあるに違いない。だが、コルテスは考えを口にしなかった。

救急車が到着し、遺体袋はファスナーを閉じられて車に乗せられた。アリスは葬儀社へ同行するため、コルテスとフィービーにおざなりに手を振り、自分のバンに乗り込んだ。タナーは彼女に同乗させてもらい、モーテルに戻るという。警官たちも仕事を終えて帰っていった。フィービーはすでに博物館に電話をかけ、スタッフを帰宅させて戸締まりをするようマリーに告げていた。どのみち、感謝祭の日にやってくる観光客はもういないだろう。

コルテスはフィービーのために車の助手席側のドアを開け、彼女がシートベルトを締めてからドアを閉めた。

フィービーはそわそわした様子で、運転席に着いてシートベルトを締めるコルテスをちらりと見た。「犯罪現場を調べたあとで、ええと、汚れている気がすることはある?」

コルテスは優しくほほえんだ。「毎度のことさ」彼は片眉を上げた。「きみが思ったほど、無神経ではなかっただろう?」

フィービーは、ややおどおどとした笑みを返した。「そうね」コルテスがチェノセタへ向けて幹線道路へ車を進めているあいだ、彼女は腕組みをしてフロントガラスの向こうを見つめていた。「彼はどうにもやるせない感じだったわ」

「被害者はみんなそうさ」コルテスは言った。「だからこそ、われわれは犯罪を解決しようと必死に取り組む。被害者の姿は頭を離れないが、とにかく犯人を逮捕できれば、いらだちは和らぐんだよ」

「かなりこみ入った事件ね」フィービーはつぶやいた。「まず人類学者が現れて、ネアンデルタール人の骨を発見したと言った。すると、その学者が殺され、わたしが撃たれ、建設会社の男性が暴行された。そして今度はまた人が殺され、その陰にはブロンドの髪の持ち主で、被害者にファンデーションをまき散らした人間がいる」彼女はコルテスを見た。「あなたはこれらをどうつなげるつもり？」

「微細証拠と事情聴取の結果で判断する」町はずれに差しかかったところで、コルテスは赤信号で車を止めた。

「容疑者に心当たりがあるのね」フィービーは考えをめぐらせて言った。

コルテスははっとして、それからくすりと笑った。「鋭いな」

「わたしを訪ねて博物館へ来た女性はブロンドだったわ」フィービーは思い出して言った。「ファンデーションまでは覚えていないけど、ブロンドのロングヘアで、ほくろがあった」

コルテスはうなずき、信号が変わるとアクセルを踏み込んだ。

フィービーは飢えたように彼を見つめ、その横顔に見とれた。自分の唇に触れた彼の唇の感触を思い出すと、胸がどきどきする。

コルテスは食い入るように見つめられていることに気づいた。彼女に静かな目を向ける。「気をつけて」やんわりと忠告した。「長時間のきつい仕事をこなしたあとでも、ぼくはきみの家で過ごしたあの夜のことをやすやすと思い出せるんだ」

フィービーの頬がほんのりと染まった。「あのときは……すばらしかったわ」

コルテスはうなずき、顎を引きしめて顔をそむけた。「だが、今は殺人事件を捜査している最中だ」

「ええ、いちゃいちゃしている場合じゃないわね」フィービーはやるせなさそうにため息をもらした。

コルテスは思わず笑い出した。「おまけに今日は感謝祭だし」

フィービーは顔をしかめた。「うっかりしていたわ！　七面鳥を買ってあったのよ。料理して、今夜のディナーであなたとティーナとドレークに出そうと思って」

コルテスは眉を上げた。「それはいいね」黒い目がきらめく。「ぼくはとうもろこしと鹿《しか》肉を持っていったらいいかな？」彼は低い声で付け足した。

フィービーはコルテスをにらみつけた。「小学生じゃあるまいし、清教徒の感謝祭を演じるわけじゃないのよ。だいいち、あなたはイギリス人入植者と混血したイースタンウッドランドの部族ではなくて、純血のネイティブ・アメリカンである平原部族の一員だわ」

彼女は眉をひそめた。「たしか、初期の入植者たちは作物が育たないからといって、ネイティブ・アメリカンから食料を盗んでいたはず……」

「要点その一」コルテスはのんびりと話し出した。「ネイティブ・アメリカンは物にあまり頓着《とんちゃく》しない。食料を始めとして、すべてを他人と分かち合うんだ。欲というものがないのさ。要点その二、コマンチ族はショショーニ族の支族だ。だがわれわれは、ネイティブ・アメリカンのさまざまな集団のメンバーみんなを家族だと考えている。家族とは、われわれの何より大切な概念だよ」

「家族を何より大切にするべきだわ」フィービーはコルテスにほほえみかけながら、つぶやいた。「家族のおかげで自分が誰なのかわかるんですもの」彼女はコルテスを静かにじっと見つめた。「あなたは自分のアイデンティティを得るために、ずっと闘ってこなきゃいけなかったのね？」

コルテスはうなずいた。「少数民族の人間は自尊心を持ちにくい。これは統計でも明らかだ。教育を受ければ、価値観が高められる。だから、ぼくの父やコミュニティーの人たちは、貧困をなくす計画を熱心に進めているんだよ」

フィービーは理解したしるしにうなずいた。「実力主義に出て、ネイティブ・アメリカンの人たちもおおいに成功したわけね。とくに、政治の方面では」

コルテスは笑った。「その話はさせないでくれ。父は、コミュニティーの福祉活動資金の請願方法を教えるセミナーをしょっちゅう開いているんだ。計画を立てる名人なんだよ」

コルテスは町はずれの一時停止の標識のところで車を止め、フィービーに温かい愛情のこもったまなざしを向けた。だが、その目は悲しげでもあった。

「どうしたの？」フィービーは疑問を口にした。

「家族のことを考えていたんだ。彼らのためにぼくが犠牲にしたものをね。後悔するわけにはいかない。ジョゼフの人生が何より大事だったから。でも、長く、寂しい三年間だったよ、フィービー」

コルテスの目に浮かんでいるのと同じ孤独と悲しみが、フィービーの目にも浮かんでいた。彼女はヘッドレストに頭をもたせかけてコルテスをまじまじと見つめた。「ずっとあなたを憎んでいたの。あなたは故意にわたしを裏切るような人じゃないとは思えなくて。なんだか恥ずかしいわ。あなたが心変わりするなんて、よほどの事情があったと察しなきゃいけなかったのに」

コルテスは大きな手でフィービーの小さな手を取った。「ぼくたちはお互いをよく知らなかった」彼は静かに言った。「何度か話して、キスをしただけで別れてしまったからね。ぼくがどれほどきみとのことを真剣に考えていたか、きみは知る由もなかっただろう。本心を打ち明けたかったよ。だが、すでにアイザックはトラブルをかかえていたし、ぼくは家族の危機が迫っているのを感じていた。きみとはきっとうまくいくと思っていたのに。運命に邪魔されてしまったな」

フィービーはコルテスの指にしっかりと指をからませた。「事情を知っていたら、いつまでも待っていたのに……」話を続けようとしたが、つらい記憶に声がとぎれた。

コルテスは車のギアを抜いてシートベルトをはずすと、フィービーを抱き寄せた。飢えをぶつけるように唇を彼女の口の中にこじ入れる。こらえきれない情熱にうめき声をもらしながら、口を開けてフィービーの口をほしいままにした。

フィービーは震えながら両腕をコルテスの首にまわした。「体に火がついたみたい」声を絞り出すようにして言った。

「ああ」コルテスはつぶれるほど強く彼女を胸に抱き寄せて、彼女の熱い首筋に唇を滑らせた。彼は身を震わせた。

「うちへ連れて帰って、ジェレマイア」フィービーは切れ切れにささやいた。「今すぐに」

コルテスはだめだと言いたかった。いくらなんでもまずい。だが、フィービーは伸び上がり、悲痛なまでの情熱をこめて彼にキスをした。コルテスに彼女をはねのける強さはなかった。おぼつかない手でギアを入れて車を道路に戻し、急いで彼女の家へ向かった。

道中、彼はずっとフィービーの手を放さなかった。

コルテスの引きしまったたくましい体が与えてくれたこのうえない満足感を思い出し、フィービーの胸は躍った。彼は、わたしが夢に見てきたことをすべてかなえてくれたのだ。

しかしながら、コルテスは用心を怠る男ではなく、小さな家へ続く長い砂利道に車を進めながらも、あたりに目を光らせていた。ほかの車は一台も見当たらない。ここまでは順調だ。このあともまだ捜査を続けなくてはならない。だが、今日はどのみち感謝祭なのだし、すでに一日じゅう働いた。このへんで少し気晴らしをしたほうがいい。もっとも、フィービーのことをそんな言葉で呼ぶわけにはいかないが。ベッドで彼女と一緒に見つけたものは、神聖と呼べるほどすばらしいものだった。

コルテスは小さな家の裏で車を止め、エンジンを切った。体は張りつめているが、頭はまだ忙しく働いていた。

フィービーは欲望を浮かべた目でコルテスを見つめた。「チャールストンでは、毎日あのカフェに通ったのよ。またあなたに会えるかと思って」かすれた声で言う。「そうしたら、いよいよ最後の日に、あなたがやってきた」

コルテスの目がきらりと光った。「ぼくも同じことをしたんだ。心ならずもね。きみとかかわりたくなかった理由は山ほどあったから」

フィービーは彼を見上げてほほえんだ。「そうね。でも、結局はどうでもよさそうな理由ばかりだったけど」

コルテスの胸が大きく上下した。「ぼくたちにはまだ障害がある」

「人生には障害がつきものよ、ジェレマイア」フィービーは言った。「でも、この三年間の自分の暮らしがどんなだったかを思えば、障害があったほうがましだわ」

コルテスは細い人差し指でフィービーの唇をなぞった。「ああ。ぼくもそうだ」ためらいがちに言う。「だが、きみはまだ男をよく知らない」

「あなたはわたしに手ほどきするのにもってこいの人よ」

コルテスがフィービーのブラウスを見おろすと、二つの小さな先端が硬くなって生地を突き上げていた。彼女はぼくを求めている。フィービーの胸を唇で愛撫《あいぶ》した感触がすぐによみがえった。モーテルの部屋のベッドで彼女を奪いそうになったとき、その胸のふくらみがどんなふうに見えたか。

フィービーの手がブラウスのボタンに伸びた。彼女は息で胸をはずませながらボタンをはずすと、その手をブラジャーのフロントホックに滑らせた。そしてブラジャーを開き、胸のふくらみをコルテスの目にさらした。

「なんてことをするんだ、フィービー」コルテスは歯を食いしばって言った。

フィービーはシートベルトをはずしてコルテスのほうへ近づくと、彼の口をかぐわしい柔らかな胸へと引き寄せた。コルテスは片方の胸の先端を口に含み、舌をこすりつけた。

フィービーは悦びのあまり体をのけぞらせ、かすれた声をもらした。

コルテスは柔肌をむさぼりながら、彼女を腕に抱きすくめた。頭はもう働かなくなっている。

「中へ入ろう」荒々しく言った。「今すぐに」

コルテスは自分でもほとんど覚えがないうちに小さな家のドアを閉めて鍵《かぎ》をかけ、フィービーに導かれるままバスルームに入った。バスルームのドアを閉めると、熱く激しいキスをする合間に手際よく彼女の服を脱がせた。そしてフィービーの手を自分のシャツとネクタイに導き、彼女が脱がせてくれるあいだにキスをした。

熱いひとときが過ぎると、フィービーをシャワーの下に連れていった。熱に浮かされて互いの体に石鹸《せっけん》をつけ合ううちに、欲望が爆発しそうになる。キスがやめられなくなる前に、熱くなりすぎた彼の体の中で欲求が爆発しそうになる前に、ふたりの体を洗い流してタオルでふくのが精いっぱいだった。

髪は濡《ぬ》れたままで、彼はフィービーをベッドの中に連れていった。髪を乾かすなんて悠長なことをしているひまはない。

フィービーが長い脚をコルテスの腿の裏に巻きつけて腰を浮かせた拍子に、彼は細い腰をそっと動かして彼女を優しく貫いた。するりと入っていく感触に、コルテスは息をのんだ。

フィービーもそうだった。その触れ合いの熱さは、ずきずきするような歓喜をもたらした。彼女は大きくあえいで、再び腰を浮かせた。体をコルテスの目にさらし、身震いするほどの欲望をあらわにしている姿が、彼を燃え上がらせた。

コルテスはフィービーの脚をさらに開かせた。ベッドルームの薄暗がりの中で、彼の目が黒く光っている。ふたりの激しい鼓動と肌がシーツをこする音を抑えて聞こえるのは、彼がフィービーの敏感な体にすばやく突き入れるたびにベッドのスプリングがきしむ音だけだった。

コルテスはうめき、身を震わせた。快感が、充足を求め始めている。彼はフィービーの手首をつかみ、激しく振り動かしている頭の両側のマットレスに押しつけた。

「もう……だめ！」フィービーはすすり泣いた。その目には体と同じように激しい興奮が浮かんでいる。

「一緒にのぼりつめよう」コルテスは歯を食いしばって言った。「ぼくの目を見るんだ。目をつぶらないで。見るんだ。さあ！」

コルテスが深く突き入れると、フィービーの口が開き、熱い叫びをあげた。彼の体は張ったロープのようにぴんと伸び、唇は真一文字に引き結ばれて、充足に向かってまっしぐらに進んでいる。

フィービーはすすり泣きながら体を弓なりにそらせた。体はコルテスの腰の激しい動きに攻め立てられて、満たされることを切に求めている。爪が彼の背中にどんどん食い込んでいく。彼の体に何度も何度も突き上げられ、フィービーは目を見張って、こらえきれずに叫び声をあげた。

コルテスは細い手で彼女の腿をつかみ、あざがつくほど強く握りしめると、いよいよふたりの体の中で快感を爆発させるリズムと態勢に入った。

「やめないで……お願い……やめないで！」フィービーはむせび泣きながら、熱でじっとりと汗ばんだ体でコルテスにしがみついた。

フィービーの体のすぐ上で彼は動きを止めた。その目は情熱で黒光りしている。それから彼女の目を間近から食い入るように見つめたまま、最後の力を振り絞って再び動き出すと、彼女はにわかに身を痙攣《けいれん》させて叫び声をあげた。

コルテスの体がこわばり、そのたくましい体がフィービーの上に覆いかぶさった。彼はかすれた声でうめきながら彼女の上にくずおれると、彼女をマットレスに押しつけて、激しく身を震わせた。

「フィービー」彼女の耳元で叫ぶ。その声は低く、彼女の中に入っている体のように小刻みに震えている。「フィービー……ベイビー……ベイビー！」

フィービーは両脚を彼の脚に巻きつけ、押し寄せる快感に再びわなないた。痛いほどの満足感だった。

両腕をコルテスの汗ばんだ背中にまわしてしがみつく。うずくような甘い静けさの中、ふたりはエクスタシーの余韻に浸って、身を震わせた。

コルテスがもう一度身を震わせて体を持ち上げようとすると、フィービーが引き戻した。「だめ」彼女は身もだえしながらコルテスの耳元ですすり泣いた。「お願い……離れないで……わたしは……まだなの！」

コルテスはベッドに両腕をついて顔を上げると、フィービーのせっぱつまった目をのぞき込みながら動き出した。彼女が何度も身を震わせて快感に浸っている姿を見ると、疲れていても笑みが浮かんだ。

「そうさ、すばらしいだろう?」満たされていくフィービーに見とれ、コルテスはささやいた。「女性の体は果てしなく続くクライマックスに耐えられる」そう言って彼は急に姿勢を変えた。フィービーは身をこわばらせ、せつない声をもらした。「だが、もっとすばらしい経験をさせてあげよう。また別の絶頂感を教えてあげるよ……」

コルテスは再び乱暴に姿勢を変えた。にわかに彼の体は、えも言われぬ美しい音楽を奏でる楽器と化した。フィービーを彼女が経験したことのない高みへと押し上げていく。いっきにエクスタシーの境地へ運ばれて、彼女は怖いものでも見たように身を硬くし、口を開き、目を見開いた。そして、自分の声とは思えない声で叫びをあげ、強烈な悦びがじきに引き始めると、きりもなく叫び続けた。

フィービーがコルテスの喉に向かってむせび泣くと、彼は重い沈黙の中で彼女を抱きしめ、慰めた。

「前のときは、こんなではなかったのに」フィービーは思いを言葉にしようとした。「怖かったわ!」

コルテスは彼女の濡れたまぶたをキスで閉じさせた。「でも、こんなのは序の口にすぎない」彼はささやいた。「まだまだこれからだ」

フィービーは体を引き、コルテスの目を探った。体はまだ震えている。「本当に?」

「そうだよ」コルテスは顔を寄せて彼女に優しくキスをした。「だが、今はやめておかないと」

「どうして？」フィービーはつらそうに尋ねた。

コルテスはゆったりとほほえんだ。「ぼくが体を離したら、すぐにわかるさ」いたずらっぽくつぶやく。

彼が腰を引くなり、フィービーは痛みに歯を食いしばった。

「何ごともほどほどにしておかないと」ふたりが並んで横たわると、コルテスは言った。

「痛い目に遭うってことだ。わかったかい？」

彼女は顔をしかめた。「気づかなかったわ」

コルテスはため息をついた。「きみが気づかなかったことはほかにもあるね」

フィービーは眉を上げた。

彼は自分の下半身を指した。

それを見てどうしろというのか理解できるまでに少し時間がかかった。「大変」と彼女は言った。

「ぼくたちの初めての子どもを〝大変〟と名づけるのはいやだな」コルテスはブラックユーモアをこめて言った。

12

フィービーはコルテスの隣で起き上がった。快感の名残で体はまだかすかにうずいている。ぞくぞくするのは髪がまだ濡《ぬ》れているせいだ。今では、ふたりが一緒にのぼりつめて信じられないほどの熱に包まれたせいで、体もじっとりと汗ばんで濡れている。

コルテスは枕《まくら》に頭をのせて寝転び、自分が手に入れたものをいとおしむように、黒い目で彼女を眺めている。

「あせっていたからよ」フィービーは弁解するように言った。

コルテスは彼女の柔らかな腿を細い指で撫《な》でた。そして、からかうような笑みを浮かべた。「ぼくが文句を言ったかい?」静かに尋ねる。「ぼくたちの子どもを〝大変〟とは呼びたくないと言っただけだよ」

フィービーの胸が早鐘を打った。「じゃあ、すぐに子どもを作るわけ?」

コルテスの片眉が上がり、いよいよいたずらっぽい表情になった。「今後もこの調子でいたら、間違いなくそうなるね。実は、財布の中に用意はあったんだ」

フィービーは顔をしかめた。「服を脱ぐのに忙しくて、聞くひまがなかったの」

コルテスはくすりと笑った。「お互いさまだ」

フィービーは彼の引きしまったたくましい体を、物欲しそうな目で静かに眺めた。「思ったわ……こんな感じがするのかって」

コルテスは片眉を上げた。

「つまり……子どもを作るっていうのはこんな感じがするものかって」フィービーは頬を染めて口ごもった。「この前は、あれ以上よくなることはないと思ったのに」

コルテスの目の色が濃くなった。「ぼくもそう思っていた。だが、ぼくたちはぼくも経験したことのないレベルに達したね」

「本当?」フィービーはうっとりしてささやいた。彼はわたしよりはるかに経験豊富だというのに。

コルテスは息をゆっくりと吸い込みながら、フィービーをじっと見つめた。「フィービー……」心配そうな顔で言葉を切る。「うまい言葉が見つからないけど……」

「いいのよ」フィービーはさえぎった。彼はまたうしろめたくなって、結婚をやめようとしているのではないだろうか。「何も言わなくていいの」

コルテスはフィービーの手を取って、彼女を腕の中に引き寄せた。だが、キスはしなかった。彼女を腕に包んで、しっかりと抱いているだけだ。しばらくすると、彼の息遣いは落ち着いた穏やかなものになった。

「今回の事件が片づいたら」コルテスはかすれた声で言った。「話し合おう」

フィービーは毛でざらざらしたコルテスの胸に頬をすり寄せた。今の言葉は一種の気休めね。彼は何も約束しなかった。でも、たとえ単なる欲望だとしても、彼がわたしに何かを感じていることはわかっている。もしかしたら、欲望だけではないかもしれない。「いいわ」

コルテスはフィービーの濡れた髪を撫でた。ぼくの思いは、うまく言葉にできないほど深いものだ。フィービーがそれをわかってくれればいいが。きっとわかってくれたに違いない。コルテスはここ数年になく穏やかな気持ちだった。彼は見るともなしに天井を見つめた。フィービーの柔らかな体を抱いているせいで、体は痛いほど高まっている。思わずうめき声がもれた。

フィービーは緊張感に気づいて体を起こし、コルテスの本心を表している体の部分に目を留めた。

フィービーは彼の目を見た。「かまわないのよ」優しく言う。

コルテスは体を起こし、彼女に激しいキスを送った。「恋人なら相手に痛い思いはさせないものさ」そうささやき、ほほえみかける。「ありがとう。でも、これはただの反射だよ」共謀者みたいな顔でフィービーのほうへ身を寄せた。「ぼくもひりひりしているんだ」

フィービーは目を丸くし、輝かせた。そして笑い出した。「あなたが?」

「そうだよ」コルテスは立ち上がると、フィービーも立ち上がらせ、彼女の裸体に見とれた。「だから、さっとシャワーを浴び直して服を着たら、ドレークにティーナとジョゼフを連れて感謝祭のディナーに来るかどうか聞いてみよう」

フィービーは物欲しそうな目で彼を眺めた。「それがいいわね」

コルテスは身をかがめてフィービーのまぶたにそっとキスをした。「ふたりとも、今のところはへとへとだ。ちょっと休憩するのも悪くないだろう」彼は目をきらめかせた。「ぼくは二、三日、仕事に没頭しなくちゃならない。きみの胸じゃなくてね」彼女の胸をちらりと見て、うなってみせる。「それがどれほど美しいか、きみはわかっているのかい?」

フィービーの目が笑った。「わたしの胸は小さいわ」

「くだらない」コルテスは彼女の胸に唇を寄せた。「きみの胸は最高だよ。ぼくはこれを見るたびにうずうずするんだ」彼は不意に笑い出した。

「何がおかしいの?」

「三年前のきみを思い浮かべようとしたんだよ。あのときのきみなら、ぼくの前でブラウスを脱いだかなって」

フィービーは真っ赤になった。「あのころはお堅かったのよ」

「もう違うね」コルテスはにっこりして言った。

フィービーは笑った。「もう違うわ」指先で彼の唇をなぞる。彼と目が合うと、よみがえった心の痛みで目が陰った。「卒業式のあと、あなたにホテルの部屋へ来てほしかったわ」

「ぼくも行きたかった。だが、予感がしてね」コルテスは静かに言った。「いや、ぼくには父のような予知能力はない。ただ、破滅が待ちかまえているような感じがしたんだ。結局、それは的中した。きみをひどく傷つけてすまなかった」彼は歯ぎしりして言った。

「きみが自殺未遂をしたとドレークから聞いたときは……」

「彼がそんなことを?」フィービーは驚きの声をあげた。

「ドレークはマリーに聞いたそうだ」

「その話は違うわ」フィービーはすぐに訂正した。「ノースカロライナへ来る前に、頭痛薬をのみすぎてデリー叔母さんを死ぬほどおびえさせたことはあるけど。でも、死にたくはなかったわ」彼女は悲しげな笑みを浮かべた。「というよりも、あなたに仕返しするために生きていたかった」今度はくすくす笑い出す。「復讐《ふくしゅう》心を支えにしていたのね。そうしたら、あなたが赤の他人のようにわたしのオフィスに入ってきたのよ」

「あの日は最悪だったな」

「わたしにとってもね」フィービーは彼の姿にほれぼれと見入り、それから顔をしかめた。

「もしあのとき、またあなたを失っていたら……」

コルテスがフィービーを腕の中にとらえ、唇を激しく押しつけて彼女の言葉を消し去った。「二度ときみを離さない」彼はささやいた。「絶対に！　墓の中に入れられても、ぼくはきみの名前をささやき続ける……」

フィービーはコルテスにしがみついてすすり泣いた。キスはどんどん激しくなり、ついにクライマックスを迎え、どちらもぐったりとして身を震わせた。ふたりは黙ったまま、ずっと抱き合っていたが、ようやく体を離せるようになった。

フィービーは涙をぬぐった。コルテスはそれをキスでぬぐい取った。「泣かないで」優しくささやく。「もう二度ときみを置き去りにしない。誓うよ」

「撃ち殺されないで」フィービーはきっぱりと言った。

コルテスはほほえんだ。「ああ。ぼくも人を撃ち殺さない」

フィービーは涙混じりの笑みを返した。

コルテスはため息をついた。「きみに料理をする気があるなら、ごちそうを食べたいな。きみは七面鳥と詰め物を料理する役。ぼくは缶詰めを全部開ける役を引き受ける」彼はにっこりと笑った。

「あら、あなたはパンを焼いてくれるのかと思っていたわ」

コルテスは口をすぼめた。「一度、挑戦したことはあるけどね。父は自分のぶんを飼い犬にやろうとしたし、犬は逃げてしまったよ。それ以来、パンは焼いていないんだ」「そういうことなら」フィービーは優しい声で言った。「あなたに開けてもらう缶詰めを出してこなきゃね！」

それから二時間足らずで、ドレークがティーナとジョゼフを連れてやってきた。コルテスに電話で招かれたアリスも、三人と同時に到着した。アリスには感謝祭を一緒に祝う家族も親しい友人もいないことをコルテスは知っていた。それに彼女は楽しい話し相手だ。ただし、それはアリスに七面鳥の料理を手伝ってもらおうとフィービーが彼女をキッチンに招き入れるまでのことだった。コルテスはティーナとジョゼフとドレークとともにリビングルームに座り、ふたりの男性は取り調べの最新の結果をやりとりしていた。

フィービーはアルミ箔《はく》を敷きつめたオーブンの天板に、胸を上にした七面鳥を置いていた。そして詰め物を作ろうと、ビスケットとコーンブレッドとセージと玉ねぎを大きなボウルに入れて混ぜていたとき、たまたまアリスに目をやった。

するとアリスは七面鳥のほうへ身をかがめて眉根を寄せていた。拡大鏡を手にして、胸のあたりをじっと見ているのだ。

「アリス？」フィービーはおそるおそる尋ねた。

「鈍器による胸骨への外傷」アリスはひとり、つぶやいている。「ここにナイフの傷口が見られる。荒っぽい。欠損した組織もあり……」

「アリス、いいかげんにしてちょうだい。これは死んだ七面鳥なのよ！」フィービーは怒鳴った。

アリスはうつろな目を向けた。「たしかに死んでいるわ。わたしはただ、どうやって死んだかを知りたいだけよ。要するに、もしかして犯罪がらみだったらと……」彼女はにっこりした。

フィービーはうめき声をあげて、アリスにふきんを投げつけた。

「いったい何ごとだ？」コルテスがリビングルームから声をかけた。

「アリスが七面鳥の検視をしているの！」フィービーは大声で返した。

「クリスマスのディナーに招待してもらえないぞ、アリス」コルテスが脅しをかけた。

「もしキッチンに死体があったら、お手伝いさせてもらえるかしら？」アリスは泣きついた。「わたしは腕を磨かなきゃいけないんだもの！　それに」彼女は七面鳥を見て顔をしかめた。「この鳥は殺害されたようだし」

リビングルームでさらに大きなうめき声があがった。フィービーは笑いながら詰め物作りに戻った。

テーブルを囲んだ客を見て、まるで大家族のようだとフィービーは思った。ドレークはひっきりなしにコルテスに話しかけているが、ティーナには目もくれないようだ。ティーナのほうも彼を無視していると見える。この家には子ども用の椅子がないので、ティーナはジョゼフを膝の上にのせ、クランベリーソースをかけた七面鳥のローストを少し食べさせては、ミルクで流し込んでいた。

食事が終わると、ドレークが玄関ポーチに出た。フィービーは彼のあとを追った。あと三人の大人のうち、ふたりは洞窟《どうくつ》で見られた血の飛散状態をめぐって議論しているし、ティーナは不機嫌な顔でジョゼフを抱いているからだ。

ドレークはポーチの端に立ち、遠くの山々をにらんでいた。

「ねえ、どうかしたの？」フィービーは優しく声をかけた。

ドレークはフィービーのほうを見て、顔をしかめた。「ティーナと口げんかをしたんだよ」

「どうして？」

彼の黒い目が静かにフィービーを見渡した。「ぼくはただ、博物館できみのそばにいるとどんなに楽しいか、きみがぼくたちネイティブ・アメリカンの歴史にどれほど詳しいかを話しただけなんだ。きみは頭がいい人だと」

「それで？」

「ティーナは高校しか出ていない」ドレークはつぶやいた。「ぼくもそうだ。彼女は歴史

を よく知らない。お天気屋でもある。ぼくの言葉に笑ったと思ったら、次には怒り出すんだからな」彼は唇を引き結んだ。「ティーナはアッシュビルへ戻って、理想の警官とやらと結婚すればいいのさ。彼女の話では、そいつは鮫《さめ》と格闘してもあっさりと勝つらしい」

「あなたにやきもちをやかせようとしているのよ」フィービーは言ってみた。

ドレークはうつろな笑い声をあげた。「ティーナとはうまくいきそうだったのに」ひとりごとのように言う。「でも、ティーナはきみに嫉妬《しっと》している」彼は目を細めた。「彼女とあそこにいるFBIは」リビングルームを指す。「近親のいとこ同士なのかい？　それとも遠縁の親類で、ティーナが彼にのぼせているのか？」

「さあ……知らないわ」フィービーは口ごもった。「彼はいとこだとしか言わなかったから」胸がどきりとして、いやな感じを覚えた。「どうしてティーナが彼にのぼせていると思うの？」彼女は質問をはぐらかした。

「最近のティーナはほかの男の話をしないからさ。アッシュビルの警官のことも」ドレークはいらだたしげに答えた。「ジェレマイアがこうした、ジェレマイアがああした。彼のことを完璧《かんぺき》だと思っているんだ。ぼくが何をしようと、彼にはかなわない。運転も、話題の豊富さも、会話や息のしかたもね」

フィービーはほほえみながらドレークに近づいた。「ねえ、つきあい始めたころはうまくいかないものだわ。ティーナはあなたの気持ちを探っているんじゃないかしら？」

ドレークはフィービーのブロンドの髪の房をもてあそんだ。「きみはいい人だね」まじめな顔で言う。「これはいい意味で言ったんだよ。ぼくは本当にきみが好きだ」

フィービーはにっこりした。「わたしもあなたが好きよ、ドレーク」

ドレークも笑みを返した。ふたりは同じ気持ちを胸に、ポーチで寄り添って立っていた。やましいことはなかった。ところが、リビングルームの窓から見ていた二組の黒い目には、とてもそうは見えなかった。

コルテスがウォークス・ファーの容態の件でベネットから電話を受けると、状況はさらに面倒なことになった。ウォークス・ファーが意識を取り戻したという。

「彼の話を聞きに行くことになった」コルテスは電話を切るとティーナに言った。「もうここを出ないと」

「わたしは出られないわ！」フィービーが即座に言って、テーブルの上の汚れた食器のほうへ手を振った。「洗い物をして、残った料理を片づけなきゃ」

「ぼくが残って、きみを送っていくよ」ドレークがあっさりと言った。「七時までは非番だから」

「助かるわ、ドレーク」フィービーは言って、彼にほほえみかけた。

二組の目がドレークをにらみつけた。彼はそれに気づかなかった。

アリスはトラブルが起きそうだと察し、自分のハンドバッグとジャケットを取った。「ディナーをごちそうさま。わたしもそろそろ行くわ。あの死体について報告書を書かなくちゃいけないから」

「あの七面鳥について報告書を書くっていうの?」フィービーは驚きの声をあげた。

アリスは見下したような目を彼女に向けた。「洞窟で発見された殺人事件の被害者のことよ、フィービー。七面鳥のことを報告してどうなるの」片眉を上げる。「証拠はきれいに食べてしまったのに」彼女はにやりとした。

フィービーは笑いながら、かぶりを振った。「今まであなたと離れていたのが残念だったわ、アリス」

「ええ、わたしは人にそんなふうに思わせるの」アリスは言った。「テキサスの検視官なんて、わたしが今の仕事に就くと知ったら、おいおいと泣いたものよ」

「気の毒だわね。でも、今日はもう休んだほうがいいわよ」フィービーは助言した。「まだ感謝祭なんですもの」

「仕事はわたしの生きがいなの」アリスはにっこりした。「バンはすぐそこに止めてあるわ」

「捜査用のバンでここへ来たのか?」コルテスが目を丸くして聞いた。

「死体を発見しても、モーテルまで道具を取りに戻らなくてすむからよ」アリスは答えた。

「ここ最近の死体発見率を考えると、それほど突飛な思いつきとは言えないわ」彼女は顔をしかめた。

「来てくれてありがとう、アリス」フィービーは笑顔で言った。「昔みたいで楽しかったわ」

「わたしも楽しかった」

「会えてよかったわ」ティーナがアリスに言って、ぐずっているジョゼフを抱き上げた。

「じゃあ帰るわね。ごちそうさま、フィービー」ぼそりと言ったが、フィービーの顔は見なかった。

「どういたしまして」フィービーは顔を曇らせてティーナを見送った。どうして彼女は急に冷たくなったのだろう。ドレークもそれに気づいて、ティーナに冷ややかな目を向けた。それがますます状況を悪化させた。ティーナはもぞもぞするジョゼフを抱き、足早に外へ出ていった。ドレークにはひとことも声をかけずに。

コルテスも彼らのあとに続き始めた。彼はフィービーをちらりと見たが、やはりいつになくよそよそしかった。

「ドレーク、きみが町に戻るときに彼女をモーテルで降ろしてくれ」コルテスは静かに指示した。「殺人犯がまだ野放しなんだ」

「わかっていますよ」ドレークはためらいがちに言った。「ウォークス・ファーから何か聞き出せたら、知らせてもらえますか?」

「役に立ちそうなことが聞けたらな」コルテスは同意した。

彼は車のキーをいじりながら、フィービーにもドレークにも挨拶《あいさつ》の言葉なしに出ていった。振り返りもしなかった。

フィービーは胸がむかむかした。これでは以前と同じだ。ベッドルームでのコルテスは、女性なら誰もが憧《あこが》れる、優しさのかたまりのような人だったのに。ところが服を着たとたん、仕事一筋に逆戻りだなんて。フィービーはふたりのあいだにとてつもない距離があるような気がした。

ドレークも同じようなことを感じていた。

「ぼくたちが何かしたのかな?」二台の車がエンジンをかける音を聞きながら、彼は尋ねた。

「どうかしら」フィービーはつぶやき、テーブルの上を片づけ始めた。

コルテスはくよくよしていた。ほんの数時間前、ぼくとフィービーはたいていのカップルより仲がよかった。肉体的に惹《ひ》かれていくばかりだった。フィービーに触れるたび、生まれ変わる気分になる。彼女はぼくの血の中に、心臓に、脳に息づいている。ぼくの一部なのだ。それなのに、彼女は急にぼくを避けるようになった。いったいどうしたのだろう？　ドレークと一緒に室内に戻ってきたフィービーは、どこか様子がおかしかった。あんな目を向けられると、むなしくなる。彼女は突然、ドレークへの思いに気づいたのだろうか？　ぼくにベッドへ追い立てられたことを、今になって悔やんでいるのか？

「あんな人に惹かれていたなんて嘘《うそ》みたい」ティーナが助手席でぼやいている。彼女は後部座席を振り返り、ベビーシートに座っているジョゼフを見た。「あのふたりのあいだに何もないなんて、そんなばかなことはないわ」

コルテスは気に留めなかった。目を路上に向けていた。フィービーがドレークを見る目が気に入らなかった。あの男はぼくより若いし、少し前からやってくるようになって、フィービーにランチを届けたり射撃を教えたりしていた。ふたりはどのくらい親しいのだろう？　フィービーがぼくに何かを——なんであろうが——感じているなら、なぜ急にドレークと一緒にいることが多くなったのか。ぼくと関係を持ったことを後悔しているのだろうか？　ドレークを口実にして、ぼくと別れようというのか。フィービーはバージンだった。主義を守っていた。ぼくは彼女には経験があると思い、誘惑してしまった。彼女はそれをとがめているのだろうか？

「やけに無口なのね」ティーナが言った。

コルテスは運転席で身じろぎした。「被害者のことを考えていたんだ」彼は嘘をついた。「ウォークス・ファーについて、もっと参考資料が必要なんだよ」

「口を開けば仕事のことばかり」ティーナはこぼした。

「ドアに鍵《かぎ》をかけておくんだぞ」コルテスはティーナの言葉に答えずに言った。そして、モーテルの部屋のすぐ前に車を止めた。「誰が来てもドアを開けるな」彼はきつく言い渡した。「ふたりの人間が死んだ。きみたちのどっちも危険な目に遭わせたくない」そう言って、ティーナがジョゼフをシートから抱き上げるのを見守った。

「気をつけるわ」ティーナは言った。「あなたも気をつけてね。体は防弾加工されていないんだから」

「またあとで」

ふたりが部屋に入るのを見届けてから、コルテスは車のギアを入れて走り去った。

病院は混《こ》んでいた。十一月は寒く、山間部ではすでに風邪やインフルエンザが流行していた。

ウォークス・ファーは二階の病室にいた。一時的に意識は取り戻したが、痛みにうめくだけだった。まだ事情聴取に応じられる状態ではない。コルテスが病室に入っていくと、深刻そうにひそひそ話をしていたふたりがびくりとした。ベネット建設のジェブ・ベネットと、頬にほくろがあるブロンドの女性。彼女はベネットの妹のクローディアだ。彼のオフィスで写真を見たコルテスにはすぐにわかった。

ベネットは妙にやましそうな顔で立ち上がった。「コルテス、だったね？」そう口走ると、手を差し出した。コルテスがその手を取ると、冷たく、じっとりとしていた。「その、捜査の進展具合はどうかな？」

「新たな死体が見つかった」コルテスは答えた。ブロンドの女性は椅子に座ったまま、きれいにマニキュアが施された手でハンドバッグをねじっていた。

「また……死体が？」ベネットは驚いた。

「ああ。その死体はある洞窟の中で発見された。目下、その現場をうちの班の者に調べさせているところだ」コルテスは慎重に話した。

「今日は感謝祭だよ」ベネットは笑った。「こんな日に働く人はいないだろう」

「第一の犯罪現場は、すでにうちの班で調査と証拠の採取が終わっている」コルテスは言った。「それに、人類学者にも立ち会ってもらった」

「こんな日に、どこで学者をつかまえたんだ？」ベネットは興味を示した。

「地元の博物館の館長をしている女性だ」

ブロンドの女性が、息をのむ音を殺した。

「実は」コルテスはゆっくりと言い足した。「ぼくは彼女の家からここへ来たんだ。感謝祭のディナーをごちそうになってね」

「工芸品は死んだ人が盗んだものかもしれないと見ているのかい？」ベネットが尋ねた。

「なんとも言えないな。科学捜査の結果が出るまでは」

「どんな工芸品なの？」ブロンドの女性がわざと無頓着《むとんちゃく》そうに聞いた。

尋問経験の豊富なコルテスは、女性がかなり神経をとがらせていて、彼と目を合わせないことに気づいた。「一つには、ネアンデルタール人の骨だ。それに、フィービー・ケラーの博物館の所蔵品にそっくりな人形も」彼はためらいがちに言った。「きみはベネットの妹さんだね？」

「そうなんだ」ベネットが認めた。「クローディア・ベネット……ぼくの妹だ。ウォークス・ファーの妻でもある」彼は見るからに渋りながら言った。そしてコルテスがこの情報に驚かなかったことに気づいた。なんといってもコルテスは法執行機関の人間だ。ウォークス・ファーの前科やクローディアと結婚している事実を調べ出すことなど朝飯前なのだろう。以前コルテスにウォークス・ファーをよく知らないと言ったことが、不意に悔やまれてならなかった。しかも、ウォークス・ファーは妹と結婚している。それも言わなかったのだ。

「そうよ」クローディアも兄と同時に返事をした。「夫は襲われたわ。今まで誰かひとりでも容疑者を逮捕したの？」まるでけんか腰だ。

「ぼくは暴行事件の担当ではないんだ」コルテスはクローディアに言った。「任務は、ネイティブ・アメリカン居留地で起きた殺人事件の捜査だ。ＦＢＩに新設されたインディアン自治区犯罪捜査班に配属されている。われわれはさまざまな居留地で起きる殺人と連邦犯罪の捜査に協力している。地元の法執行機関に最新の捜査技術を教えることも仕事のうちだ」

クローディアは唾《つば》をごくりとのみ込んだ。「だからFBIが呼ばれたのね」不安げに言った。「でも、殺人事件の被害者は町のすぐ外の砂利道で見つかったそうじゃないの！」

「居留地の標識が倒れていたんだ。犯人は日が落ちてから人類学者の死体を捨てに来たので、そこが居留地とは気づかなかったんだろう」

「ああ。そういうこと」クローディアは油断なくコルテスを眺めた。「現場には人形があったって？」

「ああ」コルテスは口をすぼめた。「今週、ミス・ケラーのもとに妙な客が来て、ニューヨークの博物館で同様の品が盗まれた話をしていった。ミス・ケラーの話では、彼女に人形を売ったアートディーラーの顔だけでなく、そのあと偽名で博物館を訪ねてきたその女性客の顔もわかるらしい」

「そうなの？」クローディアは青ざめた。指がハンドバッグを握りしめた。「アートディーラー……と言ったかしら？」

「偽者さ」コルテスは言った。「その男を調べたところ、地元の建設現場でも働いていた。買い手が見つかるまで、隠した品を見張っているつもりだったのかもしれない。われわれは今、第一殺人事件の被害者が別の場所へ移されたときに使われたと見られる黒のSUVを捜している」ふたりの顔からどんどん血の気が引いていくのを見て、コルテスは言葉を切った。計画はうまく運んでいる。ぼくが事件について知っていることをしゃべると、彼らは不安におののいている……予想していたとおりだ。クローディアはベネットより顔色が悪い。「それと、第二の殺人事件のことだが。被害者とウォークス・ファーを結ぶ微細証拠が見つかっている」

ベネットは妹と同じくらい不安をにじませている。「だが、ウォークス・ファーは意識不明だ」彼は言った。「彼自身、被害者なんだよ。誰も殺せたはずがないだろう!」

「彼が殺したとは言っていない」コルテスは返した。

「その第二の被害者だけど、男性なの、それとも女性？」クローディアが聞いた。

「男性だ」

「身元はわかったの？」彼女は食い下がった。

コルテスはかぶりを振った。「指紋と歯科治療記録の両方または片方を参考にするしかないだろう」彼は答えた。「その被害者は顔がないんだ。後頭部を銃で撃たれていてね」

ベネットは気分が悪そうだ。クローディアは気絶しそうな顔をしている。

コルテスは目を細めた。「もしきみたちのどちらかでも、事件について何か知っていたら、今ここで話してもらえると助かるのだが」

兄妹《きょうだい》は顔を見合わせた。クローディアは落ち着きを取り戻し、うつろな笑みを浮かべた。「わたしたちが殺人犯のどんなことを知っているというの？」意識のない夫の枕元に近づき、彼の大きな手を取った。「夫をこんな目に遭わせた犯人をつかまえてちょうだい」そして付け加えた。「彼がよくなるとわかってうれしいわ！」鼻をすすって目元をぬぐう。その目がまったく濡れていないことにコルテスは気づいた。

「事件の解決に役立ちそうなことを何か思いついたら、必ず知らせるよ」ベネットがきっぱりと言った。「きみのほうからも、万一何か必要なことがあれば……」

コルテスは奥の手を使った。それはフィービーがティーナと一緒にモーテルにいて、報復される危険はいっさいないとわかっていればこそ、できることだった。

「ぼくはもう一度ミス・ケラーの家に行って、話を聞いてくるつもりだ。彼女は第一の被害者と話した人物だからね。例のアートディーラーについても、何か捜査の役に立ちそうなことを覚えていると言っていた。それに、殺人犯と関係があるとわれわれが踏んでいるSUVも、自宅の私道の端で見かけたとか。ミス・ケラーは重要証人だ」

クローディアは目を細くしたが、何も言わなかった。夫のほうに向き直り、広い胸にかかったシーツをおおげさに伸ばした。

「何かぼくにできることがあれば、知らせてくれ」ベネットは作り笑顔を見せた。

「そうするよ」コルテスは言った。「しかし、こうした事情だから、ウォークス・ファーに見張りを一名つけていくことを承知してほしい。もっと怪しい人間が見つかるまで、彼はこの事件の有力な容疑者だからね」彼はそっけなく言い、ふたりの反応をじっとうかがった。ベネットは不安そうだ。クローディアは見るからにほっとしている。これで読めたぞ、とコルテスは思った。

彼は病院を出て、自己満足に浸りながら車に戻った。これからフィービーの家に張り込んで、うまくいけば、犯人――あるいは複数犯人――が向こうからやってくるかもしれない。ベネット兄妹は、ぼくに話したくない何かを知っているはずだ。クローディアはおそらく犯人の正体を知っているだろう。あるいは、ベネットが知っているかもしれない。それに、死体に付着していたブロンドの毛髪の件もある……。ふたりのどちらからも目を離さずにいよう。

フィービーは残り物を片づけてから、ドレークに手伝ってもらって食器を洗った。努めて明るくふるまったが、ティーナの態度には腹が立っていた。彼女がわたしを敵視するようになった理由がわからない。ただし、ティーナが本当はコルテスと遠縁にあたり、ドレークではなく彼を求めていることを自覚したというのなら、話は別だ。ティーナはわたしをライバルだと見なし、絶交するつもりなのかもしれない。

そうなってくると心配だ。ティーナは若くてきれいで、おまけにコマンチ族でもある。

コルテスと同じ部族というのは有利なポイントだろう。とくに、彼がわたしに感じているのは肉体的な欲望だけだとしたら。

「そろそろ出たほうがいいな」ドレークが言った。「ぼくはきみをモーテルに送り届けたら、制服に着替えなきゃいけない。もうじき勤務時間だからね」

「ジャケットとハンドバッグを取ってきたら、準備オーケーよ」フィービーは明るくふるまった。

戸締まりを終えると、ふたりは心地よい沈黙の中を車で町へ戻っていった。

ドレークはモーテルのティーナの部屋の前で車を止めてエンジンを切り、フィービーのシートの背もたれに片腕をかけて彼女のほうを向いた。

「できれば、ティーナがぼくに腹を立てている理由を探ってくれないかな？」彼は静かに言った。「何が気に入らないのか知りたいんだ」

フィービーは彼にほほえみかけた。「できるかぎりのことをするわ」

ドレークはフィービーの髪に優しく触れた。「きみはいい人だね、フィービー・ケラー」静かに言うと、彼女の額にキスをした。「きみがあのＦＢＩに夢中じゃなかったら、チャンスをうかがうところだよ」

「あなたこそいい人よ」フィービーは応じた。「でも、コルテスは三年間思い続けた相手なの。打ち破れない習慣みたいなものね」

「また振られたか」ドレークは言って、くすくす笑った。「さて、人の噂話《うわさ》はこれくらいにして、外へ出たほうがいい。カーテンが動くのが見えたよ」ティーナが泊まっている部屋を指した。

フィービーは車を降りて、部屋のドアをノックした。ティーナは彼女を中へ入れたが、むっとした顔をしている。ジョゼフは予備のダブルベッドに横たわり、ぐっすりと眠っている。ティーナの目は赤く腫《は》れていた。先ほどの軽いキスを見て、ショックを受けたのだった。

「すばらしいディナーだったよ、フィービー」ドレークが戸口から彼女にほほえみかけた。

「ありがとう」

「どういたしまして」

「きみがあんなに骨を折ってくれたのに」ドレークはあてつけるようにティーナを見た。

「お礼の一つも言えるのはぼくだけとはね」

ティーナは彼をにらみつけた。「あなたから礼儀を教わる必要はないわ!」

ドレークは眉を上げた。「そんな必要があると言ったかい?」

「スーツケースを探さないと」フィービーはあたりを見まわしてつぶやいた。「例のアートディーラーに関するメモが中に入って……」そこで思わず言葉をのんだ。自分の持ち物が、クローゼットにかけてあった服から洗面用具に至るまですべて、床の上に積み重ねられているのだ。スーツケースもそこで傾いていた。

「この部屋は大人ふたりと赤ん坊ひとりには狭すぎるわ」ティーナがフィービーのほうを見ずに小さな声で言った。「あなたに別の部屋を取るよう、ジェレマイアに頼むから。ここでは窮屈でしょう」

ティーナの黒い目に浮かぶ怒りを見て、フィービーはぞっとした。自分が不法侵入者のような気がして、顔が赤くなった。明らかにわたしはここでは邪魔者なのだ。それなら、自分の小さな家で、自分の物に囲まれていたほうがいい。少なくとも、こんな仕打ちに耐えなくてもすむだろう。ティーナは本当にコルテスに熱を上げていて、ライバルの登場に怒りでおかしくなっているんだわ。コルテスも同じような気持ちかもしれない。でも、わたしに八つ当たりされてたまるものですか。

フィービーは荷物のそばにひざまずいた。「ドレーク、これを車まで運ぶのを手伝ってくれる？　あとは博物館で降ろしてくれたら、自分の車に乗り換えるわ」

ティーナは、フィービーが犯人に狙《ねら》われるかもしれないとコルテスに言われたことを思い出していた。だからこそ、そもそも彼女はモーテルに泊まっているのだ。嫉妬したからといって、フィービーの命を危険にさらしていいはずがなかった。

「ねえ、別に……悪気があったわけじゃないの」ティーナはのろのろと言った。

フィービーはティーナに目もくれず、てきぱきと動いていた。数分のうちに、すべての荷物をドレークの車に移し、助手席に乗り込んだ。

ドレークはティーナをにらみつけた。「ぼくがフィービーの面倒を見るとコルテスに伝えてくれ」冷ややかに言った。「そのほうがきみといるより安全だ。そうだろう？　この薄情者！」

ドレークはきびすを返して車へ戻っていった。

ティーナは必死の形相で助手席側へ駆け寄った。「フィービー、行かないで」

フィービーは怒りに燃えた青い目でティーナを見た。「家に帰るわ。あなたと、あなたの〝いとこ〟とあなたの気まぐれにはもう我慢できないの！　わたしは銃を持っているし、撃ち方も知っている。自分のことは自分で面倒を見ると、コルテスに言っておいて」彼女はちょうど車に乗り込んできたドレークのほうを見た。「行きましょう」そっけなく言い、シートベルトを締めた。

ティーナがまだフィービーに呼びかけていたが、車は走り去った。フィービーは振り返りもしなかった。どれほど傷ついているかをティーナに知られたくなかったからだ。

13

　博物館までの道中ずっと、ドレークは反対し続けたが、フィービーは頭に血がのぼっていて、聞く耳を持たなかった。彼女は自分の車のキーを取り出し、ドアを開けると、黙りこくったまま荷物をそちらへ移した。

「どうかしているよ！」ドレークは両手を振って息巻いた。「暗くなってきたし、雪もまだ降るおそれがある！　殺人犯が野放しだっていうのに、ひとりきりであの小さな家にいてはだめだ。もうふたりも殺されたんだぞ、フィービー！」

「あなたに銃の撃ち方を教わったもの」フィービーは言った。「自分の身は自分で守れるわ」

「ぼくは無理だね」ドレークは言い捨てた。「きみの身に何かあったら、ぼくはコルテスに生皮をはがされる！　それに、ティーナだってぼくを五分も生かしておかないさ！」

「あのふたりのあいだには何かあるんだわ」フィービーは冷ややかに言った。「ティーナがコルテスを独り占めしたがっているのは目に見えているし」彼女は続けた。「ふたりは本物の親類のはずがないわ。さもなければ、ティーナはあんなに躍起になってわたしをのけ者にしようとはしないでしょう。コルテスのほうも考え直しているのかもしれない。わたしにはろくに口をきかないのよ」

ドレークは顔をしかめた。「いいかい、たしかにぼくたちには理解できないことが起きているようだ。だが、それに命をかけては割に合わないよ」

フィービーは彼を見上げた。「わたしは大丈夫」

ドレークは息を大きく吸い込んだ。そして札入れから名刺を取り出した。「これは保安官事務所の電話番号だ。ここに電話をかければ、ぼくに転送してくれる。きみの家へすぐに誰かを行かせるからね」

フィービーはほほえんだ。「あなたって、いい人ね。心からそう思うわ」

「気をつけるんだよ。きみがあそこにひとりでいるのは心配だ。モーテルに部屋を取ったほうが……」

「今はティーナやジェレマイアの近くにいたくないの。ごめんなさい」フィービーは苦々しそうに言った。

「じゃあ、アリスに電話してみようか。彼女も銃を撃てるし……」

「いいえ、やめてちょうだい。アリスと彼女の拡大鏡をわが家に迎えるのはごめんだわ」

フィービーは笑った。「とにかく、今夜はよく眠っておきたいの。明日はわたしも仕事があるから。フロリダ州からお年寄りのツアー客が来るのよ」

「途中で雪に降られるかもしれないね」

「まだ早いかもしれないけど、もう除雪車と砂散布トラックは用意してあるの」フィービーは言った。「いろいろとありがとう、ドレーク」彼女は車のドアを開けた。

「コルテスがナイフを持って皮をはぎに来たら、なんと言い訳をすればいい?」ドレークは情けなさそうに聞いた。

「わたしがあなたに銃を突きつけて、勝手にあなたの車を降りたと言えばいいの」

ドレークはかぶりを振った。走り去るフィービーの車を見送りながら、いやな予感に襲われた。とっさに携帯電話を取り出し、コルテスにかけてみた。だが、電波の通じない場所にいるのか、スイッチを切ってあるのか、彼は出ないし、留守番電話にもつながらなかった。しかたなくドレークは車に乗り込んで、着替えのために自分のアパートへ向かった。

しかし、彼は制服に着替えるとすぐに、上司と相談するために保安官事務所へ車を走らせた。


フィービーは小さな家の前に車を止め、周囲をよく見まわしてから玄関のドアを開けた。殺人犯が次に誰を狙《ねら》っているかわからないが、あれ以上ティーナに冷たくされるよりは危険に耐えたほうがましだ。

家じゅうのドアの鍵《かぎ》をかけて窓を調べたあと、彼女が最初にしたのは、ベッドのリネンを全部はがして洗濯機に放《ほう》り込むことだった。忘れられない思い出の残るベッドルームがいやだった。

どうかしているわ。コルテスとはいつかそんなふうになれるとは夢にも思わなかったほど親しくなれたのに、その数時間後にいがみ合うなんて。コルテスはわたしのことが好きだと言ったし、少なくともそう思わせた。でも、ティーナはどうしてわたしをあんなに敵視するの？　彼女はドレークとつきあっていた。ふたりが濃厚なキスをしているところをマリーも見ている。それならなぜ急にいとこのコルテスに惹《ひ》かれ、ドレークを鼻であしらったのかしら。ドレークの言うとおりなの？　ティーナはコルテスの近親ではなく、今になって彼を自分のものにしたくなったわけ？　まるで解けないパズルのようだ。

胸が張り裂けそうだった。三年前は、これほどつらくなかった。今ほどコルテスと親密ではなかったからだ。さまざまな記憶がわたしを苦しめる。中でも最悪なのは、ひとことの言葉もなく、振り返りもせずに歩み去っていくコルテスの姿だった。

フィービーがリビングルームに行ってテレビをつけたとき、電話が鳴った。コルテスからの釈明の電話かもしれないと期待しながら受話器を取った。

「ドレークだ」すぐに返答があった。「保安官と相談して、手はずを決めたよ。ぼくが夜はきみのリビングルームのソファで眠り、昼間きみが博物館にいるあいだは働くことにした」彼はきっぱりと言った。「保安官もぼくも、次に狙われる危険性がいちばん高いのはきみだという点では同意見でね。きみを警護できるよう、ぼくの勤務シフトを変えてくれるそうだ」

「おふたりにお礼を言うわ、ドレーク」フィービーは心から感謝した。これでモーテルへ戻らなくてもすむ。コルテスなら、きっとそうさせようとしただろう。たとえわたしと関係を持ったことに後悔しきりだとしても、責任感がとても強いからだ。

「ぼくたちはそれぞれの相手に振られたわけだし」ドレークは皮肉っぽくつぶやいた。「お互いに面倒を見合ってもいいと思うんだ」

フィービーはほほえんだ。「いいわね。あなたはうちのゲストルームを使ってちょうだい。本当にありがとう、ドレーク」

「友達じゃないか」ドレークは言った。「七時ごろに行くよ」

「部屋の用意をしておくわ」

フィービーは電話を切って、支度に向かった。

コルテスは、クローディアの顔つきが気に入らなかった。目を丸くした、いかにも善良そうな表情。なぜベネットは彼女とウォークス・ファーとの関係を隠していたのだろう？ そして、ウォークス・ファーを襲ったのは何者か？ 殺人事件に共犯者はいるのだろうか？クローディア・ベネットはその人物を知っているのか？

わからないことだらけだ。ネアンデルタール人の骨を発見した人類学者は死んだ。もうひとりの、身元不明の男も。ウォークス・ファーはどこかの博物館の盗難事件や、あの洞《どう》窟《くつ》にあった盗品に関係があるのだろうか？　それとも、ウォークス・ファーは盗品を持っている男を洞窟で見つけ、何者かがウォークス・ファーを殴打し、そしてもうひとりの男を殺したのか？　しかし、なぜウォークス・ファーをトレーラーハウスまで運んだのか。なぜ殺さなかった？　彼が犯行の重要証人になるのは間違いないのに。一方、もうひとりの男は何者だろう？　隠されていた品々とどんなつながりがあるんだ？

科学捜査を積み重ねて答えを出していくしかないが、その間、フィービーは今まで以上に危険にさらされることになる。コルテスはすでに地元警察に依頼して、ウォークス・ファーの病室の外にひとり見張りをつけていた。彼に質問できるようになるまで、身の安全を図るためだ。フィービーはモーテルに隠しておけば安心だろう。

フィービー。コルテスはいまだに、彼女とドレークのさっきのひそひそ話に腹を立てていた。あのふたりはなれなれしくしすぎる。あれは気に入らない。ドレークをめぐって、明らかにフィービーに嫉妬《しっと》しているティーナのことも。どうやら、楽しい夜になりそうもないな。

コルテスはモーテルの前で車を止めた。車を降りる前から、ティーナが部屋のドアを開けて彼を招き入れた。

　コルテスがとっさに思ったのは、ジョゼフの身に何か起きたのかということだったが、赤ん坊は予備のダブルベッドの中央に座って、アクション・フィギュアのおもちゃで遊んでいた。

　ティーナは泣いていたらしい。目が赤く腫《は》れていて、ひどい顔をしている。

「いったいどうしたんだ?」コルテスは部屋を見渡した。「それに、フィービーはどこにいる?」

「彼女の家よ」ティーナは悲しげに答えた。

「帰したのか?」コルテスはいきりたった。さっと携帯電話を取り出して、番号を押し始めた。

　ティーナは話そうとしかけたが、本当の事情を話す気にはなれなかった。気がとがめたのだ。

　呼び出し音が何度も鳴ってから、ようやく電話がつながった。

「もしもし」

　コルテスは凍りついた。これはフィービーの声ではない。これは……ドレークだ!

「フィービーはそこで何をしているんだ? それに、なぜきみがそこにいる?」コルテスは問いつめた。

「ティーナに聞いてください」ドレークは冷たく言った。「ぼくが何をしているかについては、夜はぼくがここに泊まることになったんです。われわれが犯人を……あるいは犯人たちを逮捕するまで」

コルテスが怖い顔をしてティーナをちらりと見ると、彼女は真っ赤になった。

「フィービーを連れ戻しに行く」コルテスは即座に言った。

「彼女は行きませんよ」ドレークはそっけなく言った。「ティーナに部屋から放り出されたんだ。そこへのこのこと戻るのをプライドが許すはずがない。あなたのいとこに、ぼくはあなたと張り合うのはやめたと伝えてください。ティーナはあなたと好きにすればいいし、あなたもそうすればいい」

「いったいどうなっているんだ?」コルテスは問いつめた。

「だから言ったじゃないですか。ティーナに聞いてください。ぼくは明日の朝まで非番です。応援が必要なら、保安官事務所に連絡してください」

そこで電話は切れた。

コルテスは細めた険しい目でティーナのほうを見た。「さあ」冷たい声でつぶやく。「正直に言うんだ!」

ティーナは下唇を噛《か》んだ。再び涙がこぼれそうだった。「ドレークとフィービーが車の中でいつまでも座っていたの。笑ったり、しゃべったりして……わたし、ついかっとしてしまった。フィービーの荷物を床に積み上げて、ここは狭すぎるとか言ったの」彼女は恥ずかしさのあまりうつむいた。「フィービーは荷物をまとめて出ていって、ドレークが彼女の車が置いてある博物館まで送ると言ったの。わたしは彼女を引き止めようとしたのよ」急いで付け加える。「でも、ドレークにひどいことを言われて！」

コルテスはあきれたようにティーナを見つめた。「ティーナ、殺人犯はつかまっていないんだぞ」ゆっくりと言う。「フィービーは第一の標的になるだろう。ドレークは優秀な法執行者だが、まだ若くて、殺人事件の捜査の経験はあまりない。たとえ善意からでも、フィービーの命を犠牲にしかねないんだ」

ティーナは再び泣き出した。「わかっているわ。ごめんなさい！」

コルテスは荒いため息を長々とつき、ティーナを腕に抱き寄せて揺すった。「まったく！」

「ドレークを愛しているの」ティーナはしゃくり上げた。「でも、彼の話といえば、フィービーがああした、フィービーがこうした、ってことばかり。彼女に夢中なのよ。彼女もドレークに夢中なのかもしれない。あのふたり、ただの友達にしては仲がいいわ。車の中にいたとき、ドレークはフィービーにキスをしたのよ。まるで恋人同士みたいに抱き合っていたの！」

コルテスもふたりが親しいのはわかっていたが、キスとなると話は別だ。彼は傷ついた。

ティーナが想像する以上につらかった。彼がフィービーとの恋をよみがえらせたことをティーナは知らないからだ。かといって、ドレークがフィービーの家に寝泊まりすることになった今は、このつらさをフィービーに打ち明けるわけにもいかなかった。自分がどれほど愚かだったかを認めたら、プライドがずたずたになるだろう。

「これからどうすればいいの？」ティーナがむせび泣いた。

「少し眠ろう。また明日、なりゆきを見るんだ」

ティーナは目元をぬぐった。「フィービーの身に何か起きたら、わたしは自分を許せないわ」

コルテスは胸がどきりとした。「夜はドレークがいるんだから、彼女を守ってくれるさ」

口にしたくなかったが、そう答えた。

「昼間はどうするの？」ティーナはうめいた。

「フィービーは週六日働いている。日曜日は、ぼくがドレークと相談して、できるだけのことをする」

ティーナは涙に曇った目でコルテスを見上げた。「フィービーに戻ってくるように言って。もう二度ともめごとを起こさないから」彼女は唇を引き結んだ。「ドレークがわたしよりフィービーを好きになったのは、彼女のせいじゃないもの」

コルテスは答えなかった。ただでさえトラブルをかかえているのに、これ以上背負いたくなかった。「フィービーは大丈夫だよ」

「そうよね」

だが、ふたりともそうは思っていなかった。


フィービーはドレークの夕食を作り、ふたりは真夜中近くまでテレビを見た。どちらも眠る気にはなれなかったが、やがて疲れて眠りに落ちた。

翌朝、フィービーは、ドレークが焼いてくれたベーコンエッグのおいしそうなにおいで目を覚ました。

新しいルームメイトはなんて思いやりがあるのだろうと思いながら、フィービーはにこにこして朝食をとった。食後、着替えて博物館に出かけ、八時半きっかりに駐車場に車を止めた。ドレークが彼の車でついてきてくれたので、安心だった。フィービーを博物館の中まで送り届けると、彼は仕事へ出かけていった。

昨夜、コルテスから様子確認の電話の一本もなかったのは、少しがっかりした。たしかに期待はしていなかったけれど。ディナーのときは別れ際がぎすぎすしていたうえに、ティーナがあの口論をどう伝えたかわかったものではない。そのときフィービーは、車内でドレークから額にキスされたことを思い出した。彼女は顔をしかめた。あれが実際より濃厚なキスに見えたのかもしれない。きっとティーナはコルテスにも教えただろう。ふたりはその話を笑い、それなら自分たちでつきあったほうがいいと思ったのかもしれない。フィービーは記憶を封じ込めた。もう過ぎたことなのだ。そう考えたほうがいい。まして、身の安全に注意しなくてはならないのだから。殺人犯はまだつかまっていないし、わたしは偽のアートディーラーを確認できる証人だ。

マリーはどこかで事情を聞いたらしく、フィービーのそばではいやに明るくふるまっていた。アシスタントのハリエットもそうだった。

老人の一行が博物館に十時ぴったりに到着し、フィービーはオフィスにいなくてもすむよう、自ら彼らを案内してまわった。オフィスにいると、コルテスと交わしたあの燃えるようなキスを鮮明に思い出す。困ったことに、何を見ても彼を思い出してしまうのだ。

コルテスはあえて博物館に近づかなかった。フィービーとドレークがキスをした話を聞き、プライドを傷つけられたからだ。けんかがしたくてうずうずしていたが、これ以上ことを厄介にするのはいやだった。

朝一番に、ウォークス・ファーの様子を見に病院へ行った。彼はまだ意識不明だというのに、付き添いは誰もいなかった。ベネットと妹は夜通し起きていたのかもしれない。そう思って大目に見てやることにした。

見張りを頼んでいた警官に確認すると、昨夜は病室に誰も入らなかったという。妙だな。

コルテスは車へ戻りながら首をひねった。家族が寝ずの番をしないとは。あれがティーナやジョゼフや誰か家族の者だったら、ぼくは病院を一歩も離れないのに。

コルテスはロビーにある公衆電話からアリスに連絡した。「進展はあったか？」

「第二の被害者の指紋から、とりあえず身元が判明したわ」アリスの口調ははずんでいる。「コネを使って急がせたのよ」コルテスの驚きを感じ取り、彼女はくすくす笑った。「男の名前はフレッド・ノートン。リストではアートディーラーとなっていたけど、うちの捜査官たちに調べさせたところ、彼と取り引きをしたという人間はひとりも出てこなかった。今月初旬、ポール・コーランドという建設業者のところで数日間働いていた模様。ノートンにはかなりの前科記録があり、小さな窃盗から武装強盗、暴行まで、なんでもござれ。それに注目すべきは、ベネット建設の現場監督と同じ刑務所に入っていたこと。フィービーに電話で確認したところ、博物館で彼女に人形を売ったアートディーラーも、同じフレッド・ノートンという名前だった。ブロンドの女性が、盗まれたと大騒ぎした品よ」

コルテスの脈が速くなった。やった！「これで結びついたぞ。間違いない。ぼくが最初に訪ねたとき、ベネットはウォークス・ファーが義弟だとも、入所歴があるとも言わなかった」彼は考えを口にした。「それどころか、ウォークス・ファーのことをよく知らないふりをした」

「おやおや、おもしろい展開になってきたわね！」アリスは声を高くした。「でも、それだけではブロンドの毛髪とファンデーションの点に説明がつかないわ……」

「ベネットの妹はウォークス・ファーの妻だ」コルテスは続けた。「ブロンドなんだよ」

「また驚きの新事実ね！」

「あの毛髪のDNA鑑定をすれば、クローディア・ベネットのものと一致するはずだ」コルテスは目を細めて、向かいの壁を見つめた。「思うに」彼は切り出した。「ウォークス・ファーと彼の妻は、アートディーラーがあの品々を隠したのを知っていて、それを探しまわり、洞窟で見つけたんだろう。ふたりは盗まれた工芸品を発見し、アートディーラーが彼らを見つけた。そこでもみ合いになり、ウォークス・ファーが相手の男を撃った」

「彼はどうやってトレーラーハウスに戻ったのかしら？　だいいち、先に暴行を受けて意識不明になったのなら、どうやって相手を撃てるの？」アリスは食い下がった。

コルテスは顔をしかめた。「仮説にけちをつけるなよ」

「筋が通らないからよ。おそらくウォークス・ファーと妻が盗品を手に入れようとしていたときに、泥棒にでくわしたんでしょう。そこで男たちが争い、ウォークス・ファーは頭部を殴られながらも、気絶する前に相手を撃った。彼の妻は夫を、車種はどうあれ車へ引きずっていき、トレーラーハウスに連れ帰って、彼を中へ置き、警察が調べに来るように明かりをつけておいた」

「いい感じだな」コルテスは考え込むようにつぶやいた。

「そうしておけば、ウォークス・ファーは殺人の容疑者ではなく、事件の目撃者になるわ」

「病室に見張りをつけたが、彼はまだ意識を取り戻さない」コルテスは眉根を寄せた。「念のため、ベネットの妹に尾行をつけよう。彼女は事件に深くかかわっているという気がするんだ。フィービーのオフィスを訪ねてきた女性は、背が高くて、ブロンドで、高価な服を着ていて、顔にほくろがあったそうだ。この人相風体はベネットの妹にぴったりと合うんだよ」

「夫と愛人と共犯者、ということかしら？」アリスが水を向けた。

「かもな」

コルテスは記憶を探った。コーランドは、彼のところで何日か働いて、ふっといなくなってしまった男のことをどう言っていただろう。いろいろなことがつながり始めてきたぞ。「死んだ男はどんな車を運転していた？」コルテスは唐突に聞いた。「新型のＳＵＶか？」

「わたしは超能力者じゃないわ！」アリスは言った。「指紋から身元が割り出せただけでも、あなたは運がいいのよ」そして言い足した。「ところで、さっきフィービーと電話で話したけど、ものすごく暗い声だったわ。あなたとけんかでもしたとか？」

「まあな」コルテスは硬い声で言った。「このまま捜査を進めてくれ。年代や型を問わず、彼が黒のＳＵＶを運転していたかどうかを調べてほしい」

「やってみるわ。今日は半分の事務所が閉まっているけど。長期休暇を取っている人もいるし……もちろん、誰もわたしの休みのことなんか考えて……」

コルテスは電話を切った。

ふと思いつき、コルテスはモーテルに戻るなり陸運局に電話をかけた。ジョゼフにキスをしたり、まだ落ち込んでいるティーナと話したりするひまもなかった。彼は自分の身分と死んだ男の名前を局に告げ、奇跡を祈った。

期待した成果は出なかった。男はセダンを所有していた。コルテスは局員に礼を言って電話を切った。

いよいよ行き止まりとしか言いようがない。ベネットにもう少し脅しをかけて、様子を見るのも悪くないかもしれないな。

だが、それと並行して、コルテスの班と地元警察、保安官事務所と彼ら独自のチームは、地元で黒のSUVを所有している人間を調べる作業にも取りかかった。

コルテスはやはりフィービーが恋しくて、彼女と話したかったが、事件を捜査するほうが先決だった。アートディーラーは死んだが、彼を殺したのが誰であれ、最後の仕上げをしようとしてフィービーをまだ追いかけているかもしれない。彼女が銃の的中範囲に入ってしまう前に、殺人犯をつかまえなければならない。彼女とはなんとしても仲直りがしたかった。ドレークとのキスの現場をティーナが見たとはいえ、フィービーが彼と親密になれるはずはないとコルテスは心の奥で思っていた。ほかの男に心移りするなんて。それではまったくフィービーらしくない。彼女はとびきり古風な女性なのだ。それを思うと、コルテスは気が軽くなった。フィービーとはきっと仲直りできる。それ以上確信の持てるものがほかにあるだろうか。とにかく今は殺人犯をつかまえることだ。早急に。

日曜日は州の事務所も連邦の事務所もすべて閉まるので、捜査がいっこうに進まない。コルテスはティーナのめそめそした態度に耐え、ジョゼフと遊びながら、そのあいだもずっと、フィービーとよりを戻しに行けたらと思っていた。

だが、月曜日にコルテスがさらに調査を進めると、殺された人類学者の身元がついに判明した。名前はダン・モーガン。オクラホマ出身というのは合っていたが、ノースカロライナ大学で人類学の客員教授を務めていたという。彼はしばらく行方不明になっていた。身寄りはなく、もちろん娘はいない。フィービーの記憶では、モーガンは待たせていた相手に〝娘と話している〟と言っていた。おそらくそれは、誰と電話しているのか知られないようにする手だったのだろう。

また、モーガンの助手は彼の死を知って涙をこらえつつ、彼がチェノセタへ向かったことを思い出した。教授は親類に会いに行った。たしか、いとこで、ベネットという男性のもとで働いている。名前はウォークス・ファーだったと。

コルテスは有頂天になった。ようやくすべてがつながった！　彼は助手に感謝して、お悔やみを言い、電話を切った。そして、ひそかに悪態をついた。ウォークス・ファーは第一の被害者を知っていて、嘘《うそ》をついたのだ。その嘘を見抜かなくてはいけなかったのに。

「仕事が終わったら戻る」コルテスはジョゼフにキスをして、しばらく抱きしめてから、ティーナに言った。「手がかりをつかんだんだ。病院へ行って、昏睡《こんすい》している容疑者の様子を見てくる」

「ドレークには話したの？」ティーナは伏し目がちに聞いた。

コルテスはティーナが目を上げるまで彼女を見つめていた。「どうしてフィービーがドレークとつきあっていると思うんだ？」

「いつもドレークと笑っているし、おしゃべりしているもの。彼はフィービーが大好きなのよ」ティーナは小声で言った。「ふたりはとても……仲がいいの！　それに、最近、彼女はぼんやりしていた。まるで恋に夢中の女性みたいに」彼女は顔をしかめた。「ドレークとつきあっているに決まっているわ」

コルテスは片眉を上げた。「たしかに彼女は男とつきあっているが、相手はドレークじゃないよ」

ティーナは目を丸くした。では、コルテスに夢中になっている様子のフィービーを前にからかったのは、間違いではなかったのだ。「ああ、どうしよう。誤解もいいところだったわ！」

「きみはドレークに恋をしているんだね」

ティーナは唇を噛んだ。「彼は最近、フィービーのことばかり話すようになったのよ」

「どうしてかな？」

ティーナはもじもじした。「それが、わたしはドレークがフィービーを褒めるのがいやだから、あなたのことを褒めるようになったの。うんとね。そうしたら、彼は無口でよそよそしくなって、そのうち電話もなくなり、訪ねてこなくなったわ。わたしはそれをフィービーのせいだと思ったの」

「ドレークはぼくたちが遠縁だと思ったんだろう」コルテスは考えをつぶやいた。

ティーナは眉を上げた。「でも、わたしはあなたといとこ同士だと言ったのに」

「近親のいとこだとは言わなかったんだろう？」

ティーナは思い出した。「そういえば、言わなかったわ」

コルテスはほほえみながらティーナの頬をぽんぽんと軽くたたいた。「すべて丸くおさまるさ。ぼくたちは早合点してしまったが、よく考えてみると、フィービーがドレークとつきあっていないのは間違いない」

ティーナの顔がぱっと輝いた。「じゃあ、望みがある……」彼女は言葉をのんだ。「わたし、何もかも台なしにしちゃったわ！　フィービーは絶対に許してくれない。ドレークだって！」

「きっとうまくいくよ。ぼくが請け合う。だが、今は殺人犯をつかまえないといけない。きみはジョゼフを外に出さず、ドアに鍵をかけておくこと。わかったね？」

ティーナはうなずいた。「あなたこそ気をつけてね。わたしはもう慣れっこだから」

コルテスはほほえんだ。「ぼくには防弾加工がしてあるのさ。本当だよ。じゃあね」

「いってらっしゃい」

コルテスは外へ出て、ドアをしっかりと閉めた。

ウォークス・ファーは目を覚ましていた。ベッドのそばに立っているベネットと話している。ふたりはやつれ、うしろめたそうに見える。コルテスに気づくと、どちらも青ざめた。

コルテスは病室に入ってドアを閉めた。そして、いらだちをあらわにしながらベッドに近づいた。

「きみの妹はどこだ？」前置きなしに聞いた。黒い目でベネットの青い目を射抜く。

ベネットはかすれた音をたてて息を吐き出した。「さあね」ぶっきらぼうに答えた。

「国境へ逃げているのさ。おれの読みがはずれていなけりゃね」ウォークス・ファーがおぼつかない声で言った。そしてコルテスを見つめた。「全部お見通しだろう?」

「きみときみの仲間がこの二件の殺人事件の捜査で追いつめられていることはわかった」コルテスは目を細めた。「ふたりとも気を楽にして、ぼくにわからない部分を教えてくれないか? いずれ真相は明らかになるんだ」

ウォークス・ファーは観念したように息をつき、ベネットは協力しろというように彼に顎をしゃくった。「妻はあのアートディーラーと浮気していたんだ。おれが刑務所で知り合ったフレッド・ノートンとね。あいつは妻の手引きでニューヨークの博物館で盗みを働き、盗品をヤードリーの敷地にある洞窟に隠した。その後、洞窟を見張るためにコーランドのもとで働いた。といっても、ヤードリーの現場にとくに興味を持っているとは見えないよう、ほどほどの距離から見張っていた。だが、コーランドにクビにされたので、ヤードリーの現場で仕事に就こうとしたんだ」

「きみは初めから盗品のことを知っていたのか?」コルテスは尋ねた。

ウォークス・ファーは顔をゆがめ、頭をかかえた。「今回は知らなかった。おれたちが出所したあと、フレッドはうちで寝泊まりしていた。フレッドが出ていき、おれがここで働くようになると、妻はひとりで——たぶんひとりで——あちこち出歩くようになった。ここ数年は犯罪に手を染めていないと思っていたのに」

「何をしていないって?」コルテスは声をあげた。

ベネットとウォークス・ファーは顔を見合わせた。

「全部打ち明けたほうがよさそうだ」ベネットはあきらめたように言った。彼はウォークス・ファーのベッドのそばに腰かけた。「妹は十六歳のときに初めて窃盗で逮捕された。ぼくは品物の代金を弁償し、店主から告訴されることは免れた。だが、それだけではやまなかった。妹はその後、中国美術品の展覧会で高価な像と、やはり貴重な翡翠《ひすい》のネックレスを盗んだ。ぼくはさすがにこれを支払いきれず、ウォークス・ファーが罪をかぶった。クローディアが刑務所へ行かなくてすむように」

「それできみには窃盗の前科があるわけか」コルテスは言った。

ウォークス・ファーはうなずいた。「クローディアはその事件を起こす直前におれと結婚した。本当におれを愛していたはずだ。フレッドに会うまではそうだった。やつはおれと同時に出所して、うちに二カ月居候したんだ」

「その合間に妹は博物館でまた宝石を盗んだ」ベネットが話し出した。「このときはぼくが妹を警察に引き渡した。妹は保護観察がついたが、腹いせに地元の川に有毒化学薬品を流して、当局にぼくをつかまえさせた。ぼくにも保護観察がつき、多額の罰金を払った」

「おれたちはどっちもクローディアのために犠牲を払ってきた」ウォークス・ファーは悲しげに言った。「だが、それでも足りなかった。彼女はデザイナー・ブランドの服や高価な宝石や派手な車を欲しがった。盗みで感じるスリルが好きだったんだ。おれは彼女が求めるものを与えられなかった。フレッドにはそれができたらしい」

「ノートンは地元の博物館のミス・ケラーに人形を売った」コルテスは言った。「きっとそれが彼らのつまずきのもとになったんだろう。有名な盗難事件の直後に、すぐにそれとわかる工芸品を売りさばくのは危険だ」

「とくに、おれが盗品を見つけて、いとこに見に来てほしいと連絡したときだったし。あれは盗品だと思うとおれが言わなかったので、ダンは本物の発見だと信じていた。彼は当初、工芸品の発見のせいで建設プロジェクトを止められたくない開発業者からのいやがらせを覚悟していた。裏で実際に起きていることには気づかず……わかったときには手遅れだった」ウォークス・ファーは静かに続けた。「ダンはおれのせいで死んだ。おれは、まさか妻が盗みに加わっているとは思わなかった。おれは三つの建設現場の裏にある洞窟を偵察する仕事をしていて、ヤードリーのところにある洞窟の中に工芸品が隠してあるのを見つけたんだ。そこにはフレッドの車が止まっていた」彼はつぶやいた。「おれは工芸品を盗品ではないかと疑い、確認のためにダンを呼んで調べさせた。彼がトラブルに巻き込まれるとは思わなかった。彼は盗品を調べているところをフレッドに見つかり、そのとき真相に気づいたんだろう。フレッドはその場で彼を殺したに違いない」

「いや、モーガンは彼のモーテルの部屋で殺されたとわれわれは考えている。だが、ノートンが隠し場所を見られたことに気づいていたのは間違いないだろう。それで彼はモーガンを殺し、死体を砂利道に放り出した」コルテスは言った。「だが、そこが居留地だとは知らず、この事件にFBIが呼ばれるとは思わなかった。それはショックだったに違いない。ノートンはなぜ死んだんだ？　きみを殴ったのは何者だ？」コルテスは問いつめた。

ウォークス・ファーは悲しげな顔でコルテスをじっと見つめた。「わからない。誰に殴られたのか、どうやってトレーラーハウスに戻ったのかも。ただ、おれにおかしな電話がかかってきたんだ。例の洞窟の中にある工芸品のことで。誰かがあれを動かしているって言うんだ。それで、おれひとりで駆けつけてみた。懐中電灯を持って中へ入ったと思ったら、気づいてみると、ここにいたんだ。フレッドを殺した犯人を知るわけがないよ」

「だが、疑わしい人間はいる。考えるのも恐ろしい人間が」ベネットが重い口調で言った。

「おれが洞窟に入ったときに殴ってきたのはフレッドだろう。おれは盗品がまだそこにあるかどうかを確かめて、それから警察に知らせるつもりだった」ウォークス・ファーが話を続けた。「洞窟に入るなり、目の前が真っ暗になった。目覚めたときはこの病室だったのさ」彼はしょんぼりと室内を見まわした。

「妹がノートンを殺したかもしれないと考えているんだね」コルテスはベネットに言った。

ベネットはのろのろとうなずいた。「そうとしか考えられないんだ。妹は信用ならない連中のことを口にしていたし、きちんと片をつけたいと思ったら、自分でやらなければ気がすまない性質だから」コルテスと目を合わせる。「ミス・ケラーには護衛がついているんだろうね」彼は言った。「クローディアが口を滑らせたんだが、妹は博物館に行って人形を見かけて、ミス・ケラーにあれは盗品だと話したそうだ。ミス・ケラーはフレッドの顔がわかるとも言っていた。あのときはなんの話かわからなかったが、今となってはよくわかる。ミス・ケラーがフレッドをはっきりと見分けられるなら、クローディアのことも、人形について不審な質問をした人物として見分けられるはずだ。クローディアがフレッドを殺したとすれば、自分とフレッドを結びつけることができる証人をひとり殺すくらいなんでもないだろう」

コルテスはぞっとした。彼自身、真犯人を小さな家へおびき出そうとして、ベネットの妹の前でフィービーと人形の話を出した。だがそれは、フィービーが安全なモーテルにいると思い込んでいたときのことだ！

「ぼくは妹に不利な証言もするつもりだ」ベネットは重々しい声で言った。「彼女がこれ以上むごい事件を起こさないうちにつかまえてくれ」

「フレッドはどんなふうに殺されたんだ？」ウォークス・ファーが興味ありげに聞いた。

「後頭部を至近距離から撃たれた」コルテスは答えた。「おそらくきみの妻はノートンをかがませて何かを見せてから、彼を撃ったんだろう」

ウォークス・ファーは納得せざるを得なかった。「クローディアは刑務所行きを逃れるためならなんでもするだろう。刑務所を怖がっていたからな。だからといって、盗みはやめられなかったが」彼は首を振り、痛みにひるんだ。「そもそも、おれがクローディアの罪をかぶるべきじゃなかった。自分がしでかしたことの後始末を彼女につけさせていたら、ここまで大ごとにならなかっただろうに。人がふたりも死んでしまった」

「今回ばかりは嘘の自白をして彼女を助けることはできない」コルテスは顔をそむけた。

「気の毒だが。もっともな理由を得たからには、できるだけ早く彼女の逮捕状を取る」

「やむを得ない」ベネットは同意した。「もっと早くに話さなくてすまなかった。ぼくの身内で生きているのは妹だけなんだ」彼はぽつりと言った。

コルテスは自分の弟のアイザックと、とうとう命を落とすまでに彼が重ねた犯罪の数々を思い出した。「きみの気持ちはよくわかるよ」

「おれも悪かったよ。あんたに教授の写真を見せられたとき、おれのいとこだと言わなくてさ」ウォークス・ファーはおどおどとした調子で言った。「事件に巻き込まれるかと思ったんだ。当局へ行く前に自分で調べたかったんだよ」

コルテスはうなずいた。「すべてを明らかにしてくれて助かった。また連絡する」

コルテスは上位裁判所の判事のオフィスに出かけ、証拠を示して話し合った。その結果、次にとるべき妥当な処置はベネットの妹を逮捕することだと判事は納得した。

コルテスは逮捕状を手にして裁判所を出ると、保安官事務所のドレークに電話をかけた。

「細心の注意を払ってフィービーを見守ってくれ」電話がつながるなり、コルテスはドレークに説明した。「フレッド・ノートン殺害容疑で、ベネットの妹に逮捕状を取ってきたところだ。フィービーに人形を売った自称アートディーラーの事件だよ。フィービーはそのアートディーラーとベネットの妹の顔をしっかりと識別できて、彼らを殺人事件と結びつけることができる唯一の証人なんだ。ベネットの妹を拘束するまで、フィービーの命は危険にさらされる」

「ぼくもあなたと連絡を取ろうとしていたんですよ。いくつか知らせたいことがあって」ドレークは静かに言った。「ベネットの妹は、タイヤのすり減った黒のSUVに乗っている」

コルテスはどきりとした。「フィービーは今、博物館にいるんだろう?」

ドレークはうなり声をあげた。「だから、あなたを探そうとしていたんですよ!」

「どういうことだ!」

「フィービーは三十分ほど前にぼくに伝言を残した。ぼくはそのとき無線を聞けない場所にいて、たった今、伝言を聞いたところです。彼女は薔薇《ばら》園で剪定《せんてい》をするから、いつもより一時間早く博物館を出ると言っていた。フィービーは自宅にいるんですよ。ひとりきりで!」

14

コルテスは肝をつぶした。「ひとりだって?」信じられない思いで、おうむ返しに言った。

「彼女の家にはぼくが今、向かっていますから」ドレークは言った。「あなたはベネットの妹をつかまえに行ってください。大丈夫。フィービーには誰にも手出しさせませんから!」

「わかった」コルテスは重苦しい声で言った。

「それと、フィービーとぼくはただの友達ですよ」ドレークはそっけなく付け加えた。「それ以外には何もありません。ぼくたちは、ティーナとあなたのあいだに何かあるんじゃないかと……」

「ティーナは近親のいとこだ」コルテスは厳しい口調でさえぎった。「父親同士が兄弟なんだ」

ドレークはぞっとした。「ティーナがフィービーにひどい態度をとったんですよ。憎らしいほどの。ぼくはフィービーとそのことを話し合った。ティーナはあなたとフィービーが一緒にいることに嫉妬《しっと》している、そう考えなければ筋が通らないと。ティーナは最近あなたのことばかり話していましたから。あなたがどれだけすばらしい人間かってね。ぼくたちは、ティーナとあなたが近親のいとこ同士だとは知らなかった。だから、ティーナはぼくではなく、やっぱりあなたを選ぶことにしたんだろうと思ったんです」

「ティーナは嫉妬していたさ、この大ばか野郎！」コルテスはすかさず言い返した。「彼女が愛しているのはきみだ！」

息をのむ音がはっきりと聞こえた。「ティ……ティーナが？　ぼくを愛しているって？」

コルテスは思わずほほえんだ。「きみがフィービーとキスをしているのを見て、ティーナはひどく傷ついたらしい」

「参ったな！」ドレークは得意になっていた。「キスといったって、額に軽くしただけなのに！」

コルテスはほっとした。何もかも誤解だった。これでフィービーを取り戻して、彼女にそれを説明することができる。だがその前に、彼女の身をしっかりと保護しなければ。

「行って、フィービーを守ってくれ！　ぼくは自分の仕事をする」

「まかせてください！」ドレークは即答した。

「念のため、そのＳＵＶに捜索指令《ＢＯＬＯ》を出してくれ」コルテスは付け加えた。「ぼくは地元の警察署へ寄って、逮捕執行のためにウォークス・ファーの家に警官に同行してもらう。これからそこへ向かう。彼の妻がいるはずだ」

「了解」

コルテスは電話を切って車に乗り込むと、猛スピードで町を出た。

フィービーは、少しのあいだでもひとりになれたことがうれしかった。コルテスとの不仲、ティーナとのいさかい、仕事のプレッシャーが入りまじって、ひどくみじめな気分だった。自分の薔薇《ばら》園で時間のかかる剪定《せんてい》をするつもりだった。だが、グレーの薄っぺらなスラックスと、スーツの上着の下に着ている白い袖《そで》なしブラウス、よそゆきのフラットシューズでは無理だ。まず着替えなくては。ドレークから渡された銃はまだ持っていた。それに殺人犯、あるいは殺人犯たちも、こんな明るい日中に襲ってくるほど間抜けではないだろう。

だが、家の中に入って上着とハンドバッグを置き、廊下を通ってキッチンへ入ろうとしたとき、かちっという、いやな音が聞こえた。

「そのまま動かないで」背後から女の声が聞こえた。

フィービーには、それが誰なのか聞く必要はなかった。声でわかる。彼女は振り向こうとした。

「やめなさい」冷たく抜け目のない口調で女は言った。「前にも人を殺したことはあるし、今度もできるわ。まっすぐ裏口に向かうのよ。止まらないで」

「上着を」フィービーはためらいがちに言った。

「これから行くところには必要ないわ」皮肉っぽい答えが返ってきた。「ドアを開けて」

フィービーは言われたとおりにしながら、心臓が早鐘を打つ中で、隙《すき》があれば逃げ出そうとチャンスをうかがった。とはいえ、弾丸を振りきることはできない。彼女は歯ぎしりした。いったん銃が発射されたら、もう……。

家の角の裏手に、黒のSUVが目につかないように止めてあった。ブロンドの女は後部座席のドアを乱暴に開け、フィービーに拳銃《けんじゅう》をひったくられないように離れて立った。

「乗って」女は銃を振って言った。四十五口径だわ、とフィービーは思った。それに握り方も慣れている。

女に背を向けてSUVに乗り込もうとしたとたん、フィービーは激しく殴打されるのを感じ、目の前が真っ暗になった。

フィービーはゆっくりと意識を取り戻した。車の速度が落ちて止まるのがわかった。目を開けてみる。あたりは木に囲まれていた。もみの木だ。森の中だった。近くには山がある。

クローディア・ベネット・ウォークス・ファーが、後部座席のドアを乱暴に開いた。片手に四十五口径の銃を握りしめている。「降りて」甲高い声で言った。

フィービーは頭が割れそうだった。胃はむかむかしている。でも、この女はわたしを殺そうとしている。なんとか助かる方法を考えなくては。

「降りなさいってば！」クローディアは声を荒らげ、激しく地団太を踏んだ。「あなたが何もかも台なしにしたのよ。あなたとあなたのＦＢＩの彼氏が！　フレッドを殺すはめになったのはあなたのせいだわ！　彼はわたしを捨てて、工芸品をすべて横取りしようとしたのよ！　彼はあの考古学者を殺したわ。隠したものを一年は動かさないように言ったのに、彼は欲を出して、あなたに人形を売った。わたしは怖くなって、あなたの目をフレッドに向けさせれば、彼を逮捕させることができるかもしれないと考えた。でも、それが裏目に出た。彼はあなたに顔を覚えられていることを知って、怖じ気《おけ》づいたのよ！　盗品を持って逃げようとした。わたしにすべてをなすりつけて。わたしが考古学者を殺したと言いふらそうとしていたのよ」彼女は鼻で笑った。「でも、わたしは刑務所には絶対に行かないわ。もう彼は死んだしね――あなたのおかげで。これで、事件の関係者とわたしをつなぐことができる証人はあなただけになった。だから、いなくなってもらわないと。わたしは刑務所に行ったりしない。ここから逃げ出してみせるわ！」

フィービーは大きなＳＵＶから降りながら、考えをめぐらせていた。立っているのもやっとだというように、車体にもたれかかる。

「歩きなさい！」クローディアは怒った口調で言い、銃でフィービーの背中を押した。振り返って飛びかかり、銃をたたき落とすことができたら……。

クローディアは後ろに下がり、撃鉄を起こした。

フィービーはだるそうに大きな車から体を引き離し、砂利道を歩き出した。

「そっちよ、その細い道」クローディアはオークとツガの木立のほうを手振りで示した。

あたりは暗くなりつつあった。雪も舞っている。凍えるような寒さで、冷たい風がフィービーの袖のないブラウスの中へ入り込んでくる。彼女は両腕をこすり、身を震わせた。

「寒いのもしばらくのあいだだけよ」クローディアはブラックユーモアたっぷりに笑った。

「歩いて」

「わたしを殺して、なんの得があるの？」フィービーは説得を試みた。「逃げればいいじゃない！」

「あなたはわたしの顔を知っている。ほかには誰も知らないわ」

「ばかばかしい」フィービーはつぶやいた。「今ごろ警察だって、あなたと殺人事件を結びつけているだろうし、ＳＵＶを追ってあなたにたどり着くわ。おしまいよ。あなたがわかっていないだけ」

「逃げてみせるわ。警察は、わたしを見つけるよりも、あなたを探すので大忙しになるだろうから」クローディアは恐ろしいくらいの自信を持って言った。

「わたしがいなくなったことはすぐに……」

「すぐにじゃないわ。今日は早退したんでしょう？　博物館に電話して所在を聞いたの。あなたのアシスタントはとても親切だったわよ」クローディアはそう言って笑った。

ふたりは今、大きなオークの木の下にいた。丘の斜面はなだらかな隆起が連続し、落ち葉に覆われた地面の層が幾重にも重なって、どこまでも下っているように見える。あたりには柊《ひいらぎ》と低木性の松が生い茂り、倒木がそこかしこにある。フィービーの心臓はおかしくなったように打っていた。走れば、逃げられるかもしれない……。

「止まって！」ちょうどそのときクローディアが言った。

背後に彼女が近づいてくる気配がする。早くしなくては。わずかな狂いも許されない。一秒たりともためらう余裕はない。

「膝をついて」クローディアがきっぱりと言った。

フィービーは果敢に振り返った。「わたしの目を見て殺す勇気なんてないでしょう？」

あざけるように言った。

クローディアの目が怒りに燃えた。「膝をつきなさい！」彼女は叫び、銃をわなわなと高い位置に持ち上げた。

「今ならまだ死刑を免れるチャンスがあるわ」フィービーはひざまずきながら言った。心臓が猛《たけ》り狂っている。人生最後の数秒になるかもしれない。危険は重々承知だった。「自首すれば……」

「すでにひとり殺しているのよ！」クローディアは怒鳴った。「ひとり増えたところで何が変わるの？　わたしを二度死刑にはできないでしょう？」

フィービーは切り札を出した。「聞いて、わたしの婚約者はＦＢＩよ」恐怖と寒さが入りまじって体が震えている。「もしわたしを殺せば、彼はどんなことをしてもあなたをつかまえるわ」フィービーは言いながら、それが真実であることに気づいた。彼がほかの女性に心変わりできると思うなんて、わたしはなんてばかだったのかしら。彼はわたしを愛している。わたしは彼を愛している。せめて最後にひとこと、それを彼に伝えたい……。

「どうでもいいわ」冷たい答えが返ってきた。クローディアは深呼吸をして、視界がフィービーの後頭部で埋まる位置まで銃身を下げた。

あの息遣いが物語っている。次に何が起きるかは明白だ。今しかない。助かるチャンスはこれが最後だ。少しでもためらえば命はない。最後に、そのあとどうなるのだろうという考えがちらりとよぎった。何をしようが、死が目前に迫っている状況は変わらない。だが、人生が走馬灯のように駆けめぐったりはしなかった。思い出に浸っている時間はない。じたばたしている場合ではないのだ。

助けが来ますようにと心の中で祈ると同時に、くるりと振り返り、上半身をひねって片腕を思いきり振り上げた。腕がクローディアの腕に激しくぶつかる。クローディアは驚きと痛みに悲鳴をあげ、その瞬間、重い銃が宙に舞い、尾根の向こうに積もった岩の破片と落ち葉の中へ落ちた。

クローディアが一瞬ショックで口もきけずにいるあいだに、フィービーは全力で駆け出し、尾根の向こうに体を投げ出した。頭をかかえて斜面をごろごろと転がり落ちていく。頭がずきずきと痛み、目はまともに見えない。だが、少なくとも逃げ出すことはできた。クローディアが別の銃をあの大きなSUVに隠してさえいなければ、このまま逃げきれるだろう。

「待ちなさい！」クローディアが叫んだ。「この最低女！」

フィービーは頭をかかえたまま、体をまっすぐに伸ばした。ずきずきする頭の痛みも、喉にこみ上げる吐き気も無視した。目を閉じて、コルテスのことを思った。ふたりが初めて出会った日のこと。彼のたくましさ。心地よい腕。わたしは彼のことを永遠に愛し続けるだろう……。

「つかまえてやる！」クローディアは激怒していた。

一つ目のなだらかな斜面をなんとかおりると、銃を探してあたりを見まわす。落ち葉を蹴散《けち》らして探したが、銃は見つからなかった。いつの間にか雲が厚くなり、空は暗くなっていた。雪も降る量を増している。

「戻ってきなさい！」クローディアは金切り声をあげた。

激しい動きに息を切らして立ち止まり、必死であたりを見まわした。少しのあいだ探したものの、ハイヒールときちんとしたグレーのスーツは森の中向きではなかった。「上等よ！」吐き捨てるように言った。「どうせ凍え死ぬのがおちだわ。ここがどこかも知らないんだから！　腐り果てればいいわ！」

クローディアはSUVに駆け戻り、車に乗り込んでエンジンをかけると、轟音《ごうおん》をあげ、砂埃《すなぼこり》を巻き上げて走り去った。

フィービーは、すぐに立ち上がって、森を出ていくSUVのあとを追いたい衝動に駆られた。だが、クローディアが様子を見に戻ってこないともかぎらないのに、下手に顔をのぞかせたら、自らを標的にするようなものだ。わたしに顔を出す勇気がある場合に備えて、彼女が戻ってくる可能性はおおいにある。

思ったとおり、五分もたたないうちに、SUVが轟音をあげて砂利道を舞い戻り、フィービーが横たわってじっと身を潜めているすぐ上でタイヤをきしらせて止まった。

SUVはエンジンをかけたまま、五分間そこから動かなかった。やがて突然、向きを変えて轟音とともに走り去った。

だが、フィービーはさらに五分間じっとしていた。今や雪は本降りになり、アドレナリンの熱も体から引いてしまった。フィービーは凍えていた。一晩じゅう外にいれば死んでしまうかもしれない。体温の低下が命取りになる。だが、上にはおるものは何も持っていない。腕はむき出しで、スラックスも薄手だ。これでは凍死してしまうだろう。自分がここにいるのかもわからない。ほかの誰も、わたしの居場所を知らない。コルテスとドレークはきっと探してくれているだろうが、この広い荒野の中で、生きているうちに見つけ出してもらえる可能性はほとんどない。

フィービーは立ち上がり、耳を澄ました。空がゆっくりと暗さを増している。SUVは戻ってこなかった。もう戻ってこないだろう。

次の問題は、このままじっとしているか、歩いて森を抜け出す努力をするかということだ。わたしがこんなところにいるとは誰も思いつかないだろう。このまま森の中にいたら、死と隣り合わせだ。ここが林の奥深くということだけはわかっている。たぶん国有林だろう。この標高なら黒熊《くろくま》がいるはずだ。クーガーの姿が確認されたこともあった。人が住まない場所には、山猫やコヨーテ、狼《おおかみ》もいる。

そのうえ、あたりは急速に暗くなってきた。懐中電灯もなければ、ろうそくやマッチもない。厚い雲のせいで月も出ていない。唯一の頼みの綱は、轍《わだち》を探って進み、SUVが走り去った跡を追うことだけだ。

靴を脱ごうかと考えたが、そんなことをすれば足に凍傷を負うかもしれない。雪道は凍えるほど冷たいに決まっている。フィービーは、小さな木から長めの枯れ枝を数本引き抜いた。それで探れば、轍のまわりの植物の高さをつかむことができる。ほんのわずかだが、森から歩いて出られる可能性はあった。その可能性に賭《か》けるか、何もしないか。一つの場所にとどまることは死を意味する。捜索に来てくれる人を待ちながら凍死するだろう。道路にさえ出られれば、それがたとえどんな道路でも、助けを得られる可能性はある。それも大きな賭《かけ》には違いない。ここに住んでいるのでもないかぎり、雪の夜にこんな山中の裏道を歩いている人はそういるはずがないからだ。だが、パトロール中の保安官の車が通りかかるかもしれない。それを願うしかなかった。

フィービーは、轍に沿ってできるだけ速く森の中を移動した。恐ろしく静かだった。物音一つしない。鳥のさえずりさえ聞こえなかった。聞こえるのは、吹き荒れる雪の中、強風にあおられて木の枝がきしむ音だけだった。フィービーの何も覆っていない顔に雪が容赦なく吹きつけ、その刺すような痛みで、問題は雪だけではないことに気づいた。今やみぞれも混じっている。

フィービーは片足の前にもう片方の足を出し、そうしながら、その一歩を踏み出すことだけを必死で考えた。とにかくできるだけ早く森から出ることに集中しなくては。

目の前に分かれ道が現れた。フィービーは立ち止まって歯ぎしりした。だが、どちらの道を行こうかと考えていると、遠くからかすかに不思議な歌声が聞こえてきた。チェロキー語のようだ。右の道から聞こえてくる。フィービーは笑みを浮かべ、なんの躊躇《ちゅうちょ》もなく右の道へ進んだ。助かる見込みが出てきたわ。

フィービーのことはドレークを信じてまかせ、コルテスは今、チェノセタの市境のすぐ内側にある瀟洒《しょうしゃ》な邸宅の玄関に向かっていた。地元での逮捕を執行できるように、パーカー巡査をともなっている。邸宅の借り主はウォークス・ファーだが、賃料を払っているのはベネットだった。

コルテスは呼び鈴を三回鳴らしたが、応答はなかった。パーカー巡査とともに家の脇《わき》から裏庭へとまわる。ガレージの扉は開いていた。クローディアの名義で登録されているSUVがなかった。

消えたSUVを見て、コルテスはぴんときた。やけになったクローディアが真っ先に考えるのは、フィービーをつかまえて証言台に立てなくすることだろう。

コルテスは携帯電話をさっと取り出し、ドレークにかけようとしたが、その前に電話がけたたましく鳴り出した。

「もしもし?」コルテスはすぐに出た。

「ドレークです」ぶっきらぼうな声が返ってきた。「フィービーが家にいない」

悪夢だ。コルテスの心臓が早鐘を打ったが、表情は冷静さを保っていた。「家じゅうを探したか?」

「くまなく。ハンドバッグと車のキーは置いたままです」

つまり、ほぼ間違いなく、それらを持たずに出るしかなかったということだ。おそらく銃を突きつけられて。

「ベネットの妹がフィービーを連れていきそうな場所に心当たりはあるか?」コルテスは即座に尋ねた。「どこか人気のない、へんぴな場所だろう」

「このあたりの山の奥は人気のない場所だらけですよ」ドレークは弱々しく言った。「BOLOを出しましたが、今のところ情報はなしです」

コルテスは息をすっと吸い込んだ。「これからベネットに会いに行く。彼が何か知っているかもしれない。見込みは低いが、そこをあたってみるしかない。何かわかったらすぐに連絡する。ヘリコプターはあるか?」

「もちろんですよ。バットマンの基地の、水陸両用車の隣に」ドレークは皮肉っぽくつぶやいた。

「すまない」コルテスはきまり悪そうに言った。「麻薬取締局に電話しておく。彼らならたいてい持っているだろう」

「持っていても、このみぞれと吹雪の夜じゃ飛ばないでしょう」ドレークは返した。「そんな危険を冒すパイロットはいませんよ」

「くそっ!」

「保安官に話してみます」ドレークが言った。「この郡には保安官直属の騎馬捜索隊がいますから。馬なら、車では無理なところへも行ける。それに、優秀な緊急事態管理局もある。局長はいい人です。彼にも電話しておきますよ」

「恩に着るよ、ドレーク」コルテスは改まった口調で言った。「何かわかったら連絡する」

コルテスは電話を切って、パーカー巡査に状況を説明すると、ふたりで町へ猛スピードで引き返した。

ベネットは、ウィスキーのグラスを片手に自分のトレーラーハウスの中にいた。今夜は誰も働いていない。彼も仕事の気分ではなかった。そのときドアが勢いよく開き、顔を上げてみると、入ってきたのはコルテスだった。

ベネットはグラスを上げた。「ぼくは事後共犯というわけか？　逮捕しに来たのかい？」

コルテスはデスクの前に立った。「きみの妹がフィービーをさらった」間髪入れずに言った。

ベネットは顔をしかめた。「本当なのか？」

「彼女のＳＵＶがフィービーの家の前で目撃されている。警察が見つけた目撃者によると、今日の午後、車が走り去るのを見たそうだ。フィービーはその直後に姿を消している。彼女の車のキーと免許証はハンドバッグに入ったまま家にあったが、彼女はどこにもいない。事実を重ね合わせれば、どう考えても結論は明らかだ」

ベネットは目を閉じた。「なんてことだ！」

コルテスはデスクに身を乗り出した。黒い目は怒りに燃えている。「いいか、きみの妹を死刑から救うチャンスはまだある。彼女は明らかに度を失っている。だが、救いたければ協力しろ！」

「どうすればいい？　どこにいるのかもわからないのに！」

「考えろ」コルテスは厳しい口調で言った。「きみの妹がフィービーに危害を加えるつもりなら、どこかよく知っている場所に連れていくはずだ！　どこか人里離れた寂しい場所に。だが、土地勘がなくてはそんなところへは行けない。彼女が選ぶのは、誰にも邪魔されず、見つかりにくい場所だ」

ベネットは顔をしかめてデスクをじっと見つめた。「そうだな……妹がよく話していた場所がある。ここで唯一気に入っていた場所だ。妹はこの土地が嫌いだった。そもそもそれが、フレッドとかかわるようになった理由の一つだと思う。ぼくたちはあと数カ月ここにいる予定だったから」

「きみと一緒でなくても、ひとりでアトランタに帰ることはできただろう」コルテスは指摘した。

「それはない。あっちへ行っても何も刺激がないからね」ベネットは顔をゆがめた。「今日あいつに、ウォークス・ファーが入院しているあいだは、彼に付き添ってここにいないかぎり、金は一セントもやらないと言ったんだ。妹は怒っていた。彼が死のうが関係ないと言って。そのとき、あいつが何かしでかしたと気づいた。きみが最初に病院に立ち寄った日、妹が彼のそばにいたのは、ぼくに言われて、しかたなくそうしていただけだ。あれから妹は怒りっぽくなった。話しかけることもできないくらいだ」

「彼女が話していた場所というのは？　彼女が好きな場所はどこなんだ？」コルテスは急《せ》かした。

「ヨナ国立森林公園だ。林のずっと奥の沿道脇に公園がある。昔そこで金が発見されたこともあるらしい。近くの小さなピクニックエリアには貸しコテージがある」ベネットは顔をしかめた。「フレッドはそこに泊まっていたのかもしれない。彼が町にいないことは知っていた。やつがこのあたりにいることをクローディアがうっかりもらしたとき、ウォークス・ファーが町じゅうのモーテルを調べたから」

コルテスの心臓は跳ね上がった。広い地域だが、州全体を探すよりはましだ。「助かったよ」彼はベネットに言った。「きみのためにできるだけのことをするよ。きみの妹のためにも。フィービーが無事だったら、の話だが」そう冷ややかに付け加えた。

ベネットは、深刻な面持ちで出ていくコルテスを見送った。ミス・ケラーが死ぬようなことがあれば、ぼくはこの先、平和には暮らしていけないだろう。コルテスが憎悪に燃えた敵に変わるだろうから。

猫のうなり声が聞こえ、フィービーは身を硬くした。耳を澄ませる。あたりはひっそりとし、みぞれが地面を打つ音しか聞こえない。ものすごく寒かった。轍に沿って歩きながら、少しでも体を温めようと腕を振りまわす。低体温状態になるまでそう長くはかからないだろう。そうなれば深い眠りに落ち、二度と目を覚ますことはない。動き続けるか、死ぬしかないのだ。

フィービーは、細い枝で植物の伸び具合を測り、轍を追った。足元が見えないため、速くは進めない。だが皮肉にも、雪が地面を覆うにつれて、轍を見つけやすくなった。不幸中の幸いだ。フィービーにとっては希望の光だった。まだ森から出られる可能性はある。少なくとも、もう少し人目につく道路までは出られるかもしれない。膝までの長さのストッキングと底の薄い靴で、足がかじかんでさえいなければ。こんなに体が震えてさえいなければ！

フィービーは、自宅のこぢんまりした暖炉で燃えさかる火と、静かに流れる音楽を思い浮かべた。コルテスの膝枕《まくら》で夢見る自分の姿を想像した。あの歌声が聞こえないか耳を澄ましてみたが、もう何も聞こえてこなかった。

フィービーは片足をもう片方の足の前に踏み出し、前に進んだ。

ドレークは電話が鳴った瞬間に応答した。「スチュアートだ」ぶっきらぼうに言う。

「ぼくだ」コルテスが言った。「ベネットの話では、妹はヨナ国立森林公園内にある沿道脇の小さな公園のことを話していたらしい。貸しコテージの近くだそうだ。そっちのほうに法執行機関の知り合いはいるか？」

「ええ」ドレークは言った。「森林管理事務所の警備隊員をしている友人がいます。それに州の狩猟行政部もある。彼らなら喜んで捜索を手伝ってくれますよ。地元の捜索隊にはもう頼んである。指揮を執りますよ」

「大急ぎで現地へ向かう」

「チェーンがいりますよ」ドレークが言った。「雪にみぞれが混じってきた。道路はじきに凍結する。普通のタイヤでは無理です」

コルテスはうなった。ますます遅れてしまう！

「いい考えがあります」ドレークは続けた。「保安官事務所に寄って、保安官に一緒に来てもらうといい。保安官の四輪駆動にはもうチェーンがついていますから」

「ありがとう、ドレーク！　あとで会おう」コルテスは電話を切り、保安官事務所へ向かった。

ヨナ郡保安官のボブ・スティールは、縮れ毛の銀髪に黒い眉をした背の高い大男だった。

愉快な人物でありながら、人々の尊敬も得ていた。彼はコルテスの話を聞いて、顔をしかめた。

「みぞれだぞ」スティール保安官は即座に言った。「ベネットの妹がこんな天候の中にミス・ケラーを置き去りにすると？」

「ええ」コルテスはきっぱりと言った。「すでに殺したのでなければ」認めたくない考えを声にした。

保安官はデスクを立ち、引き出しから銃を取り出すと、ベルトのホルスターにおさめた。厳粛な顔つきだった。「いい結果を祈ろう」

「これまでいろいろと助けていただいて感謝しています。ドレークがフィービーの警護をできるようにシフトを変えてくれましたね」

「ベネットの妹はどうやって彼女に近づいたんだ？」保安官は聞いた。

「フィービーは今日、薔薇の剪定なんてばかなことのために早退したんです」コルテスは外へ出ながらつぶやいた。「誰にも知らせずに」

「いい考えではなかったな。殺人犯が野放しのときとしては」保安官は返した。

「まったくです。彼女の身柄を確保したら、五十年はくどくど言ってやりますよ」

保安官はただ笑みを浮かべた。人質事件では最初の二十四時間が重要だということは、コルテス同様、彼も承知していた。ミス・ケラーを二十四時間以内に見つけられなければ、彼女は死んでいる可能性が高い――撃たれたか、凍えるかで。保安官は四輪駆動のSUVのロックを解除し、コルテスとともに乗り込んだ。

地面は真っ白だった。フィービーは木の枝を投げ捨てた。今ではもう轍がよく見えるようになっている。彼女はときどき立ち止まり、車が近づいてくる音がしないかと耳を澄ました。彼女を撃ち殺しにクローディアがまた戻ってくるかもしれないからだ。気をゆるめてなどいられない。

両手はかじかみ、腕の感覚はなくなりつつある。こんなに寒い思いをしたのは初めてだった。足の感覚もほとんどない。凍傷が心配だった。フィービーはふとおかしくなった。ここで死ぬかもしれないのに、凍傷の心配をしてどうなるの？　彼女は両腕を激しくさすった。こんなことなら、クローディアをもっと強くたたきのめしておけばよかった。逃げ出したのは間違いだったかもしれない。でも、向こうのほうが背が高いし、わたしは頭を殴られていて分が悪かった。

頭はまだ痛かったが、吐き気は少しおさまっていた。寒さのおかげだ。フィービーはあたりを見まわした。どこを見ても木ばかりだ。主要道路のようなものはまったく見当たらない。どれほど森の奥深くにいるのかわからなかった。まだ何キロもあるのだとしたら、生きて脱出できる可能性はあるのだろうか。

　再び立ち止まって耳を澄ましてみたが、何も聞こえなかった。みぞれはやんで雪に変わり、ふわふわとした大きな雪が顔の前を漂って地面に舞い落ちていく。この世のものとは思えない美しさと静けさだった。そして致命的でもあった。動き続けなければ、凍死してしまうだろう。

　フィービーは一歩、また一歩と踏み出し、歩き続けた。クローディアのSUVのタイヤ痕《こん》は雪で覆い尽くされ、見つけられる可能性はもうない。だが、大きな車の重みで植物がなぎ倒されたおかげで、轍はまだ見える。フィービーは根気強く轍をたどり、体内に残っているわずかな熱を守ろうと、両腕をしっかりと上半身に巻きつけた。薄手のブラウスと薄っぺらなスラックスを呪《のろ》う。どうしてもっと暖かい服を着なかったのかしら。せめてジャケットか毛布か、とにかく体を温めるものがあれば！

　ふと、遠くから何か音が聞こえたような気がした。フィービーは立ち止まり、音が聞こえた方向へ顔を向けた。身じろぎもせずに立ち、祈りながら待った。だが、音はすぐに消えてしまった。ひょっとしたら、幹線道路を通った車の音かもしれない。思ったより近づいているのかも。胸を高鳴らせ、歩くスピードを上げた。危険にさらされた人間は、最後まで希望を捨てるものじゃないわ。いつだって希望はある。

　フィービーは、歩み去るコルテスの広い背中を最後に見たときのことを思い出した。あんなふうに別れたことを彼はわたしと同じくらい後悔しているかしら。わたしが死んだら、彼はきっと罪悪感にさいなまれるに違いない。彼はそういう人だ。フィービーはこの荒野に投げ出されてから、彼やティーナの態度についてさんざん考えた。そしてようやく、すべては嫉妬だったことに気づいた。わたしはポーチでドレークと話し込んでいた。親密な会話でもなんでもなかったが、気持ちが不安定になっている人から見たら、そう見えたかもしれない。コルテスがわたしのことを好きでいてくれているのはわかっている。子どもを持つ話をよくしていた。わたしは彼のことを愛している。ここから抜け出せたら、彼を押さえつけてでも話を聞いてもらおう。わたしとドレーク・スチュアートとのあいだには何もないことを彼――そしてティーナ――にわかってもらわなくては。コルテスには、またわたしの前から去っていくようなことは絶対にさせない。フィービーはさらに歩くスピードを上げた。

一方、スティール保安官とコルテスは、雪が降りしきる中、森林公園内の道路を車で走っていた。

「干し草の山で一本のわらを探すようなものだ」コルテスは前方をじっと見つめたまま、ぽつりと言った。

「たしかにここは広い」保安官は同調した。「だが、ベネットの妹がミス・ケラーを自分のよく知っている場所に連れていくだろうという、きみの推測は正しい。幸いなことに彼女は地元の人間ではないから、捜索区域は若干狭まる」

「空から捜索できればな」コルテスは切実な口調で言った。「見つけられる可能性はもう少し高いだろうに」

「彼女は非常に頭のいい女性のようだが」保安官は静かに言った。

「ええ」コルテスは答えた。「それに、人類学と考古学の分野ですばらしい経歴があります。山奥の道や荒野について素人というわけじゃありません」彼は目を細めた。「彼女はおそらく歩いて出ようとするでしょう。道をたどるはずだ」

「動かずにじっとしているとは思わないのか？」

「思いません」コルテスは答えた。「濡《ぬ》れていて火をおこせないし、凍死の恐れがあります。彼女は動き続けますよ。間違いありません」

「夜が明けしだい、ヘリをここへ飛ばせよう。パイロットごとハイジャックしてでもね」保安官は請け合った。「なんとしても彼女を見つけるんだ」

「捜索隊に連絡して、何か見つかったか聞いてみてはどうでしょう」

保安官はすでにマイクを手にしていた。コルテスににやりと笑ってみせる。「ちょうどそうしようと思っていたところだ」

だが、捜索隊は手がかりなしだった。森林管理事務所のほうも同じだった。雪で視界が明るくなっているとはいえ、夜の捜索は困難だった。森は広大で、たったひとりの人間の姿などすっかり溶け込んでしまったようだ。

通信指令係から連絡が入った。スティール保安官が応答し、コルテスの心臓は期待に跳ね上がった。

「捜索隊の一つから連絡を受けました」通信係が言った。「貸しコテージの客が、四輪駆動車が二度通りかかるのを見たそうです。三時間ほど前に、ピクニックエリアの先の行き止まりのほうへ向かったということです」

「そちらへ向かう」保安官はそう言って、車を方向転換させた。

コルテスは笑みを浮かべた。ようやく一安心だ！　あとはフィービーが生きて見つかりさえすれば……。

15

フィービーは疲れてきていた。健康で脚も丈夫とはいえ、疲労と寒さと空腹の組み合わせは、さすがにこたえた。朝食はとったが、昼はおなかがすいていなかったので、食事をとらなかったのだ。体内のエネルギーはすっかり使い果たしてしまった。突然、目の前に十字路が現れ、フィービーは立ち止まった。道路は四方向に分かれている。とてつもなく広大な森と雪の景色を見て、彼女は絶望感に襲われた。はっきりと見える跡は何もなく、今回は方向を導くかすかな歌声も聞こえない。この試練が始まって以来初めて、安全なところへたどり着くのは無理だという気がしてきた。

もっと体力があれば、せめて方角だけでもどこへ向かっているのかがわかれば、チャンスはあるのかもしれない。今どこにいるのかもわからなければ、どこへ向かえばいいのかもわからない。選択を誤れば死につながる。ここにとどまっても結果は同じだ。林の中に入り、落ち葉と松の木の枝で体を覆って暖を取ろうとすれば、誰にも見つからず、やはり死ぬ運命だ。

落ちてくる雪で肌はびしょ濡《ぬ》れだった。髪も同じだ。足はすっかりしびれ、ストッキングはぐしょぐしょになっている。一歩踏み出してみて、足に感覚がないことに気づいた。もう充分だ。希望はなくなった。ここで終わり。これ以上は歩けない。体は疲れきっている。永遠に歩き続けてきたような気がした。寒くて空腹で、足は凍りついている。空を見上げると、みぞれと雪が顔にあたるのを感じた。フィービーは目を閉じた。すべては終わった。

フィービーは長いため息をついて十字路の真ん中に座り込み、体を丸めて目を閉じた。凍死は痛みを感じないと聞いたことがある。それが本当であることを願った。ティーナとドレークのおかげですべてがややこしくなる前にコルテスとともに過ごした短い時間がどんなにすばらしいものだったか、彼が覚えていてくれますように。すべてがややこしくなったのは自分のせいでもある。コルテスのところへ行き、きちんと話をするべきだった。彼は、わたしの前から歩み去ったことをうしろめたく思いながら生きていかなくてはならない。それを思うとフィービーの胸も痛んだ。彼を愛している。フィービーは彼の名前をささやき、最後にか細い息をふうっと吐き出した。

保安官の車の中で、コルテスは歯ぎしりしていた。貸しコテージを過ぎたところで道路は四つに分岐していた。もうこれで位置を特定できると思っていたのに、今度はパズルか。

「止めてください」コルテスはスティール保安官に言った。車を降りて十字路まで歩いていくと、かがみ込み、目を細めて地面を念入りに調べた。地面は雪で覆い尽くされていたが、ベネットの妹がこの道を通ったのなら、必ずタイヤ痕《こん》があるはずだ！　保安官も車から降りてきて、同じようにかがみ込んで調べ始めた。雪の積もった落ち葉をそっと払いのける。

「あなたは狩りをするんですね？」コルテスは保安官に聞いた。

「十歳のころからね。轍《わだち》を探しているんだろう？」

「ええ。それが唯一の手がかりです」

ふたりは懐中電灯を手に、作業に没頭した。長くはかからなかった。この季節に道を通行する車は少なく、混乱を招くような古いタイヤ痕がないからだ。

「あった！」コルテスが叫んで保安官を手招きすると、保安官は彼の横に並んだ。

雪のすぐ下の柔らかい土に、はっきりとしたタイヤ痕が残っていた。垂直のラインが一本欠けている！　コルテスは保安官にわかるように事情を説明した。

「あの車のタイヤ痕がこんなに簡単に識別できるものだということにベネットの妹が気づいていなくて助かったな」保安官は言った。

「まったくです。行きましょう！」コルテスは勢いよく立ち上がり、車に駆け戻った。

保安官は運転席に乗り込んでエンジンをかけると、今来た道から曲がって脇道《わきみち》へ入った。

そして、また別の十字路にぶつかって手間取ったときに備えて、無線で捜索隊に応援を要請した。フィービーが行方不明になってからの時間を考えると、今ごろは凍死寸前だろう。あと数時間もすれば、彼女を見つけてもしかたがなくなる――そのころにはもう手遅れだろうから。

コルテスはそのことを承知していた。クローディア・ベネットがすでにフィービーを殺した可能性があることも充分にわかっていた。フィービーは雪の上に横たわり、柔らかなまぶたを閉じて、永遠の眠りについているかもしれない。コルテスは痛みを感じるほど歯を食いしばった。雪に覆われた道をたどる車の中で、彼は必死に祈った。

轍のついた小道は、くねくねと曲がりながら、谷底へ向かって下へ下へと永遠に延びているように見えた。ベネットの妹が共犯者を殺したのと同じようにフィービーを殺した可能性は、ぬぐいきれない。武器を持っていないフィービーに勝ち目はないだろう。コルテスはそのことを考えるのもいやだった。彼女と別れるとき、ずいぶん冷たくしてしまった。もし彼女が死んでしまったら、ぼくは一生、そのことで罪悪感にさいなまれるだろう。

雪は依然として降り続け、ひどくなる一方だった。保安官はカーブのたびにスピードを落としていた。道が平坦《へいたん》になり、地平線に向かって一直線になると、ふたりは前方に目を凝らした。

無線が鳴り、保安官が応答した。保安官は道路の真ん中で車を止め、話を聞くうちに、驚いたように目を見張った。コルテスも一緒に聞いていた。彼はただ笑みを浮かべただけだった。

「オクラホマのミスター・レッドホークからのメッセージを伝えます」通信係が言った。「この事件に関係のあることで、重要だと言っています」

「了解」保安官はコルテスの凝視に困惑しながら答えた。「聞こう」

「道が分岐していて、二本のツガの大木が向かい合って立っている場所を探すようにとのことです。枯れた丸太が倒れて道路の中ほどまで飛び出しているところだそうです。彼女はそこにいると。それから」通信係は口ごもり、咳払《せきばら》いをした。「その若い女性は妊娠しているそうです」

コルテスは声に出してうめいた。「彼女は無事ですか？　生きているかどうか聞いてください！」彼は言った。

保安官はコルテスに不思議そうな視線を投げかけながらも、その質問を伝えた。

少しの間があった。「はい。彼女は生きていると言っています」

「よかった！」コルテスは声を絞り出すようにして言うと、黒い目に光るものを隠すように、顔をそむけた。

保安官は通信係に礼を言うと、コルテスにちらりと目をやった。コルテスはその視線には気づかなかった。フィービーが妊娠？　信じられない！　だが、父が間違えることはめったにない。今回も的中しているとすれば、たった今フィービーは助かったことになる。

保安官は遠まわしな言い方はしなかった。「超能力を信じるわけじゃないだろうな」あざけるように言う。その言葉が唇を離れたとたん、彼はそのまま口をあんぐりと開けて息をのみ、車を急停止させた。

前方で道路が分岐していた。左手に二本のツガの木があり、枯れた丸太がまさに道路の中ほどまで飛び出している。「信じられない!」保安官は叫んだ。「あのレッドホークという男は何者なんだ?」

「ぼくの父です」コルテスはそっけなくつぶやいた。「呪医《じゅい》なんです」コマンチ族には祈祷師《とうし》や呪医の組織団体などはなく、こうした洞察の能力は固有的で個人的なものなのだという話は付け加えなかった。父の能力は、所属する文化の中で地位を得るために授けられたものではない。チャールズ・レッドホーク自身が一個人であるのと同様に、一つの個性として存在するものなのだ。

保安官はコルテスを見やった。「ぜひお会いしたいものだ」彼は心から言い、轍のついた道路に再び車を進めた。

コルテスはシートベルトの限界まで身を前に乗り出し、目を細めて前方の路上を見つめた。心の中で祈る。どうかぼくから彼女を奪わないでください。フィービーがこの世からいなくなったら、ぼくの人生は再び意味を持たないものになる。

保安官はスピードを落としてカーブを曲がり、道路の両側の視界が開ける直線になると、またスピードを上げた。道路沿いにはオークや松やツガの大木が連なっている。あたり一面、雪景色だ。バックミラー越しに、自分たちのタイヤの跡がさっきより深くなっているのが見える。

「ストップ!」コルテスが突然叫んだ。

保安官は反射的にブレーキを踏み、道路の真ん中で丸まっている人影から三十センチほど手前で車は急停止した。

コルテスは車から飛び出し、フィービーのもとへ駆け寄った。父の言葉のかいなく、もはや手遅れだったかと恐れながら、彼女を腕の中に抱きしめた。彼女の体をつぶれんばかりに自分の胸に押しつける。「フィービー……スイートハート、聞こえるか?」かすれる声で耳にささやきかけた。

もうだめかと思ったが、信じられないことにその数秒後、ふと自分の首筋に彼女の吐息がかかるのを感じた。「よかった、助かった、助かったぞ!」コルテスは彼女の髪に顔をうずめてうめいた。「フィービー、ベイビー、ぼくの声が聞こえるか? フィービー! フィービー!」

フィービーは声を聞いた。温かく力強い腕に抱かれているのを感じる。死んだのかしら? 息を吸って咳《せ》き込み、身を震わせながら、ゆっくりとまぶたを開けてみる。目の前に、コルテスのやつれてゆがんだいとしい顔があった。「ジェレマイア？」フィービーはつぶやいた。笑みを浮かべ、冷たい指で彼の頬に触れる。「わたしは死んだの？　ここは天国？」懸命にささやいた。

「死んでいないよ」コルテスはうめくように言った。「でも、天国にいるみたいだ。間に合ったことを神に感謝しなくては……」彼は押し隠してきた不安を吹き飛ばすように、唇をフィービーの口の中にこじ入れた。彼女の唇は冷たかったが、応《こた》えてきた。彼女が温まるまでキスをしていたかったが、今はそんな時間はない。なんとか唇を離すと、彼女の首筋に顔を押しつけて抱きしめた。それから少しのあいだ彼女を放し、自分の上着を脱いで、体にかけてやった。

「ああ、なんて暖かいの」フィービーは震えながら、うれしそうにささやいた。

「半分凍りかけているんだから！」コルテスは彼女をさらにしっかりと上着でくるんだ。

「見つけてくれるとは思わなかった」フィービーは彼にしがみついて、ささやいた。「足の感覚がなくなって、もう歩けなかった。すごく怖くて……」

コルテスは唇で彼女の言葉をさえぎった。「大丈夫。もう大丈夫だ！　二度と離したりしない！　ぼくが死ぬときまでずっと。絶対に！」彼はフィービーをそっと立ち上がらせようとしたが、彼女は足に力を入れたとたん、悲鳴をあげた。コルテスは彼女の向きを変えさせて、右腕で体を抱き上げ、左腕で脚を支えてやれるようにした。その体勢のまま、肩の激痛を無視して彼女を車へと運んだ。

「肩を痛めるわ！　無理はやめて……」フィービーは抵抗した。

「黙って」フィービーがこんなときでも自分のことより彼のことを心配するのを聞いて、コルテスは胸が痛くなった。彼女はぼくを愛してくれている。それが伝わってくる。ぼくも全身全霊で彼女を愛している。コルテスは彼女をもっと強く抱きしめた。

一歩進むごとに激痛が走ったが、彼はなんとかフィービーを車まで運んだ。保安官に車の中からドアを開けてもらい、彼女を後部座席におろした。靴を脱がせると、ストッキングをはいた彼女の両足を、感覚が戻ってくるまで大きな手でさすった。「毛布はありますか？」彼は保安官に尋ねた。

「いや、だが、トランクに寝袋がある」保安官はそう言うと、ダッシュボードのトランクのボタンを押した。彼はトランクから寝袋を取ってくると、コルテスに手渡した。コルテスはそれをフィービーの両脚にすばやく巻きつけた。

「彼女をすぐに病院に運ばなくては」コルテスは保安官に言った。そのときになってようやく彼は、父が言ったもう一つのことを思い出した。あれはあたっているのだろうかと、彼は目を大きく見開いて、探るようにフィービーを見つめた。父の的中率は抜群だ。彼女がぼくの子どもを？　だが、恐怖の数時間ののちに、生きている彼女をこうして腕に抱くという奇跡を手にしたうえに、まだ何かを望むというのはぜいたくすぎる気がした。

「病院には行けないわ」フィービーが不満そうに言った。「銃が落ちている場所を知っているの。探しに行かなくちゃ。あれが殺人の凶器に違いないわ」

「フィービー」コルテスは異議を唱えた。

「土壇場で彼女の手からたたき落としたの」フィービーは続けた。「彼女は後ろからわたしを撃とうとしていた。すばやく振り返って、手から銃をたたき落とせば、逃げられるかもしれないと思ったの。死ぬほど怖かったけど、うまくいったわ。彼女の手は小さいうえに、銃は四十五口径の大きなオートマチックだったから」

その口径の銃で至近距離から撃たれていたらどうなっていたかと思うと、コルテスは身が震えた。顔のほとんどがなくなったあの被害者の姿は今でも目に焼きついている。コルテスは顔をゆがめて、フィービーを強く抱きしめた。「治療が先だ」そう言って突っぱねた。

「待てないのよ。わたしは大丈夫。今行かないと」フィービーは静かに言った。「忘れてしまうわ。彼女の有罪を証明する銃を手に入れれば、彼女は逃げられない」彼女は、コルテスの向こうに身を隠すようにして立っているスティール保安官に視線を向けた。「わたしが正しいって、あなたからも言ってください」

保安官は顔をしかめた。「彼はわかっているよ」そう答えた。

コルテスは顔を上げた。車内灯の下で、その両目は優しく穏やかだった。「わかった、銃を探しに行こう。きみには負けたよ」彼は誇らしげに優しく言った。

フィービーは笑みを浮かべ、指先で彼の口に触れた。

「見つけよう」コルテスはそう言って、車の外に出た。後部座席のドアを閉める。「行きましょう」保安官に言った。「彼女が凶器を見つけられれば、重要な証拠が手に入ります」

「絶対に見つかるさ」保安官は含み笑いで答えた。


三人は、ベネットの妹がフィービーを殺そうとした場所に着いた。驚いたことに、フィービーはそこから五キロ近くも歩いたことになる。

「あそこに止めてください」フィービーは運転席越しに指さした。「あの大きなオークの木の手前で」

保安官は車を止めた。もう体も温まったフィービーは車から降り、コルテスに上着を返した。寝袋をショールのように体に巻きつけている。

「こっちよ」この場所でさっき体験した恐ろしいできごとを思い出して歯を嚙《か》みしめる。

フィービーはふたりの男性を先導して、なだらかな隆起が下に向かって連続している小さな尾根の端に出た。目を閉じて、自分とクローディア・ベネットがいた場所を思い出そうとしてみる。そのとたん、ぞっとした。フィービーは気を取り直し、背筋を伸ばした。記憶だけが頼りだ。殺人犯を逃がすわけにはいかない。

フィービーは尾根のほうを見た。「銃はあっちのほうに飛んだわ」大きなオークの木の向こうを指さす。「とても重かったから、それほど遠くには飛んでいないはず。わたしが逃げて隠れたあと、彼女は探していたけど見つからなかった。雪が降っていたし、暗くなってきていた。ぐずぐずしていたら、わたしに背後から攻撃されると思ったんでしょうね」彼女はかすかにほほえんで言った。

コルテスは用心深くあたりを見まわした。破れかぶれの女に背後から銃を突きつけられているフィービーの姿が目に浮かぶ。彼女の反射神経がよくなかったら……。それ以上は考えたくなかった。

保安官は木切れを数本かき集め、矢の形にして、フィービーが示した方角に向けた。「そいつはいい考えだ」コルテスは笑顔で言った。「科学捜査班に金属探知機を持ってこさせます。銃はすぐに見つかるでしょう」保安官にそう言ってからフィービーのほうを向いた。「今すぐきみを病院に連れていかないと」

言い終わらないうちに、保安官代理の車が背後の道をやってきた。森林管理事務所の緑色の車を後ろに従えている。

「いいタイミングだったな」ドレーク・スチュアートが車から降りて、森林警備隊とともに近づいてくると、保安官はくすりと笑って言った。「ドレーク、ミス・ケラーを病院に連れていって手当てを受けさせてやってくれ」

　フィービーはコルテスのほうを向いた。「あなたは来ないの？」急に不安になって尋ねた。

　コルテスは仕事と私情のはざまで一瞬ためらった。

「最新科学がなくても犯罪現場の捜査はできる」保安官がコルテスに言った。「料理人が多すぎるとスープはだめになる、と言うじゃないか。わたしがここに残って、きみの科学捜査班を待とう。銃を見つけて、タイヤ痕が見つかりそうなところまで彼らを案内するよ」彼は請け合った。

「すぐにアリス・ジョーンズに電話して、機材を積んだバンでここへ来るように言います」コルテスは譲歩した。

「フィービーとコルテスを病院で降ろしたら、アリス・ジョーンズが泊まっているモーテルに寄って、ここまで先導してきますよ」ドレークが申し出た。

「おまえはいいやつだ」保安官はほほえんで言った。「頼んだぞ」それからコルテスにまじめな顔を向けた。「犯人はまだ逃走中で、一度はミス・ケラーを殺そうとしていた。きみはここにいるよりも病院に付き添ったほうがいいだろう」

「ありがとうございます」コルテスは言った。

　保安官は大きな肩をすくめた。「われわれはみんな味方じゃないか」

「つくづくそう思います」コルテスはにっこりと笑った。「あなた方のおかげでインディアン自治区犯罪捜査班はおおいに助かりました。こちらの法執行機関はすばらしい」

「そいつはどうかな」保安官はほほえんで言った。「もう行ったほうがいい」

「寝袋を返しに行きます」フィービーが保安官に向かって言った。「本当にありがとう！」

「どういたしまして」保安官は優しく言った。「こんな目に遭って、お気の毒に。元気になるよう祈っているよ」

「ええ、わたしも」フィービーは笑みを浮かべてつぶやくと、コルテスの大きな手を取って、しっかりと握りしめた。


救急救命室のベッドで当番の医師を待つうちに、フィービーはだんだんと感覚が戻ってくるのを感じた。コルテスの手を離すことができなかった。

「どうやってわたしを見つけたの？」彼女は尋ねた。「自分でも、自分がどこにいるのか、どうしたら森から出られるのかわからなかったのに。遠くから不思議な歌声が聞こえてきて、正しい方向に導いてくれたの。でも、十字路にたどり着いたところで、疲れと足のしびれで、それ以上進めなくなってしまった。いったいどうやってわたしを見つけたの？」

「父のおかげだよ」コルテスは謎《なぞ》めかせて言った。指をフィービーの指にからませ、彼女の青白い顔をじっと探るように見る。彼の髪はほどいてあった。追跡をするときはいつもそうするのだ。

フィービーは手を伸ばし、彼の長い豊かな髪の房に触れた。「あなたの髪がいつも好きだったわ」彼女は静かに言った。

コルテスはフィービーの手を取り、手のひらを上に向けて自分の口元に持っていった。彼女独特の柔らかな香りを吸い込んで目を閉じる。「ぼくの生涯でいちばん長い一日だった」かすれた声で言った。

「わたしもよ」フィービーは返した。

「きみが彼女の手から銃をたたき落とすような向こう見ずでよかったよ。さもなければ、今ごろきみには死体番号がついていただろうからね」

「死にたくないもの」フィービーは飾らずに言った。コルテスの黒い目をのぞき込む。「あなたが死ぬときまでは」

コルテスは神妙な面持ちでうなずいた。「ぼくも同じだよ、スイートハート」かすれた声でささやいた。あまりに優しいその黒い目を見て、フィービーは泣きそうになった。

ふたりがまだ見つめ合っているところへ医師が入ってきた。「今日はどうされました？」医師は愛想よく聞いた。彼はメモを見て付け加えた。「ミス・ケラー」

「銃を突きつけられて誘拐され、山奥で殺されそうになったの」フィービーは静かに言った。「最初に何かで頭を殴られた。何かはわからないわ。頭痛がするし、最初は吐き気もあった。でも、いちばん心配なのは凍傷よ。助けを求めて森林公園を歩いて出てこなきゃいけなかったの。ノースリーブのブラウスと薄手のスラックスとフラットシューズとストッキングという格好で。体が凍えているわ」

医師はフィービーをあざけるような表情で見つめた。だがそれも、コルテスがFBIのバッジを取り出して医師の鼻先に差し出すまでのことだった。

「彼女は作り話をしているわけじゃない」コルテスは言った。「犯人に指名手配も出ている。犯人は女性で、すでにひとり殺している」

医師は興味を示した。「洞窟《どうくつ》で見つかった男性ですね？」

「驚いたな」コルテスは苦笑いで言った。

「どうりで聞き覚えのある名前だと思いましたよ」医師はフィービーに向かって言った。

「あなたが噂《うわさ》の人類学者さんですか――ここのネイティブ・アメリカンの博物館で館長をしているという」

「ええ」フィービーは言った。

医師は首にかけていた聴診器の先を耳に入れ、フィービーの胸の音を聞いた。脳震盪《のうしんとう》の兆候を念入りに調べ、ひととおりの診察をすませた。

「MRI検査をするまではわかりませんが」医師は言った。「数分間気を失っていたことを考えると、脳震盪を起こしたと思われます。めまいや、ちらつきや、吐き気は？」

「吐き気は最初だけ。ちらつきはないわ。頭痛は最悪」フィービーはそう言って力なく笑った。

「では、今夜は入院してもらったほうがいいでしょう」医師は言った。「もう少し検査をする必要が……」

「血液検査をしてもらえるかな？ 妊娠しているかもしれないので」コルテスは、愛の告白でもされたように仰天した顔のフィービーをちらりと見ながら、息をのむほど優しい声で言った。

「そんなこと、あなたにわかるわけがないわ！」フィービーは叫んだ。

「わからなかったよ。父が電話してきて、きみを探すべき場所を教えてくれたとき、きみが妊娠していると言うまでは」

「父上はお医者様ですか？」医師が不思議そうに聞いた。

コルテスは咳払いをした。「父は呪医だ」

医師は眉を上げた。カルテを胸に押しつける。「なるほど。あなたが撃たれる直前に、大きなコインを二枚ポケットに入れておくように言った人ですね」フィービーに向かってそうつぶやいた。フィービーが照れ笑いをし、コルテスが眉を上げると、医師はうなずいた。「彼はこの病院スタッフのあいだで伝説の人になりつつありますよ。これまでの的中率から考えると、血液検査をしておいたほうがいいでしょう」医師は探るようにコルテスを見やった。

コルテスはフィービーの手をつかんでほほえんだ。「ぼくの子だ」誇らしげに言った。「ぼくたちは来週、結婚するんだ。彼女が望もうが望むまいが」

医師はくすりと笑い、入院の手配をするために出ていった。フィービーは呆然《ぼうぜん》とコルテスを見つめていた。心臓が激しく打っている。

「わたしと結婚したいの?」フィービーは驚きを隠せないまま、ささやいた。

「もちろん」コルテスはあっさりと言った。

「でも、あなたは今まで一度もそんなこと……あなたはいつも……わたし、そんなこと考えも……」フィービーは考えが何一つまとまらずに口ごもった。

コルテスは唇で彼女の唇を優しくかすめた。「心からきみを愛しているよ」彼はささやいた。黒い目は優しく、真剣そのものだ。「全身全霊で。きみと人生をともにしたい。死ぬまでずっと愛するよ、フィービー。ぼくが永遠に目を閉じる日まで。ぼくは闇《やみ》の中にもきみの思い出を持っていくよ」

フィービーは涙をこらえていた。長い指でコルテスの頬に触れる。まぶたの裏に涙がにじんだ。「出会った日からずっと愛していたわ」そうささやき返す。「その気持ちが変わったことはないわ。あなたがわたしを捨てて、もっと自分にふさわしい女性を選んだと思ったときも」

「ぼくがそうした理由はもうわかってくれているね」コルテスは言った。「どうしてそうしなければならなかったか」

フィービーはほほえんだ。「わたしもジョゼフを愛しているわ」

「子どもをたくさん作ろう。まずはこの子からだ」コルテスはフィービーのおなかを軽く撫《な》でると、笑顔を見せた。「最高にうれしいよ！」

フィービーは手を彼の手に重ね、驚きの混じった笑みを浮かべた。「ええ」

ふたりは互いに見つめ合い、未来を思い描いた。


だが、フィービーが個室に落ち着いたとたん、ふたりは現実に引き戻された。コルテスの携帯電話がけたたましく鳴り出したのだ。彼は電話に出た。

「銃とタイヤ痕らしきものを見つけたぞ。彼女は逃走中だ」スティール保安官が言った。「郡の班が総出で捜索に出ていて、彼女の姿を町はずれで見かけた。彼女が逃げ込みそうな場所に心当たりは？」

コルテスは考えをめぐらせた。「われわれが彼女を探しに行きそうにないところという　と」

保安官が思いついて言った。「ミス・ケラーの家だ」

「同感です。ぼくも向かいます。フィービーの家の私道の入口で落ち合いましょう」

「念のため、彼女の病室の前に見張りを立たせたほうがいいな」保安官は言った。

「ええ、そうします」コルテスは答えた。

彼は電話を切ってベッドのそばに戻った。フィービーは鎮静剤を打たれていたが、まだ眠らずに心配そうな顔をしていた。

「わざわざ命を危険にさらしに行かないで」フィービーはきっぱりと言った。「もし本当に妊娠していたら――血液検査をしてどのくらいでわかるのか見当がつかないけれど――赤ちゃんには父親が必要なのよ！」

コルテスは彼女にほほえみかけた。「それに母親もね」身をかがめて、彼女に優しくキスをした。「地元警察に電話して、ぼくがいないあいだ、きみの警護をしてくれる人をよこしてもらうよ」

「わかったわ」

「気をつけるから」コルテスは約束した。「彼女を逃がすわけにはいかないだろう？」厳しい顔つきで言った。

「もちろんよ。わたしはここで適当にしているわ。おいしい食事は大好きだもの」

コルテスはウィンクをすると、不本意ながらもフィービーを残して病室を出た。

数分後、医師が奇妙な表情を浮かべて入ってきた。「お伝えすることが二つあります」彼は言った。

フィービーは手のひらを上にして、話を促すように手を差し出した。

「妊娠しています」

彼女は満面の笑みを浮かべ、両手をおなかにあてた。「ああ、あなたにお礼にあげるものが何もないわ！」

医師は笑みを返した。

「二つ目は？」フィービーは催促した。

「あなたに見舞い客のようです」医師は脇に寄った。すらりとした長身にグレーの三つ揃《ぞろ》いのスーツを着た上品な白髪の男性が入ってきた。目は黒く、頬骨が高い。どことなくスペイン系に見える。

フィービーは困惑した。訪問者をまじまじと見つめる。医師はほほえみ、残りの巡回のために病室を出ていった。

「きみがフィービーだね」男性が教養の感じられる口調で言った。温かい笑みを浮かべている。「感心したよ。きみはすばらしい経歴を持っているだけではない。勇気も持っている」

フィービーは目をしばたたいた。「失礼ですが、お会いしたことはありませんよね？」

男性はその質問を無視して前に進み、フィービーのそばに立った。「そんなことはどうでもいい。きみが無事でよかった。間に合わないのではないかと心配したよ」

フィービーはますますわけがわからなかった。薬のせいで幻覚でも見ているのかしら？

「アトランタまでは来ていたんだよ。ところが悪天候のせいで、ここまでの飛行機がなかなか飛ばなくてね。だが、もしきみの捜索が難航していたら、捜索隊に志願するつもりでいたんだ。やれやれ、このことを上司になんと説明すればいいのやら」男性は憂鬱《ゆううつ》そうに言った。

「上司？」

「わたしはオクラホマのコミュニティー・カレッジで歴史を教えているんだ。四日後に最終試験があるんだよ」

フィービーはあんぐりと口を開けた。「あなたはもしかして……」

「そう、ジェレマイアの父だ」男性は認めた。顔をほころばせている。「ごらんのとおり、ラトルも鈴もビーズも持っていないけどね、人類学の講座は取ったことがあるんだ。便利なおじいちゃんになりそうだと思わないかい？」

コルテスはモーテルに止めたままの自分の車のところへ帰り着いた。ティーナがジョゼフを腕に抱いて走り出てきた。

「彼女は大丈夫なの？　見つかった？」ティーナは勢い込んで尋ねた。

「無事だよ。今は病院にいて、一晩入院することになった」

「怪我《けが》をしたの？」ティーナは罪悪感に襲われて、また声を張り上げた。彼女は妊娠しているようなんだ」

「少しね。だが、入院するのは念のために検査をするためだ。「きみはまた叔母さんになるぞ！」ティーナは目を皿のように丸くした。「それって……あなたの子ども？」

コルテスは彼女をにらみつけた。「ぼくの子どもに決まっているじゃないか！」

「ドレークとフィービーにものすごく悪いことをしちゃったわ」ティーナはうめいた。

「愛がばかなことをさせるんだよ、たぶん」コルテスは優しく言った。「ついでに言うと、ドレークはもう全部知っている。きみに愛されていると知って有頂天だったぞ」

ティーナはますます目を丸くした。「彼が？　本当？」彼女は咳払いをした。「フィービーのことだけど。膝をついて謝るわ。絶対に。どこに行くの？」

「犯人をつかまえに。鍵《かぎ》をかけて部屋から出るな」

「わかったわ。そうそう、電話はあった？」

コルテスは立ち止まった。「電話？　誰から？」

「あなたのお父さんからよ」ティーナはいたずらっぽくほほえんだ。「病院に向かうところだって！」

16

コルテスは笑った。「親父《おやじ》は、ぼくたちが自力で解決できると思わなかったのかな?」

「チャールズ伯父さんのことだもの」ティーナは楽しそうに言った。「すでにフィービーのことを気に入っているみたいよ。会うのが待ちきれないって。結婚式に出席したいとも言っていたわ。間に合えばいいけどって」

父親の超自然的な能力をよく知っているコルテスは、かぶりを振るばかりだった。「五日後に結婚するつもりなんだ。さすがは親父だ」

「わたしも行っていい?」ティーナが遠慮がちに尋ねた。

「もちろんさ。フィービーは根に持ってなんかいないよ」

「よかったわ」

コルテスはジョゼフとティーナに順番にキスをすると、車に乗り込んだ。「またあとで。ドアに鍵《かぎ》をかけろよ!」

「了解!」ティーナは喜びに顔を輝かせて、部屋の中へ走っていった。

コルテスは猛スピードでフィービーの家へと車を飛ばした。私道の入口にスティール保安官とドレーク、それに、近くのFBIフィールドオフィスに赴任したばかりのジャック・ノリス特別捜査官の姿が見えた。

「彼女が今日ここから出るのを目撃した隣人が、数分前に彼女が戻ってきたのを見たと言っている」スティール保安官がコルテスに説明した。「作戦を練っていたところだ」

「踏み込みましょう」コルテスは冷ややかに言った。「彼女を逃がすわけにはいかない」

「逃げられないさ」保安官は保証した。「外へ出るにはこの道を通るしかないが、雪が相当に深くなっている。彼女はミス・ケラーの家へ行くときにスリップを起こしているくらいだから」

「出てくるまで待つには人員も時間も必要です」コルテスは返した。「彼女には失うものは何もない。もうひとり殺すこともいとわないでしょう。人を殺すか、あるいは自殺するか、今の彼女にはどれでも同じです」

「誰が先陣を切るか、くじ引きで決めましょう」ドレークが言った。

コルテスは大股で車に戻った。「くじ引きの必要はない。ぼくが行く。ノリス、一緒に来てくれ。運転を頼む。ゆっくり行ってくれ。家の横手のところで飛び降りるから。きみはそのまま車で裏へまわるんだ。頭は低くしておくんだぞ」彼は保安官のほうへ視線を向けた。「彼女がここまで逃げてきたときは、おふたりにお願いします」

ふたりは真剣な面持ちでうなずいた。「きみの見せ場だ」保安官は言った。「幸運を祈る」

コルテスは返事の代わりに片手を上げた。黒髪で長身の新任捜査官ノリスが運転席に乗り込むと、コルテスは助手席に乗り込んだ。

ふたりは家にゆっくりと近づいた。コルテスは相手が撃ってくることを予想していたが、家の中から彼らめがけて飛んでくる弾丸はなかった。

「いいか、家の横手にある松の木立のところを曲がったらスピードを落としてくれ。そこで飛び降りる。松の木が目隠しになってくれるだろう」コルテスはノリスに言った。

「了解しました。そのあとはどうすれば?」

「彼女のSUVの前に車を止めて、車を前に出せないようにしてくれ」コルテスは言った。「そうすれば、彼女の逃げ道は後ろの木立の中しかなくなる。木立の向こうは、下の歩道まで三十メートルほどの絶壁になっているんだ。フィービーが仕事で留守のときに調べたことがある。彼女も知らなかったよ」

「ものすごい崖《がけ》ですね」ノリスは言った。

「車でおりるのは絶対に無理だ。よし、そこだ。止めろ!」

ノリスは車を止めた。コルテスは車から飛び降りて、公用の銃を抜いた。クローディア・ベネットを生かしたままつかまえたかったが、彼女はすでに人を殺している。危険は冒せない。

コルテスは玄関のポーチにゆっくりと近づき、窓から中をのぞき込んだ。ノリスは雪に覆われた私道で、音をたてながら車をバックさせている。

その音にまぎれてドアノブをまわしてみると、鍵はかかっていなかった。コルテスはそっと中に入りながら、音をたてないゴム底の靴をはいていてよかったと思った。床板がきしまないことを祈った。

彼は足を止めると、目を閉じて耳を澄ましてみた。ノリスが車を止めてエンジンを切る音が聞こえた。外の風の音以外、何も聞こえない。雪はやんでいたが、風はまだだった。キッチンから、何かを引きずるような音がかすかに聞こえた。コルテスは銃を両手でしっかりと握り、ダイニングルームを通り過ぎて、キッチンの戸口まで行った。ガスレンジと冷蔵庫とタイルの床が見える。靴が見えたが、動く気配はない。

コルテスは銃を水平に持つと、キッチンへ突入して、顔をしかめた。クローディア・ベネットが床に倒れていた。そのかたわらのタイルの上に、フィービーが射撃の練習に使っていた銃が落ちていた。クローディアのスカートの前面には赤い染みが広がっている。彼女はうつろな冷めた目でコルテスを見上げた。

コルテスは彼女のそばに膝をつくと、大声でノリスを呼んだ。ノリスは、鍵のかかっていない裏口のドアを開けて、キッチンに飛び込んできた。コルテス同様、拳銃《けんじゅう》を手にしていたが、床に倒れている女を見て、すぐにしまった。

「自分で撃ったのか？」コルテスは彼女に聞いた。

クローディアは唾《つば》をのみ込んだ。「そんなに痛くなかったわ。おかしくない？」また唾をのみ込む。「フレッドはあの工芸品を一年間保管してから……売るはずだった。それなのに、あのばかはすぐにここの博物館に行って……一つをケラーに売ったのよ……あの女に」クローディアは息をしようとして、体をびくりと震わせた。赤い染みがますます広がっていく。

コルテスはカウンターの上に手を伸ばし、ふきんを引き寄せた。手早くたたみ、彼女の傷口に強く押しあてる。彼女はうめいた。

「救急車を呼べ」コルテスはノリスに言った。

「無駄よ」クローディアが言った。「倒れてから……もう数分たつわ。心臓を狙《ねら》ったのに……手元が狂って、おなかを撃っちゃった」彼女は笑い、その拍子に息をつまらせて咳《せ》き込んだ。体がまたびくついた。「夫が……あの考古学者に電話したの。彼のいとこよ。わたしはパニックになった。それでフレッドに話したの。わたしたちは考古学者に電話し、法執行機関の者だと名乗って、例の工芸品のことを知っていると彼に告げた。彼は、会いに来てくれれば工芸品のありかを教えると言ってきた。わたしたちは彼のモーテルに行った。彼は電話中だった。電話の相手は誰だかわからない。彼が電話を切った瞬間、フレッドが彼を撃った。一リットルサイズの空のペットボトルを銃の先端にテープでくくりつけてサイレンサー代わりにしたの。誰にも聞こえていないはずよ。考古学者の死体は車に積み込んで、町はずれの砂利道に捨てた。知らなかったわ……あそこがチェロキー族の土地だったなんて」クローディアはやりきれなさそうに付け加えた。「かかわりたくなかったのに……FBIとだけは」

救急車が間に合うことを心の中で祈りながら、コルテスは、クローディアが必死で話す言葉に一心に耳を傾けた。

クローディアは再び唾をごくりとのみ込んで、話を続けた。「フレッドは、何があろうと絶対に刑務所には戻らないと言ったわ。怖いくらいの剣幕で。それでわかったの、彼はわたしのことを警察に密告するつもりだって。そうなれば、わたしは……前科者になるわ。だから教師のふりをしてミス・ケラーに近づいたの。あれはラッキーだったわ。教育関係の何か華やかな賞を受賞した女性の記事が地元紙に載っていて、たまたま本物の教師の名前を見つけたのよ。とにかく、わたしはミス・ケラーがフレッドのことを思い出して、警察に通報してくれることを祈ったわ。そうなれば、フレッドはあっという間に刑務所行き。でも、それが裏目に出た」

彼女は息をついた。声は弱くなってきている。

「フレッドは、工芸品を自分のものにして、わたしに殺人の罪をかぶせると言ったわ……。

そんなことをさせてたまるもんですか。それで、ウォークス・ファーを洞窟《どうくつ》に呼び出し、彼にフレッドを現行犯でつかまえさせて、当局に突き出してやろうと思った。でも、フレッドのほうが上手だった。彼はウォークス・ファーを殴り倒して殺そうとしたの。わたしはポケットに自分の四十五口径の銃を忍ばせていた。フレッドに、夫が盗聴器をつけていないかポケットを確認するように言ったわ。つけていないことは知っていた——ただフレッドを……かがみ込ませたかっただけ。彼はそのとおりにし、わたしは頭の後ろから撃った」

「正当防衛を主張することもできた」コルテスはぶっきらぼうに言った。ノリスがうなずいて、警察と救急隊が向かっていることを知らせている。「どうやってウォークス・ファーを動かした？」

「フレッドを殺したら、わたしが警察に目をつけられるのも時間の問題になる。ものすごく怖くなって、そうしたらガスレンジも動かせるくらいの力が出たの！　ウォークス・ファーを引きずってトラックに乗せ、建設現場のトレーラーハウスに連れ戻って電気をつけたわ。それがいつか自分に有利に働くんじゃないかと思ったの。もしかしたら警察は、ウォークス・ファーがフレッドを殺して、なんとか自力であそこまで逃げ帰ったと思うかもしれないって。でも、ミス・ケラーの存在が予定外だったわ。わたしを博物館で会った女性だと確認させないようにするためには、彼女を殺すしかなかった。彼女はわたしとフレッドを結びつけることができる人間だから」

コルテスは怒りに身をこわばらせた。

「でも、ミス・ケラーに銃をたたき落とされて、銃を見失ってしまった。銃は見つからないし、彼女はSUVでは入れないところに逃げ込んだわ。わたしは立ち去った。でも、荷造りをしていたとき、ミス・ケラーが発見されたことをラジオで聞いたの。これでおしまいだと思った。ここへ来たのは、これからどうすればいいか考えるあいだ、ここなら安全だと思ったからよ。彼女は銃を持っていた――ベッド脇《わき》のテーブルで見つけたわ」

何もかもクローディア自身がまいた種とはいえ、コルテスは破れかぶれの末に彼女が取った行動のことを思うと胸が痛くなった。彼女の手を握りしめ、先を続けるよう促した。

クローディアは痛々しく笑った。「不意に、逃げ隠れしたところで無駄な気がしたの。でも、刑務所に入るのはごめんだわ。ウォークス・ファーからどんなにひどいところか聞いていたから……」その顔がゆがむ。「ごめんなさい」生気のない目でコルテスを見上げてささやいた。「兄に伝えて……夫にも……ふたりを愛しているわ、ごめんなさいって！」

「必ず伝えるよ」コルテスは静かに言った。「もう一つだけ……博物館での盗みはどうやって？」

「フレッドが警備員のふりをして、夜、ニューヨークの博物館に入り込んだの。わたしは彼が工芸品を盗む手助けをしたわ」クローディアは悲しげに言って、目を閉じた。「ものすごく刺激的だった。ウォークス・ファーはあまりにも普通で退屈だった。わたしは冒険やお金や……力が欲しかった」彼女はゆっくりとため息をつき、最後にもう一度目を開けた。「わたし……もう少しで……うまくいったのに。夫に伝えて……わたしを警察に突き出すべきだったって……数年前のあのときに。わたしは博物館から宝石を盗んで、夫にその罪をかぶせたの。夫には前科がついた。彼は悪いことなんて何もしていないのに……ただわたしを愛しただけ。本当に……ばかで……おひとよし……」

クローディアの目が閉じた。息が細くなり、そして動かなくなった。コルテスは脈を取った。死因は内出血に違いない。それでも彼は蘇生《そせい》を試みた。まだあきらめずに続けていると、救急隊が到着し、彼のあとを引き継いだ。

コルテスは家の鍵をかけて犯罪現場を保存し、ノリスとともに、病院へ向かう救急車のあとに続いた。病院に到着すると同時に、クローディアの死亡を知らされた。

コルテスはウォークス・ファーの病室に立ち寄り、事態を報告した。数分後、ベネットが病室に入ってきた。コルテスは同じ話を繰り返した。

「ノリスとぼくは彼女の自白を聞いた」コルテスはチェロキー族の男に厳かに言った。「死に際の自白は公正証書と同じ効力がある。弁護士を雇って、きみが有罪判決を受けた罪に対して全面的な恩赦を政府に申し立てることができる。ぼくたちも力になるよ」彼はベネットに目をやった。「きみも不法投棄の前科を消すことができる。こんなことを言っても慰めにはならないだろうが、お気の毒です。ぼくにも、生涯を法の厄介になった弟がいた」彼は続けた。「どんなに愛情を持って手を尽くしても、罪を犯すのを食い止められないときもある」

「そうだね」ベネットはそう言って、コルテスと握手をした。「ありがとう。妹をただ見殺しにせず、助けようとしてくれて。あいつは自分で自分を撃ったんだね？」

コルテスはうなずいた。「フィービーの銃で——保安官代理が護身用に彼女に渡してあったものだ」

「運命には勝てないということさ」ウォークス・ファーが重々しく言った。「おれは彼女を愛していた。だが、彼女は愛というものをわかっていなかった」

「彼女は、きみたちふたりに愛していると伝えてほしいと言っていた。ごめんなさいと」コルテスは返した。前に少し身を乗り出して、ウォークス・ファーの悲しげな顔をのぞき込む。「彼女はきみが殺人犯に撃たれるのを防いだんだ。そんな必要はなかったのに。彼女はすでに殺人の共犯者だった。もうひとり増えたところで変わりはなかった。だが、きみを助けるために彼を殺したんだ」

ウォークス・ファーは弱々しく笑みを浮かべた。「ありがとう」

コルテスは肩をすくめた。「時間が解決してくれる」ふたりに向かって言った。「傷は癒《い》えるよ」

ベネットだけがうなずいた。「葬儀場に電話しなくては……」と言って、続きをためらった。

「先に検視解剖を受けることになると思う」コルテスは言った。「彼女の死因について、検視官がぼくの言葉を鵜呑《うの》みにすることはないはずだから。それでも、彼女を葬儀場へ移すのはかまわない。州の科学捜査研究所がそちらへ引き受けに行くだろう」

ベネットは顔をしかめた。「ぼくは妹を救ってやれたんじゃないかと思い続けることになるだろうね。最初に罪を犯したとき、きちんと償わせていたらと。ぼくは家名のことばかり気にしていた。その結果がこれだ」

「過ぎたことをとやかく言ってもしかたがない。ただ、この先ずっと背負っていかなくてはならないのは確かだ。また連絡する」コルテスは続けて言った。「フィービーの様子を見に行かないと」

「彼女は見つかったのか？」ベネットがはじかれたように尋ねた。「生きているのか？」

「快方に向かっている」コルテスは笑みを浮かべた。「悲惨なことばかり起きた中で、それがせめてもの救いだった」

「本当によかった」ベネットは言った。「背負うべき死が一つ減った」

「彼女が無事でよかった」ウォークス・ファーが言った。「お大事に」

「きみも」コルテスはそう言って病室をあとにした。

コルテスの父親は晴れやかな顔で、フィービーのベッド脇の椅子に座っていた。息子が入ってくると、顔を上げた。

ふたりはコマンチ語で挨拶《あいさつ》を交わすと、がっちりと抱き合った。

「いい人を選んだじゃないか」ミスター・レッドホークは息子に言った。いたずらっぽい目でフィービーを見やる。「だが、わたしのことを彼女にどう話したのかが気になるところだ。彼女はわたしを見てびっくりしていたぞ」

「ああ、彼女はただ、親父が腰布と頭飾りをつけて、ペイントしたポニーに乗っていると思っていただけさ」コルテスが茶化すと、フィービーは顔を真っ赤にした。

「そんなこと思っていないわよ！」彼女はすぐさま言い返した。

ふたりの男性はくすくす笑った。

「それで、わたしは介添人になれるのかな？」ミスター・レッドホークは息子に聞いた。

「長くはいられないんだ。来週は最終試験で、わたしの代わりをしてくれる人がいなくてね」

「そのころにはとっくに新婚旅行中だよ」コルテスはそう請け合うと、身をかがめて、フィービーに優しくキスをした。彼女の目を見る黒い目には愛情と独占欲がこもっている。

「どこに住むつもりだね？」ミスター・レッドホークはコルテスに尋ねた。

「どうしよう」長年、小さなコミュニティーの中ばかりで暮らしてきたフィービーは、思わずつぶやいた。

コルテスは口をすぼめた。「まあ、ぼくはどこに住んでもいいけどね」彼女に向かって言った。「近くに空港さえあれば。それに、チェノセタはけっこう気に入っているんだ。ここのチェロキー族の人たちも悪くない」

フィービーの目が輝いた。「本当？　本気で言っているの？」

「子どもを育てるにはいい環境だろうな」コルテスは言った。「ジョゼフも地元の言葉を覚える機会が多く持てるし」

「わたしも毎夏に遊びに来ることができる」ミスター・レッドホークは笑顔で言った。

「料理は得意なんです」フィービーは言った。「太るくらい腕をふるいます」

「どうやらわたしは栄養失調に見えるらしい」コルテスは息子に向かって言った。

「ちょっと痩《や》せているかな」コルテスは考え込むように言った。

「では決まりだ。孫息子の名前は決まっているのかな？」

コルテスとフィービーは驚いて彼を見つめた。

「すまない」ミスター・レッドホークはきまり悪そうにほほえんだ。「生まれるまで知りたくなかっただろうね？」

フィービーは咳払《せきばら》いをした。「あなたはわたしの命を救ってくれました。二度も。だから、なんでも好きなことを言ってくださっていいんです。本当にありがとうございました！」

ミスター・レッドホークはくすりと笑った。「ただの授かりものだよ。役に立ってくればうれしいかぎりだ。どういたしまして」

「ベネットの妹はどうなったの？」フィービーは唐突にコルテスに尋ねた。

「自殺したよ」コルテスは言った。「そのことはあとで話そう」彼女がどこで死んだのかは、できれば言いたくなかった。まだ犯罪現場の捜査も残っている。

「わたしたちのあいだで秘密はなしよ」フィービーは指摘した。

「これからはね」コルテスは笑顔で答えた。「今回かぎりだ。今日だけだよ」

「ティーナが電話をよこしてね」ミスター・レッドホークが言った。「ここに来て、きみに謝りたいそうだ。いいかね？」

「もちろん」フィービーはすぐに言った。「恨んでなんていませんから」

「よかった」コルテスがつぶやいた。「ティーナは泣き疲れているからね」

「嫉妬《しっと》はいやなものね」フィービーはコルテスの目を静かに探るように見ながらつぶやいた。わたしだって同じだった。コルテスが結婚したと知って、彼の妻をどれほど憎んだことか。

コルテスの目が暗くなった。「そうだな」認めざるを得なかった。ドレークのことでは自分も同じように嫉妬に駆られたのだから。

「ふたりとも結婚式に来てもらいましょうよ」フィービーは満足げに言った。

コルテスはただほほえんだ。

次の週、ふたりは結婚式を挙げた。アリス・ジョーンズを含む班のメンバーたちはワシントンDCへ帰っていた。コルテスは昔の上司に連絡して、出動の要請があった場合には応じるという条件でチェノセタに住むことを取り決めた。新しい任務は、スティール保安官とドレークとパーカー巡査をFBIのインディアン自治区犯罪捜査班の公式なメンバーとして迎え入れるため、居留地における捜査の基本を彼らに指導することだった。

ティーナとドレークは、病院で人目をはばかることなく仲直りしたおかげで、一週間、噂《うわさ》の種にされた。ティーナはフィービーとも仲直りした。許してもらえたと納得するまで、あたりかまわずフィービーに泣きついたあげくのことだった。フィービーは日ごとにジョゼフと仲よくなり、未来の義父とも親交を深めた。彼の専門分野は植民地時代のアメリカ史、とくに一七五〇年代のフレンチ・インディアン戦争だった。ノースカロライナ周辺の多くの場所がこの時代と関係していた。ミスター・レッドホークも言っていたように、彼はこれからここを訪ねてくるようになれば、行ってみたいところがたくさん出てきて困るだろう。

ベネットとヤードリーとコーランドはそれぞれのプロジェクトを継続していた。ウォークス・ファーは恩赦を得るための準備を進めていた。ベネット自身は不法投棄の前科が取り消されることになった。

フィービーはチャウチャウ犬のジョックを家に連れ戻し、コルテスとジョゼフがそこへ引っ越してきた。クリスマスは、博物館のスタッフとその家族、独身者のティーナとドレークとスティール保安官を招いての大パーティーとなった。客の中には数名の警官もいた。フィービーはリビングルームの大きなもみの木を飾りつけた。古い慣習へのフィービーの熱中ぶりをネイティブ・アメリカンたちはただほほえんで見守り、プレゼントを包むのを手伝った。

クリスマス・イブに、コルテスはフィービーにダイヤモンドのまわりにルビーをあしらった結婚指輪を贈った。

フィービーは驚いた表情で、輝きを放つ石に触れた。「きれい」そうささやいた。

「夜明け間近の空の色だよ」コルテスは優しく言ってほほえみ、身をかがめてフィービーにキスをした。「どんなに恐ろしい夜も、朝が来たら必ず終わることを思い出せるように」

「希望はけっして消えない」フィービーは同調した。そして、しみじみと感動した様子でコルテスを見上げた。「すべて報われたわ」

「何がだい？」

「悲しみと苦しみの年月よ」フィービーは答えた。「嵐《あらし》の先には虹《にじ》があるって本当ね。心からそう思えるわ」

コルテスは再び優しいキスを送った。「ぼくもだよ」彼女を抱き寄せて、自分の広い胸に押しつける。そして目を閉じた。「メリー・クリスマス」

フィービーは身をすり寄せた。「今までで最高のクリスマスだわ。これから何倍にも何十倍にもなるかもしれないけど」

ジョゼフがよちよちとリビングルームにやってきて、ツリーとふたりを見てにっこり笑った。「サンタクロースはえんとつの上にいるの？」暖炉の火を心配そうに見つめて言った。「サンタさんがもえちゃわない？」今にも泣き出しそうな様子だ。「ジョゼフはおもちゃ、いらない！」とうとう泣き出した。

コルテスは立ち上がってジョゼフのもとへ行き、抱き上げた。フィービーは体を二つ折りにして笑い転げている。

「いいか」コルテスはジョゼフに向かって言った。「サンタが着ている赤い服は、燃えないようにできているんだ。本当だぞ！」

ジョゼフは目をぱちくりさせ、やがて笑顔になった。「わかったよ、ダディ！」

「だから、プレゼントが欲しかったら、今すぐベッドに戻らないと！　起きているあいだはサンタは来ないからね」

「すぐベッドに入る！」ジョゼフは言って、部屋の隅で体を丸めて眠っているジョックのほうを見た。「ジョックはサンタさんをかまない？」心配そうに聞いた。

「ジョックはサンタが大好きなんだ」コルテスは安心させるように言った。

「ジョックはトナカイを追いかけたりしない？」ジョゼフはしつこく聞いた。

「ジョックはトナカイのことも大好きよ」フィービーが言った。「とてもね！」

「わかった」ジョゼフはコルテスとフィービーに順番にキスをすると、廊下の先にある自分の部屋へよちよちと戻っていった。ドアが閉まった。

「燃えないって、あなたが？」フィービーは物言いたげな目つきでコルテスを見ながら言った。「こっちへ来て。確かめなくちゃ！」

コルテスは飢えたうめき声とともに、ソファに座っているフィービーの腕の中にもぐり込み、唇を彼女の唇に押しつけた。

やはり彼は燃えるようにできているらしい。

訳者あとがき

本作は、二〇二一年十月に再販された『真夜中のあとに』の続編にあたる作品です。今回の主人公はコルテスとフィービー。前作でかなりのページ数を割いて登場していたふたりですから、その再登場を期待していた読者の方も多くいらっしゃることでしょう。ダイアナ・パーマーの公式サイトでも、続編の刊行を待ちわびる声がファンボードをにぎわしていたようです。

前作で、来年のフィービーの卒業式で会おうと約束して別れていたふたり。コルテスはその約束を守って卒業式に出席し、ふたりは再会します。堅物だけれど大人のセクシーな魅力をふりまくコルテスと、突飛なことを言っては彼を笑わせる、若く明るいフィービー。ふたりの気持ちは再燃しますが、十三歳という年の差にまだ悩んでいる彼は、深入りすることができず、また手紙を書くと言い残して帰っていきます。

ところが、その後まもなくコルテスからフィービーのもとに届いたのは、彼と別の女性との結婚を知らせる新聞記事の切り抜き一枚。悲しみに突き落とされたフィービーは、それからどん底の生活を送り、風貌も性格も変わり果ててしまいます。一方、コルテスのほうも、結婚したのは家庭の事情からで、愛もなく結婚したその相手は自殺してしまうという不幸な生活を送っていました。

三年後、博物館の館長を務めるフィービーのもとに見知らぬ男から一本の電話がかかってきたことから、彼女は殺人事件に巻き込まれてしまいます。その事件の捜査担当者としてFBIから派遣されてきたのは、偶然にもコルテスでした。ふたりは関係を修復できるのでしょうか。殺人事件の行方は……？

ここから先は、謎《なぞ》の事件の連続に、嫉妬《しっと》や愛憎がからみ、息もつかせぬ展開になっていきます。その合間に考古学の知識やネイティブ・アメリカンの歴史をちりばめて、作品を格調高いものに仕上げているところは、さすがダイアナと言えるでしょう。

ダイアナといえば、その作品に登場するヒーローは裕福で美形、ヒロインは彼のわがままに振りまわされながらも耐える純真無垢《じゅんしんむく》な女性というタイプが多いのですが、本作のふたりは、FBI特別捜査官で腰までの髪をポニーテールにした、ちょっとダークなイメージのヒーローと、発掘や骨に興味がある人類学者のヒロインという、やや異色のパターンです。ふたりとも人づきあいが苦手、しかも悲しい別離を経験したあととあって、最初は両者のやりとりにもぎすぎすしたところがあるのですが、心優しい周囲の人々に支えられ、徐々に彼らの心も溶けて明るさを取り戻し、最後には愛らしいカップルに変貌していくさまは感動的です。ダイアナ作品には珍しくラブシーンも大胆ですが、けっして安っぽさを感じさせないところは彼女の文章力のなせるわざでしょう。

他のダイアナ作品とはひと味違う本作ですが、彼女のお得意の〝年の差カップル〟〝純真無垢なヒロイン〟のテイストも、もちろんじゅうぶんに味わえる作品となっています。ダイアナの魅力がいっぱいにつまったこの作品を、みなさまにもお楽しみいただければ幸いです。

泉　智子

＊本書は、2009年4月に小社より刊行された作品を文庫化したものです。

mira™

夜《よ》明《あ》けのまえに

2022年9月15日発行　第1刷

著　者　ダイアナ・パーマー

訳　者　泉《いずみ》 智子《ともこ》

発行人　鈴木幸辰

発行所　株式会社ハーパーコリンズ・ジャパン
東京都千代田区大手町1-5-1
03-6269-2883（営業）
0570-008091（読者サービス係）

印刷・製本　中央精版印刷株式会社

定価はカバーに表示してあります。
造本には十分注意しておりますが、乱丁（ページ順序の間違い）・落丁（本文の一部抜け落ち）がありました場合は、お取り替えいたします。ご面倒ですが、購入された書店名を明記の上、小社読者サービス係宛ご送付ください。送料小社負担にてお取り替えいたします。ただし、古書店で購入されたものはお取り替えできません。

この書籍の本文は環境対応型の植物油インクを使用して印刷しています。

VEGETABLE OIL INK

ISBN978-4-596-74849-2